बेगम हज़रत महल

(1857 के विद्रोह की वीरांगना)

वीणा वत्सल सिंह

राजपाल

स्थापित 1912
100 वर्षों की
श्रेष्ठ प्रकाशन परम्परा
राजपाल

ISBN : 9789393267160

पहला संस्करण : 2023
BEGUM HAZRAT MAHAL (Novel)
by Veena Vatsal Singh

राजपाल एण्ड सन्ज़
1590, मदरसा रोड, कश्मीरी गेट, दिल्ली-110006
फोन : 011-23869812, 23865483, 23867791
e-mail : sales@rajpalpublishing.com
www.rajpalpublishing.com
www.facebook.com/rajpalandsons

पहला खण्ड

मोहम्मदी

बोलो रानी, कितना पानी।
इतना पानी, इतना पानी।।

शाम का समय था, दस से बारह वर्ष की बच्चियों का एक झुंड खेल में मगन था। सारी बच्चियों ने एक गोल घेरा बना लिया था और एक-दूसरे का हाथ पकड़ गोल-गोल घूमते हुए बोले जा रही थीं, "बोलो रानी, कितना पानी।" घेरे के बीच में खड़ी बच्ची कभी अपने घुटने पर, कभी अपनी कमर पर हाथ रखते हुए जवाब दे रही थी –

इतना पानी, इतना पानी।

यह खेल रानी के डूबने तक चलने वाला था, फिर जैसे ही रानी डूब जाती, घेरे की सभी लड़कियाँ भाग जातीं और डूबी हुई रानी उनमें से भागते हुए जिसे भी पकड़ लेती उसे फिर से गोल घेरे के अन्दर आकर रानी बनना होता और डूबना होता। खेल में घेरे के अन्दर की लड़की ने जैसे ही अपने गले के पास हाथ रखकर कहा, "इतना पानी, इतना पानी।" एक कड़कती आवाज़ सुनाई दी –

खामोश! रानी अब नहीं डूबेगी।

खेल में मगन सभी बच्चियों ने उस आवाज़ की तरफ़ चौंक कर देखा तो मोहम्मदी एक लकड़ी की तलवार लिए खड़ी थी। रानी बनी बच्ची शरबती खेल में पड़े इस व्यवधान से क्षुब्ध हो बोल पड़ी –

"मोहम्मदी तुम जाओ यहाँ से, और हमें अपना खेल खेलने दो।" "हम नहीं जायेंगे, और खेल में भी हम रानी को नहीं डूबने देंगे।" "क्यों ? क्या तुम खेल के नियम बदल दोगी ?" – खेल में शामिल अरशाना ने चिढ़कर कहा।

"हाँ, हम सब कोई और खेल खेलेंगे, हमें रानी का डूबना पसंद नहीं आता।"

''ऐ मोहम्मदी, तू क्या हमारी नवाब है या गोरी पल्टन की सरदार, जो हम तेरी बात मान लेंगे?'' – शरबती खेल खराब होता देख चिल्लाई।

''शरबती, तू गोरी पल्टन का तो नाम मत ले, हमें और भी बुरा लग रहा है।''

''हाय-हाय तू तो ऐसे बात कर रही है, जैसे हम तेरी रियाया हैं।''

''रियाया नहीं, लेकिन तुम सब मेरी दोस्त हो और हम कोई दूसरा खेल तो खेल ही सकते हैं। हमें रानी का डूबना अच्छा नहीं लग रहा है।''

''नहीं खेलेंगे हम दूसरा कोई खेल।'' – चिढ़कर चिल्लाते हुए शरबती ने घेरे से बाहर आ मोहम्मदी को ज़ोर का धक्का दिया। मोहम्मदी इसके लिए तैयार नहीं थी और धम से ज़मीन पर गिर गई। उसके ज़मीन पर गिरते ही खेल भंग होने से चिढ़ी हुई अरशाना ने लपक कर उसकी चोटी पकड़ ज़ोर से खींचा। मोहम्मदी दर्द से बिलबिला उठी। लेकिन अगले ही क्षण वह तेज़ी से उठ खड़ी हुई और हाथ में पकड़ी लकड़ी की तलवार का एक ज़ोरदार वार पहले शरबती पर किया और फिर पलट कर अरशाना पर। लड़कियाँ झगड़े के इस रूप के लिए बिलकुल भी तैयार नहीं थीं। शरबती की नाक पर चोट लगी और नाक से खून बहने लगा। शरबती अपनी नाक पकड़ कर ज़ोर-ज़ोर से रोने लगी। कुछ लड़कियाँ घबरा कर वहाँ से अपने घरों को भाग गईं तो कुछ खून बहता देख शरबती का पक्ष ले मोहम्मदी से झगड़ पड़ीं। लड़कियों की तेज़ रोने-चिल्लाने की आवाज़ों से आस-पास के घरों से उन सबकी अम्मियाँ भी निकल आईं और शरबती की नाक से खून निकलने तक की पूरी वारदात शरबती के घर तक पहुँच गई। अभी मोहम्मदी ठीक से कुछ समझ भी नहीं पाई थी कि वह ऐसी स्थिति में क्या करे, क्या न करे कि तभी उसके गालों पर शरबती के अब्बू का ज़ोरदार थप्पड़ पड़ा। गालों पर पाँचों उँगलियों के निशान दर्ज हो गये और दर्द से मोहम्मदी का गोरा रंग साँवला पड़ गया। तभी शोर-शराबे के बीच दनदनाती हुई मोहम्मदी की अम्मी मेहर आईं और मोहम्मदी को भीड़ के बीच से खींचकर अपने पीछे कर उसे थप्पड़ रसीद करने वाले शरबती के अब्बा अमीरुद्दीन से भिड़ गईं –

''आपकी अक्ल को क्या परदा पड़ गया मियाँ, जो बच्चों की लड़ाई में शामिल हो हमारी फूल-सी बच्ची को थप्पड़ रसीद कर दिया?''

''देखिये खातून, आप हम पर इल्ज़ाम लगाने से पहले अपनी बेटी को कुछ सिखायें और हाँ, लड़कियों को भी कोई खेलने के लिए तलवार देता है?''

''हाय-हाय मियाँ! हमारी बच्ची को हम चाहें जो दें खेलने के लिए और यह तलवार कोई असल की तो नहीं है, लकड़ी की बनी हुई है।''

''गनीमत है कि लकड़ी की बनी हुई है। असल की होती तो हमारी शरबती

की गरदन ही काट ली होती इस कमबख़्त ने।'' – ऐसा कहते हुए उन्होंने शरबती की तरफ़ देखा, जिसे सबने चित्त लिटा दिया था और अब तक खून का बहना भी बंद हो गया था।

''हैं! क्या कहा आपने? अरे कुछ तो अक्ल की बात करिए जनाब। हमारी मोहम्मदी को आप कमबख़्त नहीं कह सकते।''

''हम कहेंगे। एक बार नहीं सौ बार कहेंगे। कमबख़्त, कमअक्ल, नालायक – सब कहेंगे,'' अमीरूद्दीन तैश में आ गये थे।

''देखिये मियाँ, हम कहे देते हैं, हमसे बुरा कोई नहीं होगा। अगर एक और लफ़्ज़ भी कहा हमारी बच्ची के लिए तो।''

''तो क्या? हैं?''

और इसका जवाब मेहर के पास नहीं था। सो मोहम्मदी का हाथ पकड़ घर की ओर जाते हुए बोली – ''अभी जाकर मोहम्मदी के अब्बू को बताते हैं।''

''अरे जाओ-जाओ! हम क्या डरते हैं किसी से।'' और, अमीरूद्दीन भी अपनी बेटी शरबती को गोद में उठा वहाँ से चल दिए।

पूरा हुजूम जो जुटा था, वह अब तक दो गुटों में बँट चुका था। कुछ का कहना था कि बच्चों के झगड़े में इस तरह बड़ों का बीच में आना अच्छी बात नहीं, तो कुछ को मोहम्मदी का एक लड़की होते हुए ऐसा व्यवहार करना एकदम अनुचित लगा। बल्कि महिलाओं का एक पूरा गुट तो मोहम्मदी के साथ-साथ उसके अब्बा अम्बर मियाँ की सोच में नुक्स निकालने लगा। ''इस उम्र में कोई भला अपनी बेटी को खेलने के लिए तलवार जैसा खिलौना लाकर देता है? अब तो साल-दो साल के बाद उसका निकाह कर देना होगा तब क्या वह अपने ससुरालवालों को खाना पकाकर देने की जगह ऐसे ही उन पर तलवार चलायेगी? घर-गिरस्ती की बातें सिखाने की जगह जाने ये लोग क्या कर रहे हैं?'' आदि आदि, जितने मुँह उतनी बातें।

अम्बर मियाँ फ़र्रूखाबाद में रह रहे थे। मोहम्मदी समेत उनकी कुल चार संतानें थीं और उनके भरण-पोषण की तमाम मुश्किलें वे झेल रहे थे। अम्बर मियाँ के पास कोई कायदे का काम-धन्धा नहीं था। छोटे-मोटे जो भी काम मिल जाया करते, वे कर लेते थे। तीन बेटों के बाद आई बेटी मोहम्मदी उनकी लाडली थी। इस गरीबी में पलने के बावजूद दिन-ब-दिन उसकी ख़ूबसूरती में निखार आता जा रहा था। दूसरे बेटे अहमद को मुर्गों की लड़ाई का ज़बरदस्त शौक था तो तीसरा बेटा शिकोह कनकौवों (पतंगबाज़ी) का शौकीन था। सबसे बड़ा बेटा अनवर

बीमार ही रहता। हमेशा उसे कोई-न-कोई शारीरिक दिक्कत होती ही रहती थी, जिस कारण वह अपने दोनों भाइयों से छोटा दिखता था। अम्बर मियाँ की जो भी थोड़ी-सी कमाई होती थी वह या तो अनवर की दवा में खर्च हो जाती थी या फिर खाने में। किसी के पास कायदे के चार कपड़े भी नहीं थे। ऐसे में इस वर्ष ईद में जब कुछ अच्छी आमदनी हुई तो अम्बर और मेहर ने सबके लिए नये कपड़े बनवाने का सोचा और अपने चारों बच्चों को बुला, उन्हें यह खुशखबरी दी। अहमद और शिकोह खुशी से उछल पड़े। उन दोनों ने शेरवानी और अचकन की फ़रमाइश कर डाली, जबकि अहमद ने बेमन से बात को टालने के अंदाज़ में कहा - ''आप दोनों जो मुनासिब समझें, बनवा दें।'' मोहम्मदी चुप बैठी रही। अम्बर को मोहम्मदी की चुप्पी अखर गई और उसने उसे पास बुलाकर प्यार से पूछा -

''हमारी लाडली बेटी को क्या चाहिए? कहो तो खूब सारे सलमा-सितारों से जड़ा गरारा बनवा दूँ?''

''नहीं अब्बू, हमें ऐसे कपड़े पसंद नहीं हैं,'' मोहम्मदी ने संजीदगी से जवाब दिया।

''अरे तो क्या तू हीरे-मोतियों से जड़े कपड़े लेगी?'' - अहमद ने चिढ़ते हुए बहन को छेड़ा।

''नहीं भाईजान, हमें कपड़े चाहे जो अब्बू दिला दें। उससे हमें कोई एतराज़ नहीं। लेकिन, इस ईद के मेले में हम एक तलवार ज़रूर लेंगे।''

''तलवार लेगी? अरे क्या तुझे लड़ाका बनना है?'' शिकोह ने मुँह बिचकाते हुए कहा।

''हमें यह सब मालूम नहीं, लेकिन हमारा मन तलवार से खेलने का करता है। दिलायेंगे ना अब्बू हमें तलवार?'' - अपनी बड़ी-बड़ी मासूम आँखों में याचना भर मोहम्मदी ने अपने वालिद की तरफ़ देखते हुए कहा। बेटी की नज़रों ने अम्बर के दिल पर जाने क्या असर किया कि वे तड़प उठे और उन्होंने उसी वक्त मोहम्मदी से तलवार दिलाने का वादा कर लिया।

मेहर जो अब तक चुप बैठी थी, अम्बर के इस वादे से बिफ़र कर बोली -

''मियाँ बेटियों को इतना सर नहीं चढ़ाया जाता है। क्या करें इतना लाड़ कर? जाना तो आख़िर दूसरे घर में ही है।''

''आप चुप करें मेहर। हमारी बेटी जब तक हमारे पास है हम उसकी हर ख़्वाहिश पूरी करने की भरपूर कोशिश करेंगे। यही नहीं, हम इसका निकाह बहुत दूर भी नहीं करेंगे।''

''वल्लाह! आप जानें और आपकी बातें जानें। लेकिन बेटियों को इतना सर चढ़ाना ठीक नहीं। आपकी शह पाकर यह लड़की इस उम्र में भी घर के काम-काज ठीक तरीके से नहीं कर पा रही है। जाने कैसे ज़िन्दगी कटेगी इसकी? या खुदा! इन बाप-बेटी को थोड़ी अकल बख्श।''

''बस करें मेहर। आपकी इस बकबक से हमें गुस्सा आ रहा है और हमारी बेटी को भी दुःख पहुँच रहा है। देखतीं नहीं, इसका गोरा, चमकता रंग कैसा फीका पड़ता जा रहा है।''

''या खुदा! जैसी आपकी मर्ज़ी हो करें। हमारा बोलना तो हमेशा से आपको ज़हर ही लगता है,'' कहते हुए मेहर उठकर घर के काम में लग गई। इसके महीने भर बाद ही ईद पड़ी थी और मेले से लाई गई तलवार ने दुश्मनी मोल ले ली थी।

मोहम्मदी को घर लाकर मेहर उसे डाँटते हुए अपने आपको कोसने लगी कि ''जाने क्यों उसने इस जैसी लड़की को पैदा किया। यह एक-न-एक दिन ज़रूर उसकी कोख को कलंकित करेगी।''

मोहम्मदी सर झुकाये चुपचाप अम्मी की बातों को सुनती रही। उसका कोमल बाल-मन आँसू बहाना चाहता था, लेकिन उसकी ज़िद्द उसे सही ठहरा कर दृढ़ बनाये हुए थी। इसी बीच अम्बर मियाँ भी घर पहुँच गये और मेहर के मुँह से निकला अन्तिम वाक्य उनके कानों में पड़ गया। मोहम्मदी के बारे में ऐसा भी कहा जा सकता है, यह सुनते ही वे उबल पड़े और मेहर को चुप रहने को कहा।

''हाँ-हाँ मियाँ आप तो हमें ही चुप करायेंगे। औकात है तो जाइये मुहल्लेवालों को चुप कराइये। जाने लोग क्या-क्या कह रहे हैं और आपकी बेटी की कारस्तानी का दोष सीधा हमें दे रहे हैं।''

''क्या हुआ मेहर? आप बहुत-सी बातें बेवजह भी बोला करती हैं।''

''हाँ, हम पागल जो ठहरे। अरे, ज़रा मुहल्ले का एक चक्कर तो लगाकर आइए। क्या गुल खिलाया है आपकी लाडली ने, मालूम पड़ जायेगा।''

''क्या किया है इस नन्ही-सी जान ने?''

''क्या नहीं किया है यह कहिये। आपने जो तलवार दिलाई थी अपनी मल्लिका को उससे ज़ख़्मी कर आई है बच्चियों को।''

''क्या कह रहीं हैं आप? मोहम्मदी बेटा तुम बताओ माज़रा क्या है।'' - अम्बर मियाँ ने प्यार से मोहम्मदी के सर पर हाथ फेरते हुए कहा। पिता का स्नेह-स्पर्श पाकर मोहम्मदी की अब तक की ज़िद्द ढह गई और आँखों से आँसू बह निकले। बेटी के आँसू देख अब तक शोला बनी मेहर भी पिघल गई। पास आकर

आँचल से उसके आँसू पोंछते हुए वह भी सुबकने लगी। माँ-बेटी के इस अश्रु-मिलन से अम्बर मियाँ पसोपेश में पड़ गये कि क्या करें या क्या कहें। जब माँ-बेटी जी भरकर रो चुकीं तब अम्बर मियाँ ने पूरी घटना की जानकारी फिर से माँगी।

मोहम्मदी ने हिचकियाँ लेते हुए सारी बात एक-एक कर कह सुनाई। सुनते ही अम्बर मियाँ ठहाका लगाकर हँस पड़े और कहा - "अरे, अगर हम होते मोहम्मदी की जगह तो हम भी ऐसा ही करते। हमारी मोहम्मदी के खेल को वे लड़कियाँ समझ नहीं सकीं। ख़ैर, कोई बात नहीं। हम शरबती के अब्बा अमीरूद्दीन भाई से ज़रूर बात करेंगे। वे हमारे दोस्त भी हैं।"

"हाय अल्ला! फूल-सी बच्ची को बेदर्दी से चाँटा जड़ दिया और आप अभी भी उन्हें अपना दोस्त ही मान रहे हैं।"

"मेहर, आप केवल मोहम्मदी की अम्मी हैं। एक बार उस गरीब शरबती की अम्मी होकर भी देखें। बच्चों की शरारतें जब बड़ा नुकसान पहुँचाती हैं तब थोड़ा गुस्सा आ ही जाता है। हम अभी अमीर भाई के पास जाते हैं। शरबती का हाल भी पूछ लेंगे।"

"आपको हम आज तक नहीं समझ पाये। शरबत बनाते हैं पीकर जाइयेगा।"

"नहीं, शरबत तो अब हम अमीर भाई के साथ ही पियेंगे।"

अम्बर जब अमीरूद्दीन के घर पहुँचे वह शरबती को हकीम साहब के यहाँ से दिखाकर लौटे थे और मियाँ उनका बताया काढ़ा, शरबती को बनाकर पिलाने के बारे में उसकी अम्मी सईदा को बता रहे थे। अम्बर मियाँ को देखते ही अमीरूद्दीन के चेहरे पर रोष उभर आया। परन्तु, दोस्ती का लिहाज़ कर वह चुप रहे। जबकि सईदा का गुस्सा फूट पड़ा। उसने अम्बर मियाँ को आड़े हाथों लेना शुरू कर दिया।

"क्या मियाँ, आप अपनी बेटी को लड़ाका बनाना चाहते हैं जो तलवार खरीद कर दे दी खेलने को? लड़की की ज़ात को घर के काम-काज सिखाओ। कुछ सीना-पिरोना सिखाओ। यह सब कुछ नहीं तो थमा दी तलवार। अक्ल पर पत्थर पड़ गया है। क्या तुम दोनों मियाँ-बीवी के? मेरी फूल-सी बच्ची का क्या हाल बना दिया तुम्हारी लड़ाका बेटी ने?"

"भाभी जान, हम उसकी तरफ़ से आप दोनों से माफ़ी माँगने आये हैं। रही बात घर-गिरस्ती के काम-काज सिखाने की तो वह भी सीख जायेगी, खेलने के साथ। अभी उमर ही क्या हुई है उसकी।"

अब तक शरबती काफ़ी स्वस्थ हो चुकी थी और अपनी अम्मी के तेवर से सहमी हुई थी, लेकिन अम्बर मियाँ की मुलायमियत और शब्दों से जैसे उसे जीवन

मिल गया। चहकते हुए बोल पड़ी –

''क्या अम्मी, आप भी न! क्यों कोसे जा रही हैं हमारी दोस्त मोहम्मदी को। उसका ही सारा कुसूर नहीं था। हमने भी तो उससे लड़ाई मोल ली थी। अब माफ़ भी कर दें उसे। हम अब एकदम ठीक हो गये हैं।''

शरबती के इस कथन से अम्बर मियाँ खिल उठे और उसके सर पर हाथ फेरकर बोले – ''जीती रहो मेरी बच्ची। तुम दोनों की यह दोस्ती सदा कायम रहे।''

''और हमारी भी अम्बर! आ गले तो लग जा दोस्त।''

अमीरूद्दीन ने आगे बढ़कर अम्बर मियाँ को गले से लगा लिया। सईदा का गुस्सा अब आँखों से प्रेम बनकर छलक पड़ा था। आँखें पोंछते हुए बोली – ''बैठिये भाईजान, शरबत बनाकर लाती हूँ।''

''ज़रूर भाभीजान, हम मेहर के हाथ का शरबत छोड़कर आपके शरबत की खुशबू लेने ही तो आये हैं।''

अमीरूद्दीन के यहाँ से जब अम्बर मियाँ घर लौटे तो देखा घर में कोहराम-सा मचा हुआ था। अहमद का सबसे लड़ाका मुर्गा कड़क जाने कैसे एक कुत्ते की चपेट में आ गया था और अहमद उसके बचे हुए पंखों को समेट कर सीने से लगाये बैठा सुबक रहा था। मेहर उसे समझाने में लगी थी और मोहम्मदी को हँसता हुआ पाकर शिकोह उससे उलझा हुआ था। जबकि, अनवर हमेशा की तरह चुपचाप चारपाई पर लेटा छत पर आँखें टिकाये था। कड़क के चले जाने का गम तो अम्बर मियाँ को भी हुआ। कड़क बड़ा ही पुष्ट देसी नस्ल का मुर्गा था और जब उसे पंजे में पतली छुरी बाँध अहमद लड़ाई में उतारता तो देखते ही बनता था। सामने वाले मुर्गे को लहूलुहान कर कड़क जिस अंदाज़ में अपने लाल-काले पंखों से भरा सीना फुलाकर बाँग देने लगता तो देखने वाले का कलेजा दस इंच अधिक चौड़ा हो जाता। आस-पास सभी कड़क की तारीफ़ करते नहीं अघाते। और वही कड़क आज जाने कैसे एक कुत्ते की भेंट चढ़ गया। हालाँकि अहमद सहित सभी उसका खूब ख़याल रखते थे। बस, मोहम्मदी ही एक ऐसी थी जिसे मुर्गे, तीतर, बटेर जैसे पक्षी अच्छे नहीं लगते थे। वह अक्सर अपने भाई का मज़ाक बनाते हुए कहती थी –

''क्यों भाईजान! जब गोरी पल्टन इधर से निकलती है, तब तुम्हारा कड़क क्यों नहीं भिड़ जाता उससे?''

मोहम्मदी की इस बात पर अहमद, शिकोह दोनों ही भड़क उठते थे और

फिर तीनों भाई-बहनों में जमकर तू-तू, मैं-मैं मच जाया करती थी। कभी-कभार अनवर भी इस झगड़े में शामिल हो जाता, लेकिन वह हमेशा मोहम्मदी का पक्ष लेता था।

अनवर की बीमारी धीरे-धीरे बढ़ती ही जा रही थी और उसके इलाज के लायक पैसों का अभाव सदा ही अम्बर मियाँ को रहने लगा था। अनवर की बिगड़ती हालत के कारण अक्सर उसे लेकर अम्बर मियाँ को हकीम के पास जाना पड़ता था, जिस कारण कई मिले हुए काम भी छोड़ देने होते थे। अम्बर मियाँ के घर में कभी-कभी पूरे दिन में एक शाम ही चूल्हा जलता था। ऐसी ही तंगी के दिनों में एक शाम अचानक मेहर के भाई सलीम मियाँ आ गये। उन्हें देख मेहर और अम्बर की समझ में यह नहीं आ रहा था कि उनके आने पर खुश हों या दुखी। इस तंगी की हालत में उनके किसी विशेष स्वागत का इंतज़ाम करना मुश्किल था। जबकि मियाँ सलीम खासे पैसे वाले थे और गाहे-बगाहे अम्बर मियाँ को मदद की पेशकश करते रहते थे। वह तो अम्बर मियाँ का स्वाभिमान आड़े आ जाता था, जिस कारण उन्हें अपना हाथ समेट लेना पड़ता था। फिर भी वे बच्चों के बहाने अक्सर मेहर को कुछ-न-कुछ रकम ज़रूर दे देते थे।

हमेशा के खुशमिज़ाज मियाँ सलीम इस बार काफ़ी परेशान से लग रहे थे और कई बार लगा जैसे कुछ कहते-कहते रुक रहे हों। रात में जब सभी सो गये तो मेहर उठकर अपने भाई सलीम मियाँ के पास आकर बैठ गई और उनसे अपने आने का खास मकसद पूछा। पहले तो सलीम मियाँ ने ''बस तुम सबसे मिलने आ गये हैं।'' - ऐसा कहकर चुप हो जाना चाहा। लेकिन, मेहर का मन इस बात को मान लेने के लिए तैयार नहीं हुआ और उसने दुबारा-तिबारा जब अपना एक ही सवाल दुहराया तो सलीम मियाँ खुल गये और थोड़े दुःखी स्वर में बताने लगे -

''क्या कहें मेहर, तुम्हारी भाभी रुखसाना ने बिस्तर पकड़ लिया है। जाने क्या बीमारी हो गई है उसे। कितने ही वैद्य-हकीम सब बदल लिए, लेकिन न तो मर्ज़ पकड़ में आ रहा और न ही कोई दवा असर कर पा रही है। ऐसे में तुम्हारी भतीजी नरगिस से अकेले घर नहीं सँभल पा रहा।''

''ओह भाईजान! नरगिस अभी बच्ची ही है। मोहम्मदी से केवल साल भर ही तो बड़ी है। बेचारी नन्ही जान, घर क्या सँभालेगी?''

''हाँ मेहर, इसलिए हम चाहते हैं कि कुछ दिनों के लिए मोहम्मदी को हमारे साथ भेज दो। दोनों बच्चियाँ मिलकर कुछ बेहतर कर सकेंगी।''

''हम सुबह मोहम्मदी के अब्बा से बात कर बताते हैं भाईजान। आप अभी

निश्चिन्त हो सो रहें। कुछ-न-कुछ उपाय निकल ही आयेगा।''

''हाँ मेहर, तुम भी जाकर सो जाओ।''

सुबह जैसे ही मेहर ने सलीम मियाँ की बात बताई, अम्बर भड़क गये। वे किसी भी हालत में मोहम्मदी को अपने से अलग नहीं करना चाहते थे। लेकिन, मेहर ने जब अपनी माली हालत का हवाला देते हुए कहा कि - ''बेटी की ज़ात है कब तक हम इसे सीने से लगाकर रख सकते हैं। ज़रा इसका रूप और अपनी गरीबी भी तो देखो। हम इसे कितना महफ़ूज़ रख पायेंगे। सलीम भाईजान का घर पूरा पक्का है और चारों तरफ़ से चारदीवारी भी है। हमारे पास तो एक मज़बूत दरवाज़ा भी नहीं। ऐसे में कलेजा हमेशा मुँह को आया रहता है। उस पर जब-तब गोरी पल्टन की आमद और उनके ज़ुल्म अलग चिन्ता का सबब बनते जा रहे हैं।''

''आप सही कह रही हैं मेहर। सलीम भाई नवाब साहब के भी नज़दीक हैं तो लोग उनसे खौफ़ भी खाते हैं। हमारी मोहम्मदी उनके पास महफ़ूज़ और सुखी रहेगी।''

इस विचार-विमर्श के अगले दिन ही मोहम्मदी अपने मामूजान सलीम मियाँ के साथ लखनऊ के मलीहाबाद आ गयी। सलीम मियाँ एक कुशल टोपीसाज़ थे, जो गथिली टोपियाँ लखनऊ के रईसों और नवाब के लिए बनाते थे। युवा नवाबज़ादे वाजिद अली को सलीम मियाँ की ये गथीली टोपियाँ खास पसन्द थीं।

2

लखनऊ के नवाब खानदान के चश्मोचिराग वाजिद अली सूरत और सीरत दोनों से कोमल थे। बचपन से ही वाजिद अली को युद्धाभ्यास से अधिक कलाओं को सीखने में रुचि थी। कहते हैं कि मिज़ाज में रईसी वाजिद ने अपनी अम्मी मलिका किश्वर से पाई थी।

मलिका किश्वर एक अलग ही मिज़ाज की महिला थीं। लखनऊ के पाँचवे नवाब अमज़द अली शाह की कई बेगमों में मलिका किश्वर प्रमुख थीं। उनकी नफ़ासत उनकी पोशाकों से लेकर उनके रहन-सहन में भी झलकती थी। मलिका का ख़्वाबगाह हमेशा झक् सफ़ेद ढाकाई सिल्क के परदों और चादरों से सजा होता था। क्या मजाल कि उस सफ़ेदी में कहीं भी कोई दाग लग जाये। सुबह उठते ही मलिका को नहलाने के लिए उनकी बचपन की दासियों का हुजूम आ जाता था। गुनगुने पानी में केवड़े का इत्र और बादाम के तेल की कुछ बूँदें मिलाई जातीं। दो

दासियाँ मलिका के पहने वस्त्र और ज़ेवर एहतियात से उतारतीं। ज़ेवर एक बड़ी सी सोने की परात में सँभाल कर रखे जाते और वस्त्र या तो कोई दासी अपने लिए ले लेती या फिर महल से बाहर किसी ज़रूरतमंद को दे दिए जाते थे। मलिका किश्वर एक वस्त्र केवल एक बार ही पहनती थीं।

चार दासियाँ वस्त्राभूषण के उतर जाने के बाद सुगंधित चन्दन और कई तरह की दालों के पाउडर से बने उबटन लेकर मलिका किश्वर को लगाती जातीं। इस दरम्यान मलिका की तबियत में उदासी न आये, इसका ध्यान रखने के लिए कई तरह के गाने भी गाती थीं। कहते हैं कि उबटन लगाने का काम उन्हीं दासियों के ज़िम्मे दिया जाता था, जिनका गला सुरीला होता था। हालाँकि मलिका किश्वर ने अपने बदन पर मालिश के लिए अपनी अन्य पूर्ववर्ती बेगमों की तरह किसी किन्नर को नहीं रखा था, लेकिन जो दासी इस काम के लिए रखी जाती थी उसके हाथों की परख वे खुद करतीं, और कुछ अलग अहसास के लिए हमेशा सख्त हाथों वाली दासियाँ इस काम के लिए चुनी जाती थीं। मलिका जब शाही हमाम में नहाने के लिए उतरतीं, उनके साथ दो दासियाँ होती थीं, जो उनके बदन से उबटन आदि रगड़ कर साफ़ करतीं और मलिका को नहलाकर कपड़े पहनातीं।

नाश्ते में मलिका को व्यंजनों की भरमार पसंद थी। एक बार व्यंजनों की किस्मों में कुछ कमी उन्होंने महसूस की और तुरन्त शाही रसोई के रसोइयों को ही बदल डाला। मलिका का कहना था कि उनके सामने कई तरह के व्यंजन होने चाहिए। उनमें से उन्हें जो पसंद आयेगा वे उसे उठाकर खायेंगी। मौसमों के हिसाब से उनके लिए तीन अलग-अलग भवन बने हुए थे। वे जाड़े में छत्तरमंज़िल, गर्मियों में चौलक्खी कोठी और बरसात में हवेली बाग द्वारकादास में रहती थीं। वे जब भी बाग की सैर को निकलती थीं उनके साथ दासियों का हुजूम होता था, जिन्हें मलिका की तबियत के हिसाब से कभी लतीफ़ेबाज़ी, कभी गायन तो कभी प्रेम की बातें करनी होती थीं। मलिका की एक दासी रहीमन प्रेम की बातें करने में उम्दा मानी जाती थी। जिस रात नवाब अमज़द अली शाह मलिका के ख़्वाबगाह का रुख करने वाले होते, रहीमन की बातें मलिका खूब सुनतीं। ताकि वे अपने पति के साथ की नायाब रात का आनंद ले सकें। लेकिन जब मलिका की रातें वीरान होतीं यानी अकेली गुज़रने वाली होतीं तब उनके साथ ख़्वाबगाह में दासियों का एक खास दल होता, जो उनके सोने तक उन्हें तरह-तरह की उनकी तबियत के मुताबिक कहानियाँ सुनाता था। इन्हीं मलिका किश्वर की तीन संतानों में सबसे बड़े थे वाजिद अली। इनसे छोटे एक भाई जव्वाद अली थे और बहन थी सबीना।

मलिका किश्वर अपने शाही मिज़ाज के कारण अपने बच्चों के पालन-पोषण से बेखबर सी रहती थीं। गोरे और ख़ूबसूरत वाजिद को अक्सर मलिका की खास दासी रहीमन अपने साथ रखा करती थी। वह वाजिद अली के गोरे गालों को प्यार से सहलाती और हल्के से थपकी दे खिलखिला उठती। वाजिद उसकी हँसी पर रीझ, हँस उठते थे। जब भी वाजिद किसी चीज़ के लिए मचल रहे होते रहीमन झट उन्हें चुप कराने के लिए उठा लेती। सबसे अलग ले जाकर उनके उन यौन अंगों को खास अंदाज़ में सहलाती जो यौन सुख देते हैं। जाने-अनजाने बालक वाजिद के चेतन-अचेतन मन पर इसका प्रभाव पड़ता और वे अपनी ज़िद्द भूल जाते। धीरे-धीरे वाजिद के दिलो-दिमाग पर रहीमन का स्पर्श हावी होता गया और वाजिद अब बिना बात के भी रहीमन को देख उसके उन खास स्पर्शों के लिए मचल उठते। एक गर्मी की दोपहर, जबकि मलिका अपने ख़्वाबगाह में आराम फ़रमा रही थीं और इस कारण उनकी वे दासियाँ जो ख़्वाबगाह में नहीं जा सकती थीं, इधर-उधर सोई पड़ी थीं। अपनी रौ में खेलते आठ वर्ष के वाजिद की निगाह महल के एक चबूतरे पर लेटी रहीमन पर गई। गर्मी से बचने के लिए रहीमन ने अपने दुपट्टे हटाकर एक तरफ़ रख दिए थे। बेतरतीब तरीके से लेटने के कारण उसके कुर्ते का गला नीचे तक खिसक गया था। वाजिद की नज़रें उसी उघड़े बदन पर गईं और रहीमन के भरे हुए स्तन देख चमक उठीं। उन्होंने सोचा कि रहीमन सो रही है तो जाकर चुपचाप उसके स्तन छूकर भाग लें। लेकिन, वाजिद का स्पर्श पाते ही रहीमन की नींद खुल गई और उसने अपने स्तनों पर हाथ रखे वाजिद के हाथ पर हाथ रख दबाव बनाना शुरू कर दिया। वाजिद ने हाथ हटाना चाहा तो उसने उन्हें गोद में उठा लिया और फिर उनके यौनांगों को एक हाथ से सहलाते हुए दूसरे हाथ से उनका हाथ अपने यौनांगों तक ले जाने लगी। वाजिद के जीवन का यह पहला मौका था जबकि मात्र आठ वर्ष की उम्र में एक पैंतालिस वर्ष की स्त्री के जिस्म से और उसके यौन सुख से वे वाकिफ़ हुए। इसके बाद तो फिर जैसे एक सिलसिला सा चल निकला। वाजिद और रहीमन, किसी को कोई शक भी नहीं होता, क्योंकि उम्र के इस फ़ासले में ऐसे रिश्ते की उम्मीद करना भी कल्पना से परे की बात थी। धीरे-धीरे वाजिद अपनी उम्र की बढ़त के कारण आई ऊब और विचलन का हल स्त्री जिस्म में तलाशने लगे। जो भी दासी उन्हें पसंद आती बारह-तेरह की उम्र आते-आते वे उसके संबंध बनाने में गुरेज नहीं करते।

एक तरफ़ तो वाजिद के व्यक्तित्व में स्त्री जिस्म के प्रति यह विकार बढ़ रहा था तो दूसरी तरफ़ उनके वालिद नवाब अहमद शाह द्वारा रखे गये बेहतरीन

उस्तादों की सोहबत में संगीत कला के साथ-साथ अरबी-फ़ारसी तथा उर्दू अदब की बेहतरीन समझ भी विकसित होती जा रही थी। कलाओं के प्रति और शे'रो-शायरी के प्रति वाजिद की समझ ने भी स्त्री-शरीर के प्रति उनके विकार को कम करने में कोई मदद नहीं की। बल्कि, अब तो ऐसी स्थिति आ गई थी कि उन्हें जो भी स्त्री पसंद आती, उसे वे महल में बुलवा कर रखने लगे। ऐसी स्त्रियों की बढ़ती तादाद की खबर जब मलिका किश्वर को लगी तो वे चिंतित हो गईं और उन्होंने उन्हें महल से निकालने का आदेश दिया। वाजिद मलिका के आदेश की तौहीन नहीं कर सकते थे। अत: उन्होंने शाही महल से अलग उनके रहने की व्यवस्था कराई और उसका नाम रखा 'परीखाना'। (वर्तमान के परीखाना की इमारत बाद में बनी, परन्तु इसका अस्तित्व पहले ही आकार ले चुका था) वाजिद के शब्दों में हर औरत जो उनके भोग के लिए लाई जाती वह एक परी थी। उनके नाम के साथ वे परी लगाकर ही पुकारते थे। परीखाना के अस्तित्व में आते ही वाजिद ने वहाँ कई कलात्मक गतिविधियाँ भी शुरू करवा दीं। परीखाना को उन्होंने विभिन्न खण्डों में बाँट दिया। जो परियाँ नृत्य में निपुण थीं उनके लिए परीखाना का एक अलग खण्ड था, तो संगीत की लगातार साधना के लिए अलग। नाटकों के लिए एक अलग खण्ड। वाजिद का मन जब जिस कला में डूबा होता वे उसी खण्ड में जाते और वहीं की किसी परी के साथ रात भी बिताते। चौदह-पन्द्रह की उम्र होते-होते वाजिद की रंगीन मिज़ाजी के किस्से पूरे अवध में फैलने लगे थे। इसके साथ ही वाजिद अक्सर शे'रो-शायरी की महफ़िलें भी करने लगे थे, जो परीखाने में स्थित सभागार में होती थीं। उम्र के लिहाज़ से वाजिद अभी काफ़ी छोटे थे, लेकिन उनकी कलात्मक रुचियाँ परिपक्व थीं। धीरे-धीरे वाजिद ऐसी महफ़िलों के इतने अभ्यस्त होते गये कि वे परीखाने में ही कई-कई दिन रहने लगे। वाजिद की इस बिगड़ती आदत को रास्ते पर लाने के लिए मलिका किश्वर ने उनका निकाह कर देने का विचार किया। इधर महल में वाजिद के निकाह के लिए किसे चुना जाये, इस पर चर्चा गरम थी और उधर वाजिद शे'रो-शायरी की महफ़िल जमाये बैठे थे। अवध के कुछ खास शायरों के अलावा वाजिद के करीबी उस महफ़िल में जमे हुए थे। ऐसे ही खास करीबी में सलीम मियाँ भी थे और आज की महफ़िल के लिए उन्होंने खास गथिली टोपी वाजिद के लिए बनाई थी। वाजिद सलीम मियाँ की बनाई टोपियों के कद्रदान थे। सो महफ़िल में ही भेंट की गई टोपी को पहनते हुए वाजिद ने अपना लिखा एक नायाब शे'र सुनाया -

नाकू से बरहमन ने सदा दी अज़ान की।
मस्जिद से हमने सजदा किया सोमनाथ का।।

''वाह-वाह'' की आवाज़ से महफ़िल गूँज उठी। लेकिन, इस शे'र से महफ़िल में वह रौनक नहीं आई, जिसके लिए वाजिद की महफ़िलों की चर्चा थी। सो, एक आशिक मिज़ाज शायर ने कहा -

''हुज़ूर जान बख्शें तो हम कुछ कहें।''

''कहिये कादर मियाँ। आप जो भी कहना चाहते हैं।''

''हुज़ूर आप यह टोपी उतार दें।''

''क्यों?''

''हुज़ूर, इस टोपी का असर है कि आज की महफ़िल में रौनके इश्क नहीं है।''

''अगर आपको ऐसा लगता है कादर मियाँ तो हम शे'रो शायरी की यह महफ़िल यहीं खत्म कर देते हैं और कत्थक की महफ़िल जमाते हैं। कहिये तो साहब खानम को बुलावा भेजें महफ़िल के लिए।''

''हुज़ूर, ज़ायका बदल जायेगा। कुछ फड़कते हुए शे'र ही कहें।''

''कादर मियाँ, आज आप कुछ बहकी-बहकी बातें कर रहे हैं या हमें आप कुछ बहके हुए से लग रहे हैं।''

''हुज़ूर इस टोपी का असर है।''

''आज आप हमारी टोपी के पीछे क्यों पड़े हैं?''

''हुज़ूर, इसमें जो मोती की लड़ियाँ पिरोई गई हैं उनमें एक मोती थोड़ा टेढ़ा लगा हुआ है और उसी के असर से हुज़ूर महफ़िल आज जमा नहीं पा रहे।''

''ओह! अगर ऐसा है तो सलीम मियाँ आप यह टोपी लेकर जायें और आगे से कभी इस तरह की नुक्स वाली टोपी हमारे पास लेकर न आयें।''

वाजिद ने टोपी उतारकर सलीम मियाँ के हाथ पर रख दी। कहाँ तो सलीम मियाँ टोपी के एवज़ में ईनाम की आस लगाये बैठे थे और अब टोपी भी वापस ले जानी पड़ रही थी। उनका चेहरा ही उतर गया। लेकिन, वाजिद के सामने ज़बान खोलने की हिम्मत नहीं थी और वे टोपी लेकर वापस अपने घर आ गये। टोपी के साथ उदास चेहरे से वापस आये सलीम मियाँ को देख उनकी बेटी नरगिस और मोहम्मदी दोनों ही एक साथ बोल उठीं -

''क्या हुआ?''

‘‘कुछ नहीं। बस, टोपी में लगी मोतियों की लड़ी में एक मोती ने बगावत कर दी और वाजिद साहब ने टोपी अपने सर पर रखने से इनकार कर दिया।’’

‘‘लेकिन, इतनी लड़ियों के बीच केवल एक मोती के सीधेपन में कमी भी नहीं बर्दाश्त कर पाये हमारे छोटे नवाब?’’

पास ही बिस्तर पर लेटी रुखसाना ने दुखी स्वर में पूछा।

‘‘नहीं रुखसाना, वाजिद साहब जितने नाज़ुक मिज़ाज हैं उतने ही सलीका पसंद भी। बहरहाल, इस टोपी को हमें या तो ठीक करना होगा या फिर इसे किसी रईस के हाथों बेच, दूसरी टोपी बनानी होगी अपने छोटे नवाब के लिए।’’

‘‘अच्छा मामूजान, ये हमारे तुनक-मिज़ाज छोटे नवाब दिखते कैसे हैं? मेरा मतलब है आँखें, नाक, मुँह सभी सही-सलामत तो हैं। या वे भी अपनी जगह से थोड़ा-सा खिसके हुए हैं?’’

‘‘हा-हा, अरे मोहम्मदी ऐसा नहीं है। वाज़िद साहब गोरे-चिट्टे नवाबज़ादे हैं और माशाअल्लाह ख़ूबसूरत भी।’’

अभी बातों का यह दौर चल ही रहा था कि रुखसाना को ज़ोर की खाँसी उठी। मिनट भर खाँसने के बाद उसे खून की उल्टियाँ होना शुरू हो गईं। सभी घबरा गये। नरगिस और मोहम्मदी दौड़कर पास आईं। मोहम्मदी रुखसाना की पीठ सहलाने लगी जबकि नरगिस दौड़कर पानी का गिलास लेकर आई। एक बार उल्टी होने के दो मिनट के बाद जब फिर से उल्टी हुई तो सलीम मियाँ भाग कर हकीम को बुलाने गये। मोहम्मदी लगातार रुखसाना की पीठ सहलाती जा रही थी। पर, खून की उल्टियाँ रुकने का नाम नहीं ले रही थीं और हकीम साहब के आते-आते रुखसाना ने बेदम हो आँखें मूँद लीं। नब्ज़ टटोल हकीम साहब ने उन्हें मुर्दा घोषित कर दिया।

रुखसाना को गुज़रे हुए आज दो दिन बीत चुके थे और इन दो दिनों में मोहम्मदी बारह साल की बच्ची से एकदम प्रौढ़ा हो गई थी। कभी अपने मामूजान से खाने की गुज़ारिश करती तो कभी नरगिस के आँसू पोंछती और कभी खुद भी उनके साथ मिलकर आँसू बहाती। कभी स्थिति सामान्य होती लगती और कभी जैसे सब कुछ बिखरा हुआ लगता। हालाँकि, अपनी मामी के साथ रहते हुए उसे अधिक दिन नहीं हुए थे, लेकिन वह इस घर में ऐसे रच-बस गई थी, जैसे वर्षों से रह रही हो। एक दिन की बात है। अभी गमी के चालीस दिन भी पूरे नहीं हुए थे और पड़ोस की अमीरन बी ने सलीम मियाँ के दूसरे निकाह की बात छेड़ दी। सलीम मियाँ जवाब में कुछ कह पाते, इससे पहले ही मोहम्मदी ने नरगिस की तरफ़ इशारा कर कहा –

''आपको इस गरीब पर ज़रा भी तरस नहीं आता क्या खालाजान?''

''हैं! यह बित्ते भर की लड़की और बालिश्त भर की ज़ुबान। बड़े लोगों की आपसी बात में भी इस उम्र की कोई लड़की बोलती है भला?''

''अमीरन बी, मोहम्मदी सही बोल रही है। अभी तो गमी का चालीसा भी खत्म नहीं हुआ और आपने यह राग छेड़ दिया है। हम कभी नहीं करेंगे दूसरा निकाह। नरगिस और मोहम्मदी इन्हीं फूल-सी बच्चियों की अच्छी परवरिश करेंगे और इनका ही निकाह सुखी घराने में करेंगे,'' - सलीम मियाँ ने तल्खी से कहा।

''तौबा-तौबा मियाँ, इस लड़की के साथ आपकी अक्ल पर भी परदा पड़ गया क्या?''

''ऐसा ही समझें अमीरन बी। आगे से फिर हमसे निकाह की बात न करें।''

सलीम मियाँ की दो टूक बात सुनकर अमीरन बी गुस्से में मोहम्मदी को जलती नज़रों से देखते हुए उठकर चली गईं।

सलीम मियाँ के जीवन का अब एकमात्र मकसद नरगिस और मोहम्मदी की शिक्षा-दीक्षा और लालन-पालन हो गया। उन्होंने दोनों की पढ़ाई के लिए एक मौलवी साहब को नियुक्त किया। जो रोज़ाना शाम को आकर उन्हें पढ़ाते थे। मोहम्मदी पढ़ने में ज़हीन थी, लेकिन गाहे-बगाहे सलीम मियाँ से एक बेतुकी ज़िद्द कर बैठती थी -

''मामूजान, हमें तलवार चलाना सीखने का मन है। हमें इसकी तालीम दिलवा दीजिए ना!''

और सलीम मियाँ हक्के-बक्के से उसे देखते रह जाते। इस उम्र की लड़कियाँ गुड़ियों के ब्याह रचाने में मशगूल हैं और यह बालिश्त-भर की नन्ही सी जान तलवारबाज़ी की चाहत में बेचैन है। एक दिन हैरान-परेशान से सलीम मियाँ ने उससे पूछ ही लिया -

''अच्छा मोहम्मदी, पहले यह बताओ कि तुम यह तलवारबाज़ी क्यों सीखना चाहती हो?''

''हमें नहीं पता। मामूजान हमारा मन करता है कि हम भी कुछ करें। हमें तीरंदाज़ी भी सीखने का मन होता है।''

''बेटा, तुझे क्या सेना में भर्ती होना है जो यह सब सीखना चाहती है?''

''यह तो ठीक-ठीक नहीं मालूम मामूजान। हमारा मन होता है यह सब सीखने का।''

''अच्छा सुन, कल हमारे छोटे नवाब वाजिद साहब का निकाह है। तुम और नरगिस दोनों चलो वहाँ। तुम्हें सैनिकों को देखकर अच्छा लगेगा।''

''हाँ मामूजान, हम ज़रूर चलेंगे। अभी हम ज़रा बाहर के बाग से सूखे गुलाब की पंखुड़ियाँ ले आयें।''

''सूखे गुलाब की पंखुड़ियों का क्या करोगी तुम?''

''मामूजान, हम और नरगिस उन पंखुड़ियों को अपने नहाने के पानी में डालकर थोड़ी देर छोड़ देते हैं, फिर नहाते हैं। गुलाब की खुशबू के साथ।''

''हाँ, हाँ अच्छा! हम फूलों की दुकान लगाने वाले अशफ़ाक को बोल देते हैं। वह रोज़ाना बचे हुए गुलाब तुम्हें और नरगिस को आकर दे देगा। खामख़्वाह फेंक दिया करता है।''

''अब्बाजान! जब वह बचे हुए गुलाब देने आये तो उसे कहियेगा कुछ मोगरे के फूल भी लेता आयेगा। हमें उसकी खुशबू बेहद पसंद है।''

''ठीक है नरगिस। अब तुम दोनों कल की तैयारी करो, महल में चलने की।''

''जी अब्बू।''

अगले दिन मोहम्मदी और नरगिस जल्दी उठ गईं। महल में जाने का उत्साह और उस पर की जाने वाली तैयारियों का मन पर बोझ था। दरवाज़े पर हुई आहट से मोहम्मदी ने दरवाज़ा खोला तो सामने एक युवक झक सफ़ेद कुर्ते-पाजामे में हाथ में एक फूलों का टोकरा, जिसमें एक तरफ़ बासी गुलाब के फूल थे और दूसरी तरफ़ आधे में मोगरे के ताज़े महकते फूल थे लिए खड़ा था। उसे देख मोहम्मदी पशोपेश में पड़ गई, क्योंकि फूलों के टोकरे के साथ जो खड़ा था वह अशफ़ाक नहीं था जैसा कि सलीम मियाँ ने उसे बता रखा था। जब दो मिनट के मौन में मोहम्मदी ने न तो कुछ कहा और न ही फूलों का टोकरा लेने का कोई उपक्रम किया तो आगत युवक ने थोड़ा शर्माते हुए अपना परिचय दिया –

''जी अशफ़ाक चचाजान ने हमें ये फूल यहाँ पहुँचाने को कहा है। हमारा नाम जावेद है और हम फूलों के कारोबार में चचाजान की मदद करते हैं।''

''बहुत बढ़िया जावेद भाई। आप यह टोकरा हमें दे दें। हम मोहम्मदी और आपके बासी पड़े गुलाबों के कद्रदान भी।''

''जी। फिर ये ताज़े मोगरे किसके लिए हैं?''

''हमारी आपा हैं। थोड़ी नाज़ुक मिज़ाज और शायराना ख़यालातों की भी। ये महकती हुई ताज़गी उनकी ही पसंद है।''

''जी शुक्रिया। हम रोज़ाना ऐसा ही टोकरा बनाकर दे जायेंगे।''

''वह तो ठीक है भाईजान, लेकिन आप हमें साथ में शुक्रिया क्यों दे रहे हैं। यह तो हमें देना चाहिए ना!''

''जी, जी बस यूँ ही। क्या हम अब जायें?'' - जावेद ने झेंपते हुए कहा।

''जी, लेकिन कल फिर आइयेगा। हमें गुलाब की पंखुड़ियों के बगैर नहाना अच्छा नहीं लगता।''

''जी ज़रूर।''

जावेद के जाते ही नरगिस अन्दर के कमरे से निकल कर आ गई।

''कौन था मोहम्मदी।''

''आपा आपकी दीवानगी लेकर आने वाला एक दीवाना था।'' - मोहम्मदी ने हँसते हुए चुटकी ली।

''अरे! ताज़े मोगरे! अहा! कौन दे गया? अशफ़ाक चचाजान?''

''नहीं एक दीवाना। उनका भतीजा जावेद।''

''मोहम्मदी, शरारत छोड़ और चल जल्दी से तैयार हो जायें। अब्बू ने हमें समय पर तैयार हो निकलने की ताकीद की है। यहाँ से महल तक पहुँचने में ताँगे से डेढ़-दो घण्टे तो लग ही जायेंगे।''

''हाँ आपा, चलिए। हमारे गुलाब आ गये। हम उनकी पंखुड़ियाँ तोड़कर पानी में डाल नहा लेते हैं। तब तक आप अपने मोगरों के संग थोड़ा वक्त बिताइये।''

''हाँ, ठीक है।''

पन्द्रह वर्ष के वाजिद अली का निकाह मलिका किश्वर ने उनके बढ़ते रंगीन मिज़ाज पर अंकुश लगाने के लिए बेहद ख़ूबसूरत आलमआरा से तय कर दिया था। पहली निकाह की तारीख के समय आलमआरा के एक नज़दीकी रिश्तेदार की मृत्यु हो गई और इसलिए यह निकाह महीना भर आगे टल कर अब हो रहा था। चूँकि गमी का माहौल था, इसलिए निकाह सादगी से सम्पन्न होना था, परन्तु वाजिद अली के सभी खास-मेहमान इस निकाह में बुलाये जायें, ऐसा खुद वाजिद अली का ही आदेश था।

निकाह भले ही सादगी से हुआ लेकिन आलमआरा के साथ वाजिद अली की पहली रात का इंतज़ाम बहुत ही ख़ूबसूरती से किया गया था। मलिका किश्वर ने खुद सारे इंतज़ामात अपनी देख-रेख में करवाये थे। निकाह के बाद आलमआरा को मलिका किश्वर के कमरे में बिठाया गया। फिर मलिका ने अपनी सेविकाओं से आलमआरा का श्रृंगार अपनी निगरानी में करवाया। शाम ढलते ही मलिका किश्वर

के कमरे से वाजिद के ख़्वाबगाह तक लगाये गये खास नक्काशीदार रंगीन लैम्प जगमगा उठे। जिस रास्ते आलमआरा को अपने कमरे में वाजिद अली के साथ जाना था, पूरा फूलों की पंखुड़ियों से अटा हुआ था। मलिका ने खास ख़याल रखा था कि उनकी बहू-बेगम के पैर ज़मीन पर न पड़ें। पहली रात के लिए कमरे की, की गयी सजावट किसी अलग लोक का आभास दे रही थी। कमरे के बीचोबीच रखे गोलाकार पलंग पर मोटे मुलायम गद्दे के ऊपर सुर्ख लाल मखमली चादर बिछी हुई थी। जिस पर फूलों की पंखुड़ियों के आकार के सफ़ेद रेशमी गिलाफ़ लगे मुलायम तकिये करीने से रखे हुए थे। दरवाज़े और खिड़कियों पर ढाका से मँगाये गये महीन रेशमी परदे लहरा रहे थे। कमरे में रोशनी जादुई अहसास लिए हुए हो इसलिए हरेक शमा के सामने नगीनों की बारीक-पारदर्शी परतें तराश कर लगाई गई थीं। एक तरफ़ नीलम के परदे से छनकर नीली रोशनी निकल रही थी तो दूसरी तरफ़ पुखराज से छनी हुई पीली रोशनी और पन्ना तथा लाल (रूबी) से छनी हरी, लाल रोशनियाँ भी आपस में गड्डमड्ड हो जादुई अहसास दे रही थीं।

हाँ, कमरे में हीरे को नहीं रखा गया था, क्योंकि उससे निकलने वाली तेज़ चमक वाजिद की आँखों में चुभकर उनके रंगीन ख़्वाबों को दरका सकती थी - ऐसा मलिका किश्वर का मानना था। उन्होंने तो इस बात का भी खास ख़याल रखा था कि आलमआरा के आज की रात पहने गये जेवरों में भी एक भी हीरा जड़ा हुआ न हो। खास कपड़ों और गहनों से सजी ख़ूबसूरत आलमआरा किसी अलग लोक की परी लग रही थी।

रात जब एक पहर ढल गई, मलिका किश्वर ने वाजिद को भी अपने कमरे में बुलाया। वाजिद तथा आलमआरा की एक साथ नज़र उतार हीरे, जवाहरात और मोती लुटाये। फिर, वाजिद के पसंदीदा ग़ज़ल गायकों ने ग़ज़ल के सुर बिखेरने शुरू किए। उन्हीं सुरों के साथ वाजिद अपनी नवब्याहता पत्नी आलमआरा के साथ फूलों से अटे गलियारे में धीरे-धीरे कदम बढ़ाते हुए ख़्वाबगाह की तरफ़ जाने लगे। मलिका उन दोनों के हरेक कदम की नज़र उतारती मोती लुटा रही थीं। ऐसे ही मोती लुटाते हुए किसी तरह से एक मोती लुढ़क कर फूलों की पंखुड़ियों में जा छुपा और चलते हुए रोशनआरा के पैर के नीचे आ गया। रोशनआरा दर्द से कराह उठीं। वाजिद अपनी नई दुल्हन का दर्द सह नहीं पाये और सबके सामने उसे गोद में उठा ख़्वाबगाह की तरफ़ बढ़ने लगे। आस-पास खड़ी सेविकाएँ और वाजिद के मेहमानों में से कोई मुँह दबाकर हँसने लगा तो किसी को वाजिद की यह अदा खूब रास आई। खासकर, उनके परीखाने की परियाँ तो वाजिद की इस अदा पर मर मिटीं।

सलीम मियाँ अपनी दोनों बच्चियों मोहम्मदी तथा नरगिस के साथ निकाह के बाद वापस लौट गये थे। जब मौलवी साहब वाजिद का निकाह करवा रहे थे मोहम्मदी और नरगिस शाही बाग की सैर कर रही थीं। यह सुन्दर ख़याल नरगिस के दिमाग की देन थी कि निकाह के उबाऊ माहौल से तो अच्छा है कि बाग के फूलों को देखा जाये और तितलियों के पीछे भागा जाये।

बाग में बदहवास तितलियों के पीछे भागतीं, कभी उन्हें पकड़तीं, उनके रंग-बिरंगे पंखों पर रीझतीं मोहम्मदी और नरगिस को सलीम मियाँ ने वापस घर जाने के लिए बामुश्किल पकड़ा। नरगिस, मोहम्मदी से साल-डेढ़ साल बड़ी थी। मोहम्मदी तेरह वर्ष की और नरगिस चौदह साल से कुछ ऊपर की। दोनों में गहरी छनती थी। बस बुनियादी अन्तर यह था कि नरगिस शे'रो-शायरी की शौकीन और शर्मीली थी, जबकि मोहम्मदी को शे'रो-शायरी जैसी कलाओं से कुछ खास मतलब नहीं था। वह बिंदास हर जगह बोला करती थी। निडर इतनी कि रात में भी अकेले कहीं चली जाये। कई बार सलीम मियाँ शे'रो-शायरी की महफ़िलों में देर रात तक रह जाते तो मोहम्मदी उन्हें जाकर घर लेकर आती। न तो किसी से परदा, न ही किसी बात की लाज-शरम। कई बार पतंगबाज़ी करते लड़कों और मुर्गों की लड़ाई के आनन्द में डूबे लोगों का मज़ाक उड़ा चुकी थी। पूरा मलीहाबाद उसकी इस आदत से परेशान था। कुछ ने सलीम मियाँ से शिकायत भी की तो सलीम मियाँ ने हँसते हुए यह कहकर टाल दिया कि ''बच्ची है बड़ी होकर सँभल जायेगी। नाहक आप लोग उस बच्ची के बचपने पर नाराज़ हो रहे हैं।'' शिकायत करने वाले सलीम मियाँ का यह जवाब पा अपना सा मुँह लेकर चले जाते।

आज सुबह-सुबह मोहम्मदी को जाने क्या धुन सवार हुई, वह उठी और आँखें मलते हुए नुक्कड़ पर अल्लसुबह से ही मुर्गों की लड़ाई में व्यस्त भीड़ में पहुँच गई। लोग दो गुटों में बँटे थे। एक काले पंखों वाला मुर्गा था, जिसका नाम काले था और एक झक्क सफ़ेद मुर्गा था, जिसका नाम गोरे था। काले और गोरे के पंजों में पतली छुरियाँ बँधी थीं, जिससे वे वार कर अपने प्रतिद्वन्द्वी को लहूलुहान करने की कोशिश कर रहे थे। काले की तरफ़ के लोग काले को जोश दिलाते - ''मार काले मार। इस वार में गोरे का खात्मा कर दे।''

मुर्गा जाने क्या समझता, लेकिन शोर और जोश की आवाज़ों के बाद अपनी गर्दन फुलाकर गोरे पर झपट पड़ता। उधर गोरे के पक्ष की तरफ़ वाले चिल्लाते - ''बचा गोरे बचा काले का वार। तुझे वार बचाकर इस बार के हमले में काले की गर्दन हलाल कर देनी है और गोरे जाने क्या समझता, वह भी अपनी गर्दन फुलाकर

काले पर झपट पड़ता। पंजों में बँधी छुरियों से दोनों ही लहूलुहान हो रहे थे। काले के जिस्म से कुछ अधिक खून निकल रहा था, जबकि गोरे का पंख एक जगह से छिल गया था और वहाँ खून छलछला गया था। मोहम्मदी ने लपककर काले को उठा लिया। जमा भीड़ अभी कुछ समझ कर 'अरे! अरे!' जैसे शब्द बोलती वह फुर्ती से काले को गोद में ले बैठ गई और उसके पंजों से बँधी छुरियाँ अलग करने लगी। यों तो लड़ाके मुर्गे इस तरह से अपने उठाने वाले पर भी वार करते हैं। लेकिन, काले शायद अंदर तक ज़ख्मी हो गया था। इसलिए वह मोहम्मदी की गोद में शांत पड़ गया। अब तक भीड़ को अपना रस-भंग होने का अहसास हो गया और काले के मालिक को खेल खराब होने का। अत: वह और उसके पीछे पूरी भीड़ एकदम एकबारगी मोहम्मदी पर झपटी। मोहम्मदी काले के पंजों से छुरियाँ अलग कर चुकी थी। भीड़ के तेवर देख काले को अपनी गोद से उतार उन सबको संबोधित कर वह बोली - "शरम नहीं आती आप लोगों को? देख नहीं रहे बेचारा नन्ही सी जान किस कदर घायल है।"

"अरे मोहम्मदी! तू घर जा चुपचाप। हम तो इसके हलाल होने का इंतज़ार कर रहे थे ताकि आज इसका सालन पकाकर खाया जा सके।"

"मुर्गे का सालन ही खाना है तो इसे सीधे हलाल करके खाइये ना! ऐसे क्यों इस गरीब को सताये जा रहे हैं? क्या इसे दर्द नहीं हो रहा होगा?"

"अरी तू जा। सारा खेल खराब कर दिया और उस पर बित्ते भर की छोकरी गज़ भर की ज़बान चला रही है।"

भीड़ में खड़े कुछ बुज़ुर्गों ने उसे डाँट पिलाई। मोहम्मदी बेमन से वहाँ से उठी और घर की तरफ़ धीमे कदमों से चल पड़ी।

रोज़ सुबह जब जावेद फूलों का टोकरा लेकर आता था, दरवाज़ा मोहम्मदी खोलती थी और टोकरा लेती थी। लेकिन आज जब जावेद आया तो दरवाज़ा केवल भिड़का हुआ था, जो दस्तक देने के पहले क्रम में ही खुल गया। जावेद आश्चर्य से भर उठा और उसने दरवाज़े को पूरा खोलकर आवाज़ लगाई -

"मोहम्मदी, ओ मोहम्मदी अपने बासी गुलाब ले लो।"

जावेद की टेर पर नरगिस अपने लम्बे खुले बालों का जूड़ा बनाती सामने आई। जावेद को देख ठिठक गई और जैसे खुद को ही सुना रही हो, बोली -

"जाने आज मोहम्मदी कहाँ चली गई। लाइये हमें दे दीजिये उसके बासी गुलाबों का यह टोकरा।"

"जी, लेकिन इसमें आपके लिए ताज़े मोगरे के फूल भी हैं।"

''जी शुक्रिया।'' – कहते हुए नरगिस ने टोकरा लेने के लिए हाथ बढ़ाया तो जावेद की उंगलियाँ हल्के से टोकरा देते हुए उसकी उँगलियों को छू गईं। नरगिस का गोरा चेहरा लाज से सुर्ख़ हो गया और उसके हाथ टोकरा लेते हुए काँप गये। फलस्वरूप टोकरा ज़मीन पर फूल बिखेरता गिर गया।

जावेद की उँगलियों ने जैसे ही नरगिस की छुअन को महसूस किया, अठारह वर्ष के अभी-अभी युवा हुए जावेद की नसें तड़क उठीं। फूलों के गिरते टोकरे को थामने की जगह वह अचकचाया सा नरगिस को देखता रह गया।

गज़ब का संयोग था। इधर टोकरा गिरा, उधर मोहम्मदी ने घर में कदम रखा और जो दृश्य उसकी आँखों के सामने था वह था –

'नरगिस का चेहरा सुर्ख़, नज़रें झुकी हुईं। जबकि जावेद का मुँह थोड़ा-सा खुला हुआ और आँखें नरगिस के चेहरे पर टिकी हुईं। दोनों के पैरों के इर्द-गिर्द गुलाब और मोगरे के फूल बिखरे हुए और बेचारा टोकरा लुढ़क कर थोड़ी दूर पर औंधा पड़ा हुआ।'

पूरा दृश्य मोहम्मदी को अत्यन्त रोचक लगा। वह अब मुर्गों की लड़ाई में मिली फटकार भूल गई और तालियाँ बजाकर हँसने लगी। मोहम्मदी की हँसी ने दोनों को सचेत किया। इससे पहले कि मोहम्मदी कुछ बोलती, जावेद जल्दी से वहाँ से चल पड़ा। पीछे से मोहम्मदी ने आवाज़ लगाते हुए कहा –

''कल फिर ज़रूर आइयेगा भाईजान और आज से अधिक फूल लेकर। आख़िर आज का खामियाज़ा भी तो आपको ही भुगतना होगा।'' – फिर नरगिस को मुखातिब हो उसने कहा –

''आपा! अब कल से फूलों वाली ज़िम्मेदारी से हम अपने को अलग करते हैं। वैसे भी हमारे लिए बासी फूल आते हैं और आपके लिए ताज़े। तो सीधे-सीधे ज़िम्मेदारी का काम आपका होता है।''

जवाब में लजीली मुस्कान के साथ नरगिस फूलों को समेट कर टोकरे में रखने लगी। अब तो रोज़ का नियम हो गया था। सूरज की पहली किरणों और ताज़े मोगरों की खुशबुओं के साथ नरगिस और जावेद का मिलना।

सलीम मियाँ को गाहे-बगाहे अब नरगिस की शादी की चिन्ता भी हो रही थी। ऐसे ही एक दिन वे घर के दालान में बैठे कुछ सोच रहे थे तभी मोहम्मदी के माता-पिता, मेहर और अम्बर मियाँ उनसे मिलने आये। मोहम्मदी अम्बर मियाँ को देखते ही भागते हुए आई और प्यार से उनकी गर्दन में झूल गई।

''अरे! अरे! इस लड़की का बचपना तो अभी तक नहीं गया। बाप के गले लग रही है और अम्मी की तरफ़ देखा भी नहीं।'' – मेहर ने दुलार भरे स्वर में कहा।

''नहीं अम्मी, ऐसी बात नहीं है।'' – तुरंत मेहर के गले लग लिपटती हुई मोहम्मदी बोली।

''अच्छा अम्मी–अब्बू आप लोग यहीं बैठिये। हम आपके लिए गुलाब का शरबत लेकर आते हैं। इसे हमने खुद अपने हाथों से बनाया है।''

मेहर ने अब ध्यान से मोहम्मदी को देखा। इन एक–डेढ़ वर्षों में मोहम्मदी का कद निकल आया था और आराम के रहन–सहन से उसकी ख़ूबसूरती भी काफ़ी निखर गई थी। मेहर ने तुरंत अपने हाथों से उसकी नज़र उतारी और सलीम मियाँ का रुख कर बोली – ''भाईजान, आपके पास हमारी मोहम्मदी खूब प्यार से परवान चढ़ रही है। हमें सबसे पहले माफ़ी दे दें कि हम अपनी भाभीजान के इंतकाल के मौके पर आ नहीं पाये। हमारे अनवर की हालत काफ़ी नाजुक थी उस समय।''

''हमें मालूम है आपा। बोलकर आप हमें शर्मिन्दा न करें।''

''क्या कहें सलीम भाईजान! आज भी हम लखनऊ आये हैं अनवर को लेकर। वह अभी हकीम साहब के दवाखाने में भर्ती है।'' – अम्बर मियाँ इतना कहकर रुक गये और सर घुमाकर दूसरी तरफ़ देखने लगे।

''भाईजान, इजाज़त दें तो हम कुछ कहें।'' – धीमे स्वर में मेहर ने कहा।

''किसी को कुछ कहने की ज़रूरत नहीं। हम आप दोनों के साथ चल रहे हैं। हमारे अनवर को कुछ नहीं होगा। जो भी हमसे बन पड़ेगा हम करेंगे।''

लेकिन, कुछ नहीं होगा ऐसा कहने भर से बीमार अच्छा हो जाता तो फिर दुनिया के दुख का भार भी हल्का हो जाता। हर कोशिश और पैसों के खर्च के बावजूद अनवर को बचा पाना संभव नहीं हुआ। कुछ दिनों तक सलीम मियाँ के घर में रहने के बाद अम्बर मियाँ और मेहर अपने दो बेटों अहमद और शिकोह के साथ वापस फर्रूखाबाद चले गये।

अनवर की मौत का असर मोहम्मदी के दिलो–दिमाग पर काफ़ी हुआ। उसके मन में यह बात घर कर गई कि पैसों की कमी के कारण अनवर भाई उन सबको छोड़ कर चले गये। सो कुछ दिनों तक गुमसुम रहने के बाद एक दिन उसने मौका देख सलीम मियाँ से बात की –

''मामूजान हम आपसे कुछ कहना चाहते हैं।''

''कहो बिटिया, जो भी कहना चाहती हो।''

''मामूजान, आप हमें भी अपना यह हुनर गथिली टोपी सिलना सिखा दें। हम पैसे कमाना चाहते हैं।''

''अरे मेरी बिटिया!'' – कह मोहम्मदी को अपने पास खींच गले लगाते हुए सलीम मियाँ ने कहा –

''तुम्हें पैसों की कोई कमी हम नहीं होने देंगे। रही बात गथिली टोपी सीखने की तो बेटा हुनर के लिए सीख लो। हम तुम्हें कल से ही सिखाना शुरू कर देंगे।''

''शुक्रिया मामूजान।''

''जीती रहो बेटा और अपने मन पर कोई बोझ मत रखो। अभी तुम्हारे खेलने–खाने के दिन हैं।''

''जी मामूजान।'' – कह मोहम्मदी सलीम मियाँ के पास से घर के अन्दर एक कमरे में अपने ख़्वाबों के साथ लेटी नरगिस के पास पहुँच गई।

नरगिस और जावेद का प्रेम परवान चढ़ रहा था। रोज़ाना दोनों फूलों के बहाने मिलते और मौका देख थोड़ी बातें भी हो जाती थीं। जब मोहम्मदी नरगिस के पास पहुँची, नरगिस अपने ख़्वाबों में जावेद से प्रेम की बातें कर रही थी। कहते हैं कि प्रेम में शब्दों और भावों के पंख हो जाते हैं और बिना किसी माध्यम के प्रेमी युगल अपने शब्द एक–दूसरे तक पहुँचा देते हैं। कुछ ऐसी ही दशा थी नरगिस की –

''जानम, तुमने आज हमारा पूरा हाथ ही पकड़ लिया, फूलों का टोकरा देते हुए। ऐसी शरारत अच्छी नहीं।''

''मेरी जान! तुम्हारा हाथ हमने अब हमेशा के लिए थाम लिया है।''

''आह! इसके लिए तो अब्बू से बात करनी होगी तुम्हें।''

और, 'अब्बू से बात करनी होगी तुम्हें' – यह वाक्य नरगिस के मुँह से बेखुदी में ज़ोर से निकल गया। जिसे सुन मोहम्मदी ने चौंककर सवाल कर दिया –

''किसके लिए मामूजान से बात करनी होगी हमें आपा? अभी तो हमने कमरे में कदम ही रखा है और आपका यह फ़रमान?''

''अरे मोहम्मदी! हम तो बस ऐसे ही बोल पड़े। तुम इस बात को मत पकड़ो।''

''ऐसे ही बोल पड़े से क्या मतलब है आपा आपका? ऐसे ही कोई दीवारों से बात थोड़े न करता है?''

''करने लगता है जब उसे मुहब्बत हो जाती है।'' – नरगिस ने शर्माते हुए जवाब दिया।

''अच्छा! तो हमारी आपा को मुहब्बत हो गई है और जहाँ तक हम समझ पा रहे हैं यह मुहब्बत उस मोगरे वाले से हुई है।'' – मोहम्मदी की शरारत उसके स्वर और आँखों में चमक उठी।

''उसका नाम भी है मोहम्मदी।''

''हाय-हाय यह तो हमें पता ही नहीं था।'' – मोहम्मदी ने बोलते हुए अपनी पलकें जल्दी-जल्दी झपकाईं।

''तुम्हें सब पता है मोहम्मदी और तुम केवल हमें सता रही हो। सनद रहे कि जावेद केवल मोगरे के फूल नहीं बल्कि तुम्हारे लिए खास गुलाब भी लेकर आता है, जिससे तुम नवाबज़ादियों की तरह नहाती हो।''

''अरे हमारी प्यारी आपा! नाराज़ हो गईं?'' मोहम्मदी ने नरगिस के गले में अपनी दोनों बाँहें डालते हुए प्यार से कहा।

''मोहम्मदी के इस प्यार से नरगिस का भी प्रेम मोहम्मदी के लिए उमड़ पड़ा और उसने उसके गाल पर हल्की चपत लगाते हुए कहा – ''तुम हमारी बहुत प्यारी छोटी बहन हो मोहम्मदी। कहो कैसे अचानक मेरे कमरे में आईं?''

''आपा, हम आपको एक अच्छी खबर देने आये हैं।''

''क्या?''

''मामूजान हमें कल से अपने साथ बिठाकर गथिली टोपियाँ सिलना सिखायेंगे।''

''अरे वाह मोहम्मदी! तू तो अब बड़ी गुणों वाली हो जायेगी!''

''हाँ आपा, वह तो है। लेकिन, हमसे अधिक गुणों वाली आप हैं।''

''क्या मतलब है तुम्हारा?''

''अरे यही कि आप अधिक गुणों वाली हैं। तभी तो मोगरों की खुशबू को अपने दिल में कैद कर रखा है।''

''अरे ओ मोहम्मदी! तू अब पिटाई खायेगी। जो मन में आ रहा है बोलती जा रही है।''

''क्या गलत बोल रहे हैं आपा?'' – मोहम्मदी ने प्यार से नरगिस से लिपटते हुए कहा।

''नहीं, बोल तो तू सच ही रही है। लेकिन, अभी इस राज़ को राज़ ही रहने दो। समय आने पर अब्बा तक भी बात पहुँच ही जायेगी।''

''हाँ आपा। हम किसी को नहीं बतायेंगे। वादा रहा आपसे।''

अगले दिन से सलीम मियाँ ने मोहम्मदी को गथिली टोपी सिलने की तालीम

देनी शुरू कर दी। परन्तु, मोहम्मदी तो मोहम्मदी थी। उसके हाथों में वह नज़ाकत थी ही नहीं कि सूई और रेशमी कपड़ा सँभाल पायें। सूई पकड़ते ही उसने जैसे ही सिलाई का पहला पहाड़ा पढ़ना शुरू किया, सूई उँगलियों के ज़ोर से दनदनाती हुई उसकी दूसरी हथेली में आधी धँसती चली गई। सिल्क पर मोहम्मदी के खून के धब्बे उभर आये। सलीम मियाँ ने जब देखा तो पहले एकदम से उबल पड़े। लेकिन, अगले ही पल अपने गुस्से पर काबू पा बोले – ''बेटा, सिलाई का काम ज़ोर और ताकत का नहीं, नज़ाकत का है।''

''मामूजान, एक बात कहें? नाराज़ तो नहीं होंगे?''

''कहो।''

''यह सूई भी लोहे की और तलवार भी लोहे की। तिस पर मेरे हाथों में नज़ाकत की जगह ताकत। तो फिर, आप हमें तलवारबाज़ी की भी तालीम दिलवा दीजिए ना। हमने महल में नंगी तलवार लिए मलिका साहब के आस-पास कई औरतों को देखा था। हमें भी आ गया तलवार चलाना तो हम भी किसी दिन महल में लग जायेंगे।''

''मोहम्मदी, अब जो बोल दिया सो बोल दिया। आगे से कभी ऐसा मत बोलना। हम तुम्हारी शादी कम-से-कम ऐसे लड़के से तो करेंगे ही कि तुम्हें किसी प्रकार का कोई काम बाहर जाकर नहीं करना पड़े। चलो हकीम साहब से इस सूई के घाव के लिए कोई मलहम ले आयें। नहीं तो ज़ख्म रात भर टीसेगा।''

''ठीक है मामूजान।''

ऐसा कह हालाँकि उसने अपनी इच्छाओं को दबा ज़रूर लिया, लेकिन दफ़न नहीं किया। मन-ही-मन उसने अपने आपसे कहा कि कभी तो जीवन में उसकी भी सुनी जायेगी और उसकी भी मुराद पूरी होगी।

वाजिद अली निकाह के बाद कुछ दिनों के लिए परीखाने को भूल गये। पूरे समय अपनी नवब्याहता बीवी के साथ अपने कमरे में कैद रहते। वहीं अगर कुछ सुनने का मन किया तो उनकी इच्छा के अनुसार कभी ग़ज़ल गायक तो कभी शास्त्रीय संगीत के गायक तलब किये जाते थे और वाजिद आलमआरा की गोद में सर रखकर लेटे हुए संगीत का लुत्फ़ उठाते थे। एक दिन ऐसे ही वाजिद को संगीत की तलब जगी और उन्होंने परीखाने को इत्तला भेजी। यह सूचना परीखाने की एक परी सुखनवर परी के हाथ लग गई। उस समय परीखाने में ठुमरी की तालीम देने के लिए उस्ताद सादिक अली खाँ आये हुए थे। सुखनवर परी ने उन्हें वाजिद का बुलावा सुनाते हुए कहा –

''उस्ताद साहब, आज शाम आपको छोटे नवाब वाजिद साहब ने अपने महल में गायन सुनने के लिए तलब किया है।''

''अरे! यह तो खुशी की बात है। हम ज़रूर जायेंगे और जाने से पहले एक नई ठुमरी पर काम कर लेते हैं ताकि छोटे नवाब के सामने कुछ नया पेश कर सकें।''

''ज़रूर उस्ताद जी! एक मेहरबानी और कीजियेगा हम पर।''

''कहो सुखनवर परी, हम हमेशा से तुम्हारे कायल रहे हैं। यह बात दीगर है कि तुम कभी हमें तवज्जो नहीं देती हो।''

''अभी तो हम आपको ही तवज्जो दे रहे हैं उस्ताद साहब। अब सुन भी लीजिये जो हम कहना चाह रहे हैं कि महल में जाने से पहले हमसे छोटे नवाब के लिए पान का बीड़ा ज़रूर ले लीजिएगा और उन्हें हमारा नाम लेकर ही दीजिएगा।''

''समझ गये सुखनवर हम तुम्हारा मकसद। लेकिन, इतना तो ख़याल करो कि छोटे नवाब साहब की अभी-अभी शादी हुई है और उनकी बेगम पर तुम कहर बरपाना चाह रही हो।''

''देखिये उस्ताद जी, आपको जैसा और जितना कहा है वैसा ही कीजिये। अपने दिमाग से अधिक अपने गायन पर ध्यान दें और हमारा काम कर दें चुपचाप। हम आपको मुँहमाँगा ईनाम देंगे।''

''क्या तुम अपना यह हीरों जड़ा चोकर हमें दे सकती हो?''

''अभी लो।'' - कह कर सुखनवर ने चोकर उतारकर उस्ताद के सामने रख दिया।

आज की शाम रंगीन थी। वाजिद अपनी बेगम के साथ बैठे हुए थे। आस-पास ईरानी नक्काशीदार शीशों में कैद शमायें रोशन थीं। वाजिद और आलमआरा के बीच हास-परिहास चल रहा था। वाजिद आलमआरा को उकसाते हुए कह रहे थे -

''बेगम, आपकी ये ज़ुल्फ़ें जो हवा में उड़ते हुए आपके चेहरे पर आ-जा रही हैं वे हमारी आँखों में चुभ रही हैं।''

''हमारी इन बेचारी दो-चार लटों से आपकी आँखों को क्या परेशानी हो रही है भला?'' - तुनकते हुए आलमआरा ने पूछा।

''परेशानी तो हमें आपके माथे पर लटके इस माँगटीके से भी हो रही है।''

''अब आप कहेंगे कि हमारे दुपट्टे से भी आप परेशान हो रहे हैं।'' – आलमआरा का चेहरा प्रेमजनित क्रोध से लाल हो उठा।

''आपका कहना सही है बेगम। हमें आपके दुपट्टे से भी तकलीफ़ हो रही है।'' – शरारत से वाजिद अली की आँखें और होंठ मुस्कुरा उठे।

''अगर आप हमें ऐसे ही सतायेंगे तो हम यहाँ से उठकर अम्मी के पास चले जायेंगे।'' – आलमआरा की आँखों में आँसू छलक आये।

वाजिद ने आलमआरा के आँसू पोंछ दोनों हथेलियों के बीच में उसका चेहरा ले हौले से उनकी पेशानी को चूमा और प्यार से उसकी आँखों में देखते हुए कहा –

''कितनी मासूम हैं आप! हमारा मज़ाक भी नहीं समझ पातीं। हम आपसे बेपनाह मुहब्बत करते हैं आलम।''

''चलिए बातें न बनाइये।'' – वाजिद की बाँहों में समाती हुई आलमआरा ने कहा।

तभी एक बाँदी ने दस्तक देते हुए कहा –

''गुस्ताख़ी माफ़ हो हुज़ूर। अगर इजाज़त हो तो कुछ कहें।''

''हाँ, इजाज़त है।''

''हुज़ूर को ठुमरी सुनाने उस्ताद साहब आये हैं।''

''उन्हें फ़ौरन हमारे पास भेजा जाये और साथ में जो भी शागिर्द हों उन्हें भी।''

''जी हुज़ूर।''

थोड़ी देर में ही उस्ताद सादिक अली खाँ अपने साज़ और दो शागिर्दों के साथ अन्दर आ गये।

''हुज़ूर को हमारा सलाम।''

''आईये–आईये उस्ताद। कैसे हैं मिज़ाज आपके? क्या सुनायेंगे आज?''

''हुज़ूर एक नई ठुमरी पर काम किया है पूरे दिन, वही सुनाते हैं। लेकिन, पहले यह पान नोश फ़रमायें। आपके लिए खास सुखनवर परी ने भिजवाया है।''

''सुखनवर ने?''

और, उस्ताद से लपक कर वाजिद ने पान ले मुँह में डाल लिया। इधर मुँह में वाजिद धीरे–धीरे पान घुलाने लगे और उधर उस्ताद ने अपने साज़ के साथ ठुमरी शुरू की—

बाज़ूबंद खुल-खुल जाय रे
सांवरिया ने कैसा जादू डाला रे ...।

जादू की पुड़िया भर-भर मारी
क्या करें बैद बिचारे ... ।

सुरों में लगे शब्दों के चढ़ाव-उतार, लय की द्रुत-सम गति, छोटे-छोटे आलापों में वाजिद खो से गये। जब उस्ताद ने 'जादू की पुड़िया भर-भर मारी' को दो-तीन बार अलग-अलग सुर लगाकर गाया और 'मारी' के बाद जो एक छोटा-सा आलाप लिया उसने वाजिद को अन्दर से बेचैन कर दिया। मुँह की पान की गिलौरी घुल चुकी थी, लेकिन हृदय में बेचैनी बढ़ती जा रही थी। जैसे ही ठुमरी खत्म हुई वाजिद उठे और अपनी बेगम से "बस अभी आते हैं।" कहकर परीखाने की ओर चल दिये। सुखनवर उन्हें परीखाने के बाग में ही चहलकदमी करती मिल गई। वाजिद को देखते ही उसकी बाँछें खिल गईं। दौड़ कर वाजिद से लिपटती हुई उसने गहरी लम्बी साँस लेते हुए कहा –

"हमारे दिल को अभी करार आया। हुज़ूर इतने दिनों तक आपके दीदार भी न हुए तो हमारी बेकरारी भी बेकरार हुई जा रही थी।"

सुखनवर को अपनी बाँहों के घेरे में कसते हुए वाजिद ने कहा –

"हमारी जान हैं आप! आपको हम कैसे भूल सकते हैं? आईये एकान्त में चलकर कुछ बातें करें।"

"आज केवल बातों से ही जी न भरेगा हमारा हुज़ूर।" – सुखनवर ने अपनी बाँकी चितवन वाजिद पर डालते हुए कहा।

"अच्छा तो कत्ल करने का इरादा है आपका?" – वाजिद हँसते हुए बोले।

"तौबा कीजिए हुज़ूर। हमारी क्या मजाल कि हम ऐसा सोचें। यहाँ तो हम ही बेज़ार हुए जा रहे हैं।"

"सुखनवर, आपकी यही अदा हमें खासी पसंद है। कभी बातों में हमें न जीतने देती हैं न हारने देती हैं।"

"चलिए जानम, हमने आपके लिए अपने ख़्वाबगाह में एक अनोखी महफ़िल सजा रखी है।"

"अनोखी महफ़िल? वह कैसे?"

"आईये ना!" – वाजिद का हाथ पकड़कर लगभग खींचते हुए सुखनवर ने कहा – "महफ़िल में हम दोनों होंगे और होगी आपकी पसंदीदा शराब।"

"बस?"

"बस क्यों हुज़ूर? यह तो शुरुआत होगी। आईये ना!" – सुखनवर की आँखों और शब्दों में मनुहार थी।

वाजिद खिंचे से सुखनवर के साथ उसके ख़्वाबगाह में चले गये और उधर आलमआरा राह देखती आँसुओं के साथ नींद के आगोश में समा गईं।

'अभी आते हैं' – बोलकर गये वाजिद को दो दिन हो गये थे। आलमआरा हर आहट के साथ उनकी राह तकती। दसियों बार बांदियों को परीखाने भेज बुलावा भेज चुकी थीं। लेकिन, वाजिद का एक ही जवाब उन्हें मिलता – "बस अभी आ रहे हैं।"

और, आलमआरा इस एक वाक्य में अपनी उम्मीदों को पिरोती रह जातीं। जब हफ़्ते भर बाद भी वाजिद परीखाने से आलमआरा के पास नहीं आये तो आलमआरा परेशान होकर मलिका किश्वर के पास गईं। मलिका किश्वर सुबह के नाश्ते के बाद बैठी अपनी प्रिय दासियों के साथ हास-परिहास कर रही थीं। आलमआरा को देखते ही उन्होंने प्यार से अपने पास बुलाया और सबसे पहले उनकी नज़र उतारी। फिर आलमआरा की ठुड्डी पकड़ सर ऊपर कर देखते हुए बोल पड़ीं –

"हाय अल्ला! हमारी नाजुक सी बहू को यह क्या हो गया? किसकी नज़र लग गई? फूल-सा खिलता चेहरा इतना मुर्झाया हुआ क्यों है?"

मलिका किश्वर का स्नेह भरा स्पर्श और चिंता के शब्दों से आलमआरा का रहा-सहा धैर्य जाता रहा। वह मलिका से 'अम्मी' कहकर लिपट गईं और रो पड़ीं। मलिका किश्वर ने उन्हें बाँहों में भरकर सांत्वना देते हुए कहा –

"बेटा, आप अवध के होने वाले नवाब की मल्लिका हैं। आपको रोना-धोना शोभा नहीं देता।"

"तो हम क्या करें अम्मी? छोटे नवाब हफ़्ते भर पहले हमसे, 'अभी आते हैं' कहकर अपने परीखाने गये और अभी तक नहीं आये। हमने उन तक कई पैगाम भी भिजवाये तब भी नहीं।"

आलमआरा की बातें सुनकर मलिका चिंतित हो गईं और कुछ सोचते हुए बोलीं– "बेटा, हम खुद जाते हैं वाजिद को लाने और इस बार हकीम साहब से कहकर आपके लिए दवा भी लेकर आयेंगे। कहते हैं कि औलाद आने पर मर्द के पाँव अपने घर में भी टिकते हैं।"

"नहीं अम्मी, आपको हमारी कसम। आप हमारे लिए यह ज़हमत बिलकुल भी न उठायें।"

"बेटा हम केवल आपके लिए नहीं अवध के आने वाले कल के लिए भी यह ज़हमत उठाना चाहते हैं। आप अपनी कसम वापस ले लें और हमें वाजिद तक जाने दें।"

"अम्मी, आप कहें तो आपसे पहले हम एक बार जाकर देखें ?"

"अगर आप यही चाहती हैं तो जा सकती हैं। हमें कोई एतराज नहीं होगा।"

"जी अम्मी।"

मलिका किश्वर से इजाज़त मिलते ही आलमआरा ने एक बाँदी को अपने साथ लिया और परीखाने की तरफ़ निकल पड़ी। परीखाने का माहौल एकदम अलग था। वाजिद एक तरफ़ मसनद का सहारा लिए बैठे शराब का घूँट भर रहे थे। उनके चारों तरफ़ कई सजी-धजी परियाँ बैठी हुई थीं। वाजिद की गोद में सर रखकर सुखनवर अधलेटी पड़ी हुई थी और सामने कत्थक की महफ़िल जमी हुई थी। आलमआरा को वहाँ देख एकबारगी सभी सकपका गईं। आलमआरा ने सबको वहाँ से चले जाने का आदेश सुनाया और वाजिद के पास आ घुटनों के बल बैठकर बोलीं - "जाने आलम, हम आपका अभी भी इंतज़ार कर रहे हैं। आईये चलें।"

आलमआरा के इस वाक्य की अवहेलना करने की क्षमता वाजिद के अन्दर नहीं थी। वे उसी दम उठकर वापस महल की ओर चल पड़े।

महल पहुँचकर आलमआरा ने वाजिद से कोई सवाल नहीं किया, न ही कोई शिकायत की। बस, इधर-उधर की दिल बहलाव की बातें करती रही।

वाजिद के वापस आने की खबर मलिका किश्वर को लगी, तो वे उनसे मिलने उनके ख़्वाबगाह तक आईं। मलिका को देख वाजिद थोड़े सकपका से गये और सहमे से स्वर में बोले -

"अम्मी आप ?"

"हाँ वाजिद। हम आपसे खासे नाराज़ हैं। अपनी नई दुल्हन को छोड़कर आप अपने परीखाने में जाकर रम गये। यह बात हमें बहुत खल रही है।"

"अम्मी, हम क्या करें ? आप ही बतायें। आपसे हकीम साहब ने भी तो कहा था कि हमारे अन्दर एक खास तरह की खराबी है, जिसके कारण हमसे ऐसा हो जाता है। हम अपने आपको काबू में नहीं रख पाते।"

"लेकिन बेटा हमारी बहू बेगम आलमआरा तो हैं न आपके पास।"

"अम्मी अब हम क्या कहें। आगे से हम आपकी बात का पूरा ख़याल रखने की कोशिश करेंगे।"

"जीते रहिये वाजिद।" - कह कर संतुष्ट हो मलिका किश्वर वहाँ से चली गईं। मलिका के जाने के बाद आलमआरा ने वाजिद का हाथ अपने हाथ में ले पूछा -

''कैसी खराबी की बात कह रहे थे आप? हमें भी बताइये। आख़िर हम आपकी बीवी हैं।''

''आलमआरा, औरत के जिस्म की हवस। हमारे अन्दर ऐसे कुछ बदलाव होते रहते हैं जिसके कारण हम औरत के जिस्म की चाहत पर काबू नहीं कर पाते।''

''लेकिन हम तो हैं ना आपके पास।''

''आपकी अपनी हदें हैं आलम। हर औरत की अपनी हदें होती हैं। लेकिन, खुदा ने हमारे अन्दर जो यह चाहत का समन्दर भर दिया है, वह किसी एक औरत को पाकर खत्म नहीं होता। आपके साथ ताल्लुकात बनाने के बाद हमें एक अलग जिस्म की तलब महसूस होने लगती है। हम अपने आप पर काबू नहीं रख पाते। हम क्या करें बेगम? आपको हम कोई तकलीफ़ नहीं पहुँचाना चाहते लेकिन हम मजबूर हैं।''

वाजिद के हरेक शब्द में लाचारी झलक रही थी। आलमआरा को कभी वाजिद पर तरस आ रहा था और कभी अपनी किस्मत पर। दोनों के बीच काफ़ी देर तक सन्नाटा पसरा रहा। इस सन्नाटे को आख़िरकार आलमआरा ने ही भंग करते हुए कहा – ''जाने आलम, आप मजबूर हैं। आपकी मजबूरी को हम समझ नहीं सकें, इतने जाहिल हम नहीं हैं। आप परीखाने ज़रूर जायें, लेकिन चौबीस घंटों में कुछ घंटे हमारे साथ भी बितायें।''

''ठीक है बेगम, हम पूरी कोशिश करेंगे एक अच्छा खाविंद बनने की।''

वाजिद के इस वादे से खुश हो आलमआरा ने वाजिद से लिपट उनकी पेशानी चूम ली। वाजिद की बाँहें भी आलमआरा के चारों ओर घिर गईं।

3

धीरे-धीरे मोहम्मदी ने सूई पकड़ना और सिलाई की नज़ाकत को अपनी उँगलियों में उतारना सीख लिया। अब वह तुरपाई और नगीने जड़ने जैसे बारीक काम भी करने लगी थी।

इधर मोहम्मदी का हुनर परवान चढ़ रहा था और दूसरी तरफ़ नरगिस और जावेद का प्रेम भी। नरगिस का मन अब न तो अपनी पढ़ाई में लगता था न ही किसी अन्य काम में। एक दिन तो उसने चाय में चीनी की जगह नमक डालकर सलीम मियाँ को दे दिया। जब पहले ही घूँट के बाद सलीम मियाँ 'थू-थू' करने लगे, तब जाकर उसे होश आया कि उससे कौन सी गलती हो गई है। इसके बाद

मोहम्मदी और नरगिस की तू-तू, मैं-मैं के शोर ने सलीम मियाँ का मिज़ाज और भी खराब कर दिया। वे घर से निकल कर अशफ़ाक फूल वाले की दुकान पर बैठ गये। दुकान पर उस समय अशफ़ाक के साथ जावेद भी मौजूद था। सलीम मियाँ का उतरा हुआ चेहरा देख अशफ़ाक पूछ बैठा –

"मियाँ लगता है आपके दुश्मनों की तबियत कुछ नासाज है।"

"अरे अशफ़ाक भाई, क्या बताऊँ! घर में लड़कियाँ हों तो माँ का होना बहुत ज़रूरी है।"

"सलीम भाई लड़कियाँ हों या लड़के। माँ होती है तो बहुत कुछ समेट-सुलझा देती है।"

"बात तो आपकी सच है अशफ़ाक भाई।"

"इसलिए तो हम कहते हैं कि आप दूसरा निकाह कर लें। कल को जब लड़कियाँ अपने घर की हो जायेंगी तब आपको अपना अकेलापन बहुत खलेगा।"

"कल की कल देखी जायेगी। लेकिन, आज जो हुआ उससे मेरा सर भन्ना गया।"

"क्या हुआ आज?"

"अरे मियाँ क्या कहें! आज नरगिस ने चाय में चीनी की जगह नमक डाल दिया।" यह वाक्य सुनते ही जावेद, जो कि फूलों को अलग कर एक गुलदस्ता बना रहा था, चौंक गया और उसके हाथ से वह अधबना गुलदस्ता ज़मीन पर गिरकर बिखर गया। अशफ़ाक मियाँ ठहाका लगाकर हँसते हुए बोले –

"अब यहाँ भी आप अपनी आँखों से देख लीजिये सलीम भाई जान। आजकल की नस्ल पूरे मन से कोई काम करती ही नहीं है।"

"हाँ अशफ़ाक भाई। लेकिन, नमक वाली चाय से अधिक हमारा दिमाग नरगिस और मोहम्मदी की तू-तू, मैं-मैं ने खराब कर दिया। उनकी इस बतकही में किसी साहबज़ादे का ज़िक्र भी इशारों-इशारों में था।" – सलीम मियाँ ने लम्बी साँस लेते हुए कहा – "अब हम बाप होकर कैसे पूछें कि नरगिस के मन में क्या है?"

"चचाजान क्या हम घर जायें?" – अचानक सलीम मियाँ की बात काटते हुए जावेद ने कहा।

"एकदम नहीं बर्खुरदार। आप सारा काम कायदे से निबटाकर ही घर जायेंगे।" – अशफ़ाक मियाँ के स्वर में रोष था।

"जी चचाजान। लेकिन आप हमें इजाज़त दे देते तो हम थोड़ी देर में जाकर आ जाते।"

''ऐसा क्यों? क्या हो गया आपको अचानक?''

''चचाजान वो नमक वाली चाय का ज़िक्र सुनकर हमें थोड़ी मितली सी आ रही है।''

''और इसलिए आपके हाथ से गुलदस्ता गिरकर बिखर गया। क्यों?''

अशफ़ाक के इस सवाल ने जावेद को असहज कर दिया और उसके मुँह से केवल 'जी' ही निकल पाया।

''अशफ़ाक भाई इस नमक की चाय और फूलों के बिखरने में कोई ताल्लुकात तो नहीं?'' - सलीम मियाँ ने एक-एक शब्द पर ज़ोर देते हुए कहा।

''हमें कुछ दाल में काला लग रहा है। जावेद, आप हमें सच-सच बताइये माज़रा क्या है? क्या हम आपका पैगाम लेकर सलीम भाई के यहाँ जायें?''

''जैसी आपकी मर्ज़ी चचाजान।'' -मन-ही-मन खुश होते हुए जावेद ने कहा।

''बर्खुरदार, हमारी मर्ज़ी या आपकी मर्ज़ी? सलीम भाई के सामने ज़रा साहस कर सच उगल दीजिये अब।''

''चचाजान, हमारी भी मर्ज़ी आपकी मर्ज़ी के साथ-साथ।'' जावेद के इस जवाब से सलीम मियाँ और अशफ़ाक हँस पड़े।

''अच्छा सलीम भाई कल हम नरगिस बिटिया के लिए पैगाम लेकर आपके घर पर आते हैं। तैयारी रखियेगा।''

''आप ज़रूर आयें अशफ़ाक भाई। लेकिन आपसे एक गुज़ारिश है कि कल न आयें। कल हमें नवाब साहब के लिए एक खास टोपी लेकर जाना है जिसे पहनकर वे किसी गोरे साहब से मिलेंगे।''

''कौन, बड़े नवाब मुहम्मद अली साहब?''

''हाँ।''

''ठीक है फिर हम दो रोज़ बाद आयेंगे।''

''ठीक है अशफ़ाक भाई, अब घर चलते हैं। टोपी में थोड़ा-सा काम रह गया है उसे पूरा कर लें। खुदा हाफ़िज़।''

''खुदा हाफ़िज़ सलीम भाई।''

इतिहास के पन्नों में दर्ज है वह साल 1837 ई. के रूप में जब अवध पर वाजिद अली के दादा नवाब मुहम्मद अली शाह का शासन था और ईस्ट इंडिया कम्पनी की तरफ़ से भारत के गवर्नर जनरल लॉर्ड ऑकलैंड नियुक्त किये गये थे। लॉर्ड ऑकलैंड की भी नज़र अपने पूर्ववर्ती गवर्नर जनरलों की तरह अवध पर थी।

वह वाजिद अली शाह की शादी में नहीं बुलाये जाने पर भी मन-ही-मन भड़का हुआ था और इसे अपना अपमान समझ रहा था। वाजिद की शादी के बाद से ही उसके मन में अपने इस अपमान का बदला लेने की योजना बन रही थी। एक दिन इसी ऊहापोह में बैठे लॉर्ड ऑकलैंड के हाथ एक अत्यन्त महत्त्वपूर्ण दस्तावेज़ लगा। 08 जुलाई को मुहम्मद अली शाह ने नवाब बनने की खुशी में बिना अधिक सोचे-समझे एक दस्तावेज़ पर हस्ताक्षर कर मुहर लगा दी थी, जिसके अनुसार यह स्पष्ट था कि सिंहासन पर बैठने के बाद अंग्रेज़ों द्वारा लाई गई हरेक संधि पर वे हस्ताक्षर ज़रूर करेंगे। लॉर्ड ऑकलैंड की नज़र उस दस्तावेज़ पर पड़ते ही चमक उठी। उसने फ़ौरन एक संधि-पत्र तैयार करवाया और संधि-पत्र लेकर लॉर्ड ऑकलैंड नवाब मुहम्मद अली शाह के पास पहुँचा। नवाब सलीम मियाँ की लाई खासी सुन्दर टोपी में सजे-धजे बैठे थे। लॉर्ड ऑकलैंड के दरबार में आते ही उन्होंने आगे बढ़कर गले मिलते हुए लॉर्ड का स्वागत करना चाहा। लेकिन लॉर्ड ने यह कहकर गले मिलने से इनकार कर दिया कि-

''आपने अभी लगभग दो माह पहले नवाब बनते ही अपने खानदान के चिराग वाजिद अली की शादी की और हमें उसमें नहीं बुलाया, जिसे हम अपनी तौहीन मानते हैं। हम आपसे गले नहीं मिल सकते।''

''लॉर्ड साहब, हम इसके लिए आपसे माफ़ी चाहते हैं। दरअसल, निकाह से कुछ दिनों पहले ही दुल्हन के खानदान में गमी हो गई थी, जिस कारण हमने शादी में किसी को नहीं बुलाया और सादगी से निकाह करा दिया।''

''किसी को नहीं बुलाया से क्या हम यह समझें कि आप हमें भी 'किसी को' में ही शामिल समझते हैं।''

''ऐसा नहीं है लॉर्ड साहब।''

''ऐसा ही है नवाब साहब। और आपको अब इसका ख़ामियाज़ा भी भुगतना होगा।''

''वह क्या?''

''आपको हमारे इस नये सुलहनामे पर हस्ताक्षर करने होंगे।''

''कैसा सुलहनामा है यह?''

''नवाब साहब, इस सुलहनामा से पहले भी आप एक सुलहनामे पर हस्ताक्षर कर चुके हैं, जिसके अनुसार आप हमारे किसी भी सुलहनामे पर हस्ताक्षर के लिए मना नहीं कर सकते हैं।''

''जी, हमें याद है। लेकिन, आईये आप पहले बैठें। कुछ खायें-पियें, फिर

हम इसके बारे में इत्मीनान से बातें करेंगे।''

''यह सब हम बाद में करेंगे। पहले आप यहीं खड़े-खड़े इस सुलहनामे पर हस्ताक्षर करें।''

''जैसा आप चाहें। लेकिन, हस्ताक्षर से पहले सुलहनामे को पढ़वाया जाये।'' और उस संधि पत्र का सार था – 'प्रशासनिक व्यवस्था बिगड़ने की दशा में राज्य के किसी भाग अथवा पूरे अवध का शासन कम्पनी किसी भी अवधि के लिए अपने हाथ में ले सकती थी।'

इस तरह नवाब मुहम्मद अली शाह ने बेमन से 18 सितम्बर, 1837 को इस अपमानजनक संधि पर हस्ताक्षर कर अवध के भाग्य में कई काले अध्याय जोड़ दिये।

समय अपनी गति से आगे बढ़ता है और अनेकानेक घटनाओं के साथ अपने को व्याख्यायित भी करता है। अपनी यौन विकृतियों की मजबूरियों को ढोते हुए वाजिद के अन्तस का विकास विभिन्न कलाओं के विकास के रूप में प्रस्फुटित होने लगा। शास्त्रीय गायन में ठुमरी आ चुकी थी और वाजिद अली उस्ताद के साथ बैठकर ठुमरियाँ रचने के साथ राधा-कृष्ण को अवलंब बना नृत्य-नाटिकाओं की भी रचना करने लगे, जिसे 'किस्सा राधा-कन्हैया' कहा गया। उनकी यह नृत्य-नाटिका खुले मंच पर रात-रात भर चलने लगी थी और इसके माध्यम से कई कलाकारों की आत्माएँ भी तृप्त होने लगी थीं। जहाँ यह मंचित होता उसे 'रहस' कहा जाता था। परीखाने की ही दो परियाँ कन्हैया के रूप में शाहरुख परी और राधा के रूप में सुल्तान परी होती थीं। बाकी सखियों की भूमिका में भी अन्य परियाँ हुआ करती थीं।

वाजिद 'रहस' के इस नृत्य-नाट्य में हमेशा उपस्थित होते थे। कई बार तो वे इसके नृत्य-अभिनय की बारीकियाँ भी शाहरुख परी और सुल्तान परी को समझाते। ऐसे समय में वाजिद की समझ और भाव-भंगिमा देख कर उनके व्यक्तित्व की यौन-विकृति का अंदाज़ा लगाना भी कठिन था। खासकर तब तो वे एकदम अलग व्यक्तित्व के लगते जब स्वयं पैरों में घुँघरू बाँधकर तबले की थाप के साथ लयात्मक कत्थक करते।

तबले के साथ उस्ताद जी बोलते – ''ता थइ थइ थक, धिन धा धिन धिन थइ''

वाजिद के पैरों की चपलता बोल के इस सम और द्रुत लय के साथ देखते बनती थी, लेकिन इधर कुछ महीनों से वाजिद का मन नृत्य और संगीत से उचटा

हुआ था और वे कुछ अनमने से रहने लगे थे। वे क्या चाहते हैं यह उनकी समझ में खुद भी नहीं आ रहा था। अपनी इस मन:स्थिति की चर्चा वे सुखनवर परी से भी कर चुके थे। अपनी बेचैनी का कारण उनकी समझ में नहीं आ रहा था।

ऐसे ही बेचैन दिनों की एक शाम वाजिद गोमती में आलमआरा के साथ नौका विहार कर रहे थे। शाही नौका पर रेशमी बिस्तर के साथ कई गाव-तकिये रखे हुए थे। जिसका सहारा ले आलमआरा बैठी हुई थी और वाजिद आलमआरा की गोद में सर रखकर लेटे हुए थे। आलमआरा अपनी पतली और लम्बी उँगलियाँ हल्के-हल्के वाजिद के बालों में फिराते हुए कुछ अस्पष्ट-सा गुनगुना रही थी। आँख मूँदे लेटे वाजिद ने अचानक अपनी आँखें खोलते हुए कहा -

''बस कीजिये बेगम! आपका गुनगुनाना आज हमें नहीं भा रहा।''

''हाँ, हम भी इस बात पर गौर कर रहे हैं कि आप आजकल थोड़े अनमने से रह रहे हैं। क्या कोई खास परेशानी है?''

''वैसी कोई परेशानी तो नहीं। लेकिन मन के अन्दर एक अलग तरह की बेचैनी-सी छाई हुई है। नाच-गाने से कुछ अलग मन चाह रहा है।''

''यह अलग क्या हो सकता है?''

''यह तो हम भी नहीं समझ पा रहे बेगम और यह बेचैनी इसी नामसझी के कारण है।''

''आपको बेचैन देख हम कुछ कहना चाहकर भी नहीं कह पा रहे।''

''क्या कहना चाह रही हैं आप? कह दें जो भी मन में है।''

''वाजिद, हम चाहते हैं कि...''

''क्या चाहती हैं आप? खुलकर बोलिए ना रुक क्यों गईं।''

''दरअसल हमने रात एक सपना देखा।''

''क्या था सपने में आलम?''

''हमने देखा बाल रूप कन्हैया हमारे आँगन में खेल रहे हैं।''

''कन्हैया! आलम, हम इन्हीं के लिए तो शायद परेशान थे!'' लेटे हुए वाजिद अचानक उठकर बैठ गये। उनके चेहरे पर कई तरह के भाव तेज़ी से आने-जाने लगे।

''क्या हुआ? हमने कुछ गलत कह दिया क्या?''

''नहीं आलम! आपने हमारी बेचैनी को मुकाम तक जाने की रोशनी दे दी हमें।''

''कैसे भला?''

"आलम, हम राधा और कन्हैया के किस्से पर कुछ लिखना चाहते हैं। कुछ ऐसा जिसमें हम अपनी अदाकारी का हुनर भी दिखा सकें। बनेंगी हमारी राधा आप?"

"आप हमें इस लायक समझेंगे तो ज़रूर।" – आलमआरा ने थोड़ा शर्माते हुए कहा।

पूरे अवध में इस बात की चर्चा आम हो गई कि वाजिद अली राधा, कृष्ण को लेकर कुछ नया रच रहे हैं, जिसे नाटक रूप में अभिनीत किया जायेगा और राधा–कृष्ण की भूमिका में आलमआरा तथा वाजिद होंगे। अन्य सखियों की भूमिका के लिए परीखाने की कुशल नृत्यांगनाओं का चयन किया जायेगा। साथ ही, यह मुनादी कराई गई कि वाजिद कन्हैया के लिए खास मुकुट बनाया जाये।

यह शाही ऐलान मोहम्मदी ने भी सुना। जबकि, वह नरगिस से मिलकर जावेद के घर से वापस आ रही थी। नरगिस और जावेद के निकाह के चार–पाँच महीने बीत चुके थे। एक दिन पहले ही खबर मिली थी कि मोहम्मदी के अब्बा–अम्मी लखनऊ आ गये हैं हमेशा के लिए और उसके अब्बा अम्बर मियाँ की नौकरी एक मकबरे के दारोगा के रूप में लग गई है। सो, मोहम्मदी नरगिस को साथ ले अम्मी–अब्बा से मिलने लखनऊ जाने की योजना बनाने गई थी और अब वे दोनों अगले दिन लखनऊ जाने वाली थीं। नरगिस से यही बातें कर वापस लौट रही मोहम्मदी के पाँव मुनादी सुन ठिठक गये। उसने ताँगे पर बैठे मुनादी करने वाले को पास बुलाकर पूछा –

"क्या इस मुनादी में कही गईं सारी बातें सच हैं?"

"जी, मोहतरमा! हम शाही मुनादी करने वाले हैं। ऐसे ही फ़र्ज़ी कुछ नहीं बोलने वाले।"

"ठीक है, ठीक है। आप जाइये, हमें तसल्ली हो गई।"

घर आकर उसने सलीम मियाँ को मुनादी की बात बताते हुए कहा कि –

"मामूजान, हम एक खास तरह की गथिली टोपी तैयार करना चाहते हैं छोटे नवाब साहब के लिए, जो टोपी और मुकुट दोनों की तरह लगे।"

"लेकिन, ऐसा कैसे हो सकता है बेटा? टोपी और मुकुट दोनों में कई बुनियादी फ़र्क हैं। दोनों को एक साथ मिलाना और ख़ूबसूरती बचाये रखना हमारे ख़याल से मुमकिन नहीं होगा।"

"इसी नामुमकिन को हम मुमकिन करेंगे मामूजान, और अगर छोटे नवाब साहब को हमारा हुनर पसंद आ गया तो मुँहमाँगा ईनाम भी मिलेगा।"

''हाँ, यह तो है। इसमें हमारी मदद की ज़रूरत जहाँ भी हो हमें बताना।''

''जी मामूजान। कल हम और नरगिस अम्मी-अब्बा से मिलने लखनऊ जा रहे हैं तो वहाँ से लौटते हुए सिल्क के कपड़े और कुछ जवाहरात खरीदकर लेते आयेंगे। फिर एक छोटा-सा नक्शा तैयार कर वह खास टोपी बनाना शुरू करेंगे।''

''ठीक है बेटा।''

अगली सुबह मोहम्मदी और नरगिस ताँगे पर बैठकर मलीहाबाद से लखनऊ के लिए रवाना हुईं। ताँगे में बैठी मोहम्मदी को अनमना और अपनी ही सोचों में गुम देख नरगिस ने पूछा –

''क्या बात है मोहम्मदी कुछ परेशान लग रही हो।''

''नहीं आपा, बस ऐसे ही।''

''नहीं मुझे लगता है कि तुम्हारे अन्दर कोई चिन्ता चल रही है। तुम इतनी चुप रहने वाली नहीं हो।''

''हाँ आपा, हम सोच रहे हैं कि इस बार हम ऐसी नायाब टोपी कैसे बनायें, जिसमें मुकुट भी हो और वह छोटे नवाब को पसंद भी आ जाये।''

''लेकिन मोहम्मदी, हम समझ नहीं पा रहे कि तुम क्यों टोपी के लिए इतना परेशान हो रही हो।''

''आपा, इस टोपी के बदले मिलने वाली रकम के लिए हम परेशान हो रहे हैं।''

''और उस रकम का तुम क्या करोगी?''

''क्या करेंगे यह तो अभी नहीं सोचा। लेकिन हम वह रकम पाना चाहते हैं।''

''अच्छा! पहले हम आज लखनऊ पहुँचकर टोपी के लिए सारा सामान खरीदकर लाते हैं। फिर, उसका नक्शा मिलकर तैयार करेंगे।''

''हाँ आपा, यह ठीक रहेगा।''

टोपी के लिए सामान खरीदना मोहम्मदी के साथ कोई आसान काम नहीं था। यह बात नरगिस की समझ में आ गई। सिल्क के कपड़े के लिए ही वह कई दुकानों पर गई। कई थान निकलवा कर देखे। कुछ के रंग में पीलापन अधिक था, कुछ में उसे चमक कम लगती या फिर कुछ का कपड़ा उसके हिसाब से मोटा था। नरगिस के सर में दर्द हो आया और उसने आगे की खरीददारी मोहम्मदी को अकेले ही करने को कहा। मोहम्मदी ने कपड़े से लेकर विभिन्न रत्नों जैसे – पन्ना, नीलम, पुखराज, मोती और सोने-चाँदी के महीन तारों की खरीददारी में पूरे चार दिनों का

समय लगा दिया। पाँचवें दिन मेहर के कहने पर वह पूरा दिन घर में रही और छठे दिन सामान के साथ वापस मलीहाबाद आ गई।

अब बारी थी टोपी का सुन्दर डिज़ाइन तैयार करने की। जिसके लिए सलीम मियाँ, मोहम्मदी और नरगिस तीनों ने अलग-अलग काम किया। लेकिन, वह मोहम्मदी ही क्या कि उसे कोई भी चीज़ एक बार में पसंद आ जाये। उसने पहले सलीम मियाँ के साथ बैठकर अब तक उन्होंने जितनी तरह की गथीली टोपियाँ बनाई थीं, उन सबके चित्र बनाये। फिर, उसने हरेक चित्र में से जो बेहतरीन था उन्हें एक साथ चित्रित किया। अन्त में जो टोपी का चित्र तैयार हुआ, उसे देखते ही सलीम मियाँ और नरगिस के मुँह से एक साथ निकला - ''वाह...''

चित्र चुनौतीपूर्ण था। मोहम्मदी चित्र को सामने रख सोचती रही और उलझती रही कि कैसे शुरू करे वह टोपी की सिलाई। एक दिन चित्र सामने रखकर मोहम्मदी उस पर नज़रें गड़ाये बैठी थी कि सलीम मियाँ भी आकर उसके पास बैठ गये और पूछा - ''क्या हुआ बेटा, अभी तक कोई छोर नहीं मिला क्या?''

''मामूजान, कभी कुछ अचानक से आता है और झलक दिखलाकर चला जाता है। पकड़ में कुछ नहीं आ रहा।''

''बेटा, ऐसा करते हैं तू इस नक्शे को एक तरफ़ रख दे कहीं, आँखों से ओझल और हफ़्ते भर तक खूब खा, घूम-टहल, नरगिस के संग मज़े कर। उसके बाद बिना नक्शे का ध्यान किये जैसे समझ में आये सिलाई करना शुरू कर दे। शर्तिया टोपी नक्शे से भी अधिक अच्छी बनेगी।''

''ठीक है मामूजान।'' - कह कर मोहम्मदी ने चित्र उठाकर बक्से में बंद कर रख दिया और नरगिस से मिलने उसके घर चली गई। वहाँ पहुँच कर देखा तो घबरा गई। नरगिस पलंग पर लेटी हुई थी और हकीम साहब उसकी नब्ज़ पकड़े हुए थे। मोहम्मदी ने प्रश्न सूचक दृष्टि जावेद पर डाली तो जावेद ने कहा

''कुछ खास नहीं, बस इन्हें थोड़ा चक्कर आ गया था।''

तभी हकीम साहब ने कहा -

''ऐसा नहीं है बर्ख़ुरदार। बहुत खास बात है और खातून को आराम करने की सख्त ज़रूरत है। उनके बदन में खून की कमी है। ऐसे में माँ बनना बच्चे और माँ दोनों के लिए खतरनाक है।''

''हे भगवान! तो क्या ऐसी हालत में नरगिस माँ बनने वाली है?'' - मोहम्मदी लगभग चीखते हुए बोली।''

''जी मोहतरमा! लेकिन इसमें चीखने जैसी कोई बात नहीं और यह बात

शायद नरगिस को भी आज ही मालूम हुई हो।'' – हकीम साहब का स्वर शांत था।

''जी हकीम साहब। आप बिलकुल सच फ़रमा रहे हैं।'' – जावेद ने जल्दी से जवाब दिया।

''आइये हम आपको घर से बाहर तक छोड़ आते हैं।''

जावेद और हकीम जी के जाते ही मोहम्मदी नरगिस से लिपट कर ताबड़तोड़ उसे चूमने लगी। मोहम्मदी की इस हरकत पर नरगिस ने घबराते हुए कहा –

''यह क्या मोहम्मदी? यह कैसा पागलपन है?''

''अरे आपा, हम तो अपने बेटे को चूम रहे हैं। आख़िर हम खाला बन गये।''

''शांत लड़की शांत। अभी बनी नहीं हो, बनने वाली हो।'' – नरगिस की सास ने कमरे में घुसते हुए कहा।

''अरे खालाजान आप? कहिये कैसी हैं? पहले से दुबली लग रही हैं। आप कहें तो हम नरगिस को अपने घर ले जायें कुछ महीनों के लिए? जब यह तंदुरुस्त हो जायेगी हम वापस लेकर आ जायेंगे।''

''अरे दम तो ले लड़की! क्या तूफ़ान की तरह एक के बाद एक सवाल दागे जा रही है? पहले जावेद और नरगिस से भी तो पूछ ले।''

''खालाजान, हम तो आपा को लेकर ही जायेंगे आज। और, पूछना क्या है? यहाँ से बस चार-पाँच मिनट की दूरी पर ही तो है हमारा घर। जब जी चाहे जावेद भाई आपा से मिलने आ सकते हैं। जाने दीजिये ना खालाजान आपा को हमारे साथ।''

मोहम्मदी अंतिम वाक्य बोलते हुए नरगिस की सास ज़ाहिरा से लिपट गई।

लाड़ से मोहम्मदी को हल्की चपत जमाते हुए जाहिरा ने कहा – ''हमें पता है लड़की तेरी ज़िद्द। तू नहीं मानने वाली। चल खाना बनाने में हमारी मदद कर और फिर खा-पीकर, सलीम भाई के लिए खाना लेकर अपनी आपा को लिवा ले जाना।''

रात में सलीम मियाँ जब अपने दोस्तों की महफ़िल से घर आये तो देखा नरगिस और मोहम्मदी बैठी गप्पें लड़ा रही हैं। नरगिस को वहाँ देख वे चौंकते हुए बोले –

''अरे बेटा नरगिस यहाँ कैसे?''

''हम लिवा लाये हैं मामूजान! अब आपा पूरे तीन महीने हमारे साथ रहेंगी। आख़िर हम खाला बनने वाले हैं और हकीम साहब ने आपा को आराम करने की

सख़्त हिदायत दी है।'' मोहम्मदी ने एक साँस में जल्दी-जल्दी सारी बातें कह सुनाईं।

सलीम मियाँ को मोहम्मदी की बातों को समझने में थोड़ा वक्त लगा। फिर जब वे समझे तो हँसते हुए नरगिस के सर पर हाथ रखा और मोहम्मदी को खाना लगाने को कहा।

नरगिस का स्वास्थ्य धीरे-धीरे सुधरने लगा था। वह अब घर के काम में भी अपना समय देने लगी थी। आज सुबह से ही बदली छाई हुई थी और रुक-रुक कर बारिश हो रही थी। साथ में चलती हुई हवा ने मौसम को खुशग़वार बना दिया था। सुबह के नाश्ते के बाद मोहम्मदी टोपी का सारा सामान फैलाकर बैठी हुई थी और मन-ही-मन यह निश्चय भी कि वह आज शुरुआत ज़रूर करेगी। फैले हुए सामान के साथ मोहम्मदी को बैठे हुए देख नरगिस को हँसी आ गई। उसने सारे सामान पर एक दृष्टि दौड़ाते हुए कहा -

''मोहम्मदी, तुम यह टोपी कृष्ण बनने वाले छोटे नवाब के लिए बना रही हो ना!''

''हाँ, बताया तो था।''

''लेकिन तुमने तो अपने सामान में मोर पंख लिया ही नहीं। बिना मोर पंख के कृष्ण की टोपी कैसे बनेगी?'' नरगिस के इन वाक्यों से मोहम्मदी चौंक गई। उसकी कल्पना पर से जैसे किसी ने परदा खींच दिया हो। बनाई जाने वाली टोपी एकदम अलग रूप में उसकी आँखों के सामने कौंध गई। उसने सिल्क का कपड़ा लिया और पेंसिल से उस पर कुछ रेखायें खींचते हुए कहा - ''आपा, हम मोर पंख लाने के लिए मामूजान को बोल देते हैं। आपकी बातों ने हमें बता दिया कि हमें क्या करना है।''

''बेहतर! फिर तुम अब पूरे मन से अपना यह काम पूरा करो और हम घर के काम-धाम देखते हैं।''

''अरे नहीं आपा। हम दोनों मोर्चे सँभाल लेंगे।''

''हरगिज़ नहीं। घर के काम से हमारा मन भी लगा रहेगा और तुम्हारी टोपी भी समय पर पूरी हो जायेगी।''

मोहम्मदी को भी नरगिस की बात समझ में आ गई। वह टोपी बनाने में मनोयोग से जुट गई। उसने अपनी कल्पना के अनुसार टोपी को पहले गथीली टोपी की तरह सिलना शुरू किया। सिल्क के कोमल कपड़े में सोने-चाँदी की तार रेशमी धागे में पिरो मोहम्मदी के हाथ मशीन की तरह चलने लगे। इसके साथ

ही वह धागों से खास प्रकार की सिलाई बना उनमें जगह-जगह पन्ना, नीलम, मूँगा, पुखराज और मोती भी पिरोने लगी। दिन और रात उसके दिमाग पर टोपी ही सवार रहती। नरगिस जब बहुत ज़िद्द करती तभी वह खाने के लिए उठती। काम की महीनी और नफ़ासत कढ़ाई के हर मोड़ पर उससे कड़ा इम्तिहान ले रही थी। सिल्क के कोमल कपड़े पर सख्त सोने-चाँदी के तारों संग नगीनों को जड़ना आसान काम नहीं था। आख़िर मोहम्मदी की मेहनत रंग लाई और टोपी बनकर तैयार हो गई। हल्के पीले रंग की टोपी में सोने-चाँदी की जगर-मगर कढ़ाई के बीच रंग-बिरंगे नगीने मुस्कुरा रहे थे और सबसे ऊपर मोर पंखों को एक कतार में बारीक कटाई और सिलाई से जड़ दिया गया था। सामने की तरफ़ एक मोर पंख ख़ूबसूरती से ताज की तरह जड़ा हुआ लहरा रहा था। टोपी पूरी कर मोहम्मदी ने उसे जब सलीम मियाँ और नरगिस को दिखाया तो वे दोनों चमत्कृत हो उसे देर तक ठगे से देखते रह गये।

अगले ही दिन सलीम मियाँ वह टोपी लेकर वाजिद के सामने हाज़िर हुए। टोपी देखते ही वाजिद उसकी ख़ूबसूरती पर फ़िदा हो गये और उन्होंने ऐलान कर दिया कि वे यही टोपी अपने राधा-कृष्ण वाले नृत्य-नाटक में पहनेंगे। टोपी के लिए वाजिद ने दिल खोलकर रकम और विभिन्न उपहार सलीम मियाँ को दिये। उपहार इतने अधिक थे कि सलीम मियाँ को उन्हें लखनऊ से मलीहाबाद तक ले जाने के लिए दो ताँगों की व्यवस्था करनी पड़ी, जबकि उन्होंने उपहार का बहुतेरा सामान अपनी बहन मेहर को भी दे दिया था और मिली हुई रकम में से भी एक बड़ा हिस्सा उसके हाथ पर रख दिया। मेहर के मना करने पर सलीम मियाँ ने कहा –

''मेहर, इसे हम आपके लिए नहीं दे रहे। हमें मोहम्मदी की शादी भी तो करनी है। आप इस रकम से बिटिया के लिए कपड़े-गहने खरीदिए और बची हुई रकम हम मोहम्मदी को दे देंगे। वह भी अपने शौक से चाहे जो करे।''

''हाँ भाईजान, हमें भी उसके निकाह की चिंता हो रही है। देखिये ना नरगिस और मोहम्मदी में फ़र्क सिर्फ़ साल-डेढ़ साल का है और हम अभी तक उसका निकाह भी नहीं कर पाये।''

''सब अल्लाह की मर्ज़ी है मेहर। हम अभी चलते हैं। एक-दो लड़के हमारी निगाह में हैं। उन्हें पहले टटोलते हैं फिर आपको भी बताते हैं।''

''जी भाईजान।''

जबसे सलीम मियाँ टोपी लेकर वाजिद के पास गये थे, तभी से मोहम्मदी

बेचैन थी। वह कभी बाहर तक जाती तो कभी घर के आँगन में चहलकदमी करती। हालाँकि वह अच्छी तरह से जानती थी कि टोपी के निर्णय होने तक और मलीहाबाद से लखनऊ जाने-आने में लगने वाले समय को जोड़ दिया जाये तो सलीम मियाँ शाम ढलने तक ही वापस आ पायेंगे। हर बात की समझ के बाद भी मोहम्मदी अपने मन की बेचैनी को कम नहीं कर पा रही थी। नरगिस के बार-बार कहने पर उसने खाना भी खाया। शाम को जब अंधेरा घिरने लगा तो वह और भी अधिक बेचैन हो उठी। उसकी चिंता में बस एक ही बात थी कि इतनी मेहनत से तैयार की गई उसकी टोपी का निर्णय क्या हुआ? बेचैनी में वह कई बार नरगिस से पूछ भी चुकी थी -

"आपा, छोटे नवाब को हमारी टोपी पसंद तो आई होगी ना? अगर, नहीं पसंद आई तो हम क्या करेंगे? उस टोपी के लिए सामान खरीदने में हमने कोई कोताही नहीं की थी और हमारा खर्च भी बहुत अधिक हो गया है।"

"मेरी प्यारी मोहम्मदी, तू अब कुछ मत सोच और चुपचाप मुँह ढक कर सो जा। जो फ़ैसला हुआ होगा, अब्बा आयेंगे तभी मालूम हो पायेगा।"

"लेकिन आपा अब तक तो आ ही जाना चाहिए था।"

"यह बात तो सही है। शायद फूफ़ी से मिलने चले गये होंगे।"

"हाँ, आपा ऐसा हो सकता है।"

अभी ये दोनों बातें कर ही रही थीं कि एक के बाद एक दो ताँगे आकर घर के सामने रुक गये और बाहर खड़े-खड़े सलीम मियाँ ने आवाज़ लगाई -

"मोहम्मदी, नरगिस अरे बाहर आओ। इतना सारा कुछ अकेले हमसे तो अन्दर नहीं जा पायेगा।"

सलीम मियाँ की आवाज़ सुनकर मोहम्मदी दौड़ती हुई बाहर आई और एकदम से पूछ बैठी

"क्या हुआ?"

"होना क्या था, इतनी मेहनत तुमने की थी तो वाजिद साहब को पसंद आनी ही थी। ये सारे उपहार तुम्हारे लिए हैं। अब तुम दोनों भी मेरी सहायता करो, इन्हें घर के अन्दर तक ले जाने में।"

सलीम मियाँ की बात सुनते ही मोहम्मदी खुशी से उनसे लिपट गई और फिर जल्दी-जल्दी एक-एक सामान उठा-उठाकर घर के अन्दर ले जाने लगी। ईरानी कालीन, ढाकाई सिल्क के कपड़े का थान, मोतियों का थाल, ईरानी झाड़-फानूस, बेशकीमती सोने-चाँदी के गहने, अशर्फ़ियाँ और एक हीरों जड़ा कंगन भी। एक

साथ इतने कीमती उपहार देख मोहम्मदी और नरगिस झूम उठीं। मोहम्मदी ने गहनों को नरगिस को देते हुए कहा – ''आपा ये सारे ज़ेवर आप रख लें। हमें तो ज़ेवरों का कोई शौक ही नहीं है और न ही हम इन्हें पहनते हैं।''

''मोहम्मदी, हम सभी ज़ेवर एक साथ रख देते हैं। तुम्हारी शादी में काम आयेंगे।''

''क्या आपा! जब होगी हमारी शादी तब देखा जायेगा। हमें यह सब बड़ा झमेले वाला लगता है। आप लेकर अभी ससुराल जायेंगी तो खाला भी खुश हो जायेंगी।''

''हमारी प्यारी बहना, हम इनमें से कुछ भी लेकर कहीं नहीं जायेंगे। ये सभी आपकी अमानत हैं। इसलिए हम जो कर रहे हैं हमें करने दें और आप अलग बैठकर टोपी पसंद आ जाने की खुशियाँ मनायें।''

नरगिस की बातों का रुख भाँप मोहम्मदी चुपचाप उठकर रसोई में चली गई और रात के खाने के लिए पूड़ी-सब्ज़ी, सेवईं पका लाई। सलीम मियाँ ने खाना खाते हुए मोहम्मदी के निकाह की बात मेहर के हवाले से शुरू कर दी तो उनकी बात को काटते हुए मोहम्मदी ने कहा –

''मामूजान ये बातें रहने दीजिये और हमें यह बताईये कि छोटे नवाब साहब का वह नाटक कब होगा?''

''अगले हफ़्ते ही है। हम सबको न्यौता मिला है नाटक देखने का।''

''अरे वाह! अब्बा, फिर तो हम ज़रूर चलेंगे।''

''हाँ मामूजान, हम सभी चलेंगे।''

''बेशक, और जावेद मियाँ को भी साथ ले चलेंगे।''

''हाँ मामूजान! हम कल ही जाकर उन्हें इस बात का न्यौता दे आते हैं।''

''ठीक है। अब चलो सब सो जाओ। काफ़ी रात हो गई है।''

वाजिद अली के नृत्य-नाटक 'राधा-कन्हैया' की चर्चा शुरुआती दौर से पूरे अवध में फैली हुई थी। जैसे-जैसे नाटक के प्रदर्शन की तारीख नज़दीक आती जा रही थी, लोगों की उत्सुकता के साथ-साथ इसकी तैयारियाँ भी ज़ोर पकड़ती जा रही थीं। मोहम्मदी और नरगिस दोनों ही नृत्य-नाटक देखने जाने को लेकर उत्साहित थीं और कभी-कभार अकेले में बैठ नृत्य-नाटक कैसा होगा? इसकी चर्चा भी करती थीं।

उधर वाजिद अली की तैयारियों का आलम यह था कि एक-एक दृश्य और नृत्य के एक-एक टुकड़े का बार-बार अभ्यास किया जा रहा था। वाजिद खुद इस

अभ्यास में उत्साह से सबका साथ दे रहे थे। राधा बनी आलमआरा की पोशाक पर भी काफ़ी मेहनत की गई थी। लहँगे में नगीनों के साथ सोने-चाँदी के तारों से काम किया गया था। वहीं सुखनवर परी, शाहरुख परी, सुल्तान परी आदि परियाँ सखियों की भूमिका में थीं। जिस दिन यह नृत्य-नाटिका प्रदर्शित होने वाली थी उसके एक दिन पहले तो पूरे दिन बिना किसी विश्राम के अभ्यास चलता रहा। यहाँ तक कि आलमआरा थककर एक-दो बार रुकीं भी और वाजिद को विश्राम करने के लिए भी कहा। लेकिन, वाजिद के सर पर हरेक दृश्य की पूर्णता का जुनून छाया हुआ था। जब दूसरी बार आलमआरा ने विश्राम का आग्रह किया तो वाजिद झल्ला उठे। इस पर सुखनवर परी ने थोड़ी देर के लिए राधा बन अभ्यास में वाजिद का साथ देना स्वीकारा और तब आलमआरा घंटे भर के लिए आराम कर पाईं।

नृत्य-नाटक का समय संध्याकालीन था और दर्शकों के स्वागत के लिए कई शाही इंतज़ामात किये गये थे। रंगमंच के चारों तरफ़ गद्दों के ऊपर सफ़ेद चादरें बिछाई गई थीं, आराम से बैठने के लिए मसनद रखे गये थे। साथ ही इसके आस-पास बड़ी संख्या में हुक्कों की भी व्यवस्था थी। प्रवेश द्वार से अन्दर कदम रखते ही प्रत्येक व्यक्ति का स्वागत इत्र की फुहारों से और फूलों की वर्षा से किया जा रहा था। नृत्य-नाटक का रस दोगुणा हो इसके लिए शराब का भी प्रबन्ध था, जिसे परोसने के लिए कारिंदे लगाये गये थे। शराब के साथ सूखे मेवे परोसने की व्यवस्था थी तथा नृत्य-नाटक की समाप्ति के बाद सबके लिए सामिष-निरामिष शाही भोजन की व्यवस्था थी। दर्शकों के बैठने की जगह को दो हिस्सों में बाँटा गया था। मर्दों के लिए अलग व्यवस्था थी तो औरतों की तरफ़ के हिस्से को एक झीने परदे से अलग कर दिया गया था। जहाँ शराब और हुक्के उपलब्ध कराने के लिए दासियों की व्यवस्था थी। हालाँकि औरतों की तरफ़ शराब पीने वालियों की संख्या कम और हुक्के का आनन्द लेने वालों की संख्या अधिक थी। लोग-बाग नृत्य-नाटक के साथ इस शाही व्यवस्था का भी आनन्द लेने के लिए उमड़ रहे थे। लेकिन, इसे दुर्भाग्य ही कहा जाये कि बेसब्री से इस नृत्य-नाटक की प्रतीक्षा कर रहीं मोहम्मदी और नरगिस इसमें शामिल नहीं हो पा रही थीं। कारण बस इतना था कि पिछले दो दिनों से नरगिस को बुखार आ रहा था। अब, ऐसे में भला मोहम्मदी कैसे उसे छोड़कर जा सकती थी। नरगिस ने बार-बार उसे जाने को कहा। लेकिन, मोहम्मदी ने जाने से साफ़ मना कर दिया। इस पर नरगिस ने कहा कि वह एक-दो दिनों के लिए अपनी ससुराल चली जाती है। वहाँ कई लोग हैं देखभाल के लिए। मोहम्मदी ने इसे अपनी तौहीन माना और पूरे दो घंटे चली बहस का कुल जमा

नतीजा यह निकला कि नरगिस और मोहम्मदी को छोड़कर नरगिस के ससुराल का पूरा कुनबा सलीम मियाँ के साथ नृत्य-नाटक का लुत्फ़ उठाने चला गया।

नृत्य-नाटक के लिए रंगमंच पर झीने परदों और रंग-बिरंगे शीशों की मदद से अद्‌भुत प्रकाश-व्यवस्था की गई थी। रंगमंच से नृत्य-नाटक की शुरुआत की घोषणा के साथ ही मंच पर एक तरफ़ बैठे तानपूरे का मद्धिम स्वर और फिर द्रुत गति का स्वर गूँज उठा। तबले की थाप की संगत के साथ पहले सम और फिर द्रुत घुँघरू की आवाज़ के साथ वाजिद और आलमआरा का प्रवेश हुआ। उस्ताद ने ठुमरी छेड़ी और मंच पर झिलमिल प्रकाश में वाजिद, आलमआरा और सखियों के रूप में परीखाने की परियों का दिलकश नृत्य आरंभ हो गया –

जुगल किशोर बाँसुरी बजावत
छोड़ कुंजन और गलियाँ
अख़्तर राधा के संग चलो
मथुरा बृज बनिता रंग रसिया।

लय की सम और द्रुत गति के साथ नृत्य ने ऐसा समाँ बाँधा कि लोग वाह-वाह कर उठे। कत्थक में किया गया यह अनूठा प्रयोग था।

सारे राह में ढूँढ़ फिरी वृन्दावन के हे सांवरिया,
जंगल-जंगल सुनसान गूँजी मन भाई प्यारी बाँसुरिया,
पग धरत-धरत लट पलट गयो, पनघटवा गागर उलट गयो,
कर पकरत कंचन उचट गयो, चल छाँड़ि दे अख़्तर बांगरिया।

इस ठुमरी में तो सुखनवर परी और सुल्तान परी ने ऐसा नृत्य-अभिनय प्रस्तुत किया कि मंच पर एक तरफ़ कृष्ण बने खड़े वाजिद के मुँह से भी अनायास ही 'वाह!' निकल गया।

वाजिद पर टोपी काफ़ी फब रही थी। दर्शकों के बीच चल रही बातचीत में इस बात का ज़िक्र हरेक की ज़बान पर था। वाजिद भी टोपी पहनकर खुश थे और नृत्य के बीच-बीच में उनका हाथ अनायास टोपी पर जा रहा था। नृत्य-नाटक समाप्त हुआ। हरेक की चर्चा का विषय उम्दा प्रदर्शन और 'वाजिद की टोपी किसने बनाई' यही बात थी। लोग टोपी बनाने वाले कारीगर का नाम जानना चाहते थे और एक-दूसरे से पूछ रहे थे। लेकिन, किसी को नाम पता नहीं था। जो थोड़े से लोग टोपीसाज़ को जानने का दावा भी कर रहे थे वे सिर्फ़ सलीम मियाँ का ही नाम ले पा रहे थे। उधर सलीम मियाँ की बनाई गईं टोपियाँ पहनने वालों में संशय बरकरार था क्योंकि टोपी पर काम की जो बारीकी और कलात्मकता

थी वह हुनर सलीम मियाँ के हाथ में नहीं था।

अगली सुबह गज़ब की सूचना फैली कि जैसे ही रात में नृत्य-नाटक के बाद वाजिद ने टोपी उतारकर रखी उनके सर में तेज़ दर्द शुरू हो गया। जो किसी भी सूरत में कम नहीं हो रहा। हकीम साहब कई तरह का लेप लगा चुके हैं और कई जड़ियाँ भी घोटकर पिला चुके हैं। यहाँ तक कि लखनऊ के मशहूर वैद्य और रेज़ीडेंसी में रहने वाले अंग्रेज़ डॉक्टर की सेवायें लेने की भी बात अब होने लगी थी।

वाजिद सर-दर्द से परेशान परियों और तबियत को पूछने आये लोगों से घिरे अधलेटे बैठे थे। सभी उनका सर-दर्द ठीक करने की जुगत भिड़ाते हुए सर-दर्द का कारण भी सोच रहे थे। ऐसे में एक शायर ने कहा -

''हुज़ूर, जान बख्शें तो कुछ फ़रमाऊँ।''

''कहिये सरफ़राज़ मियाँ, जो भी कहना हो।''

''हुज़ूर, कल आपने जो नायाब टोपी पहनी थी वह जूठी होगी। जिस कारण आपके दुश्मनों के सर में ऐसा दर्द हो गया।''

''टोपी जूठी होगी से आपका क्या मतलब है सरफ़राज़ मियाँ।''

''हुज़ूर, आपसे पहले भी किसी ने यह टोपी पहनी होगी।''

''क्या?'' - वाजिद चौंके और उनके शांत मन पर गुस्सा भी हावी होता चला गया। उन्होंने तुरंत सलीम मियाँ को पकड़ कर लाने का हुक्म जारी कर दिया।

वाजिद अली के इस हुक्म की खबर जब सलीम मियाँ के घर तक पहुँची तो मोहम्मदी, नरगिस समेत जावेद के आग्रह पर महीने भर के लिए सलीम मियाँ अपना घर छोड़ जावेद के साथ नरगिस की ससुराल रहने चले गये। लिहाज़ा घर पर केवल नरगिस और मोहम्मदी रह गईं। वाजिद के कारिंदे आये और सलीम मियाँ को न तो ढूँढ़ पाये न ही यह पता कर पाये कि वे कहाँ हैं। कुछ ने शक ज़ाहिर किया कि सलीम मियाँ कहीं और नहीं जा सकते, घर में ही छुपे बैठे होंगे।

लिहाज़ा वाजिद के आदेश पर सच्चाई का पता लगाने महल की दो मिरासिनें अम्मन और इमामन एक दोपहर सलीम मियाँ के घर पहुँचीं। नरगिस और मोहम्मदी दोनों खाना खाकर दोपहर की नींद लेने की तैयारी में थीं। अचानक दरवाज़े पर हुई आहट से चौंक मोहम्मदी ने दरवाज़ा खोला तो दो प्रौढ़ अपरिचित महिलाओं को पसीने से लथपथ खड़ा पाया। स्वर और आँखों में गहरा आश्चर्य भर उसने कहा -

''खालाजान, आप लोग गर्मी से बेहाल नज़र आ रही हैं। अन्दर आकर सुस्ता लें और हमें मेहमाननवाज़ी का मौका दें।''

''क्या तुम हमें पहचान रही हो?'' – अम्मन ने शुष्क स्वर में पूछा।

''नहीं खाला। लेकिन, आपके पसीने से तर बदन को देख हमने आपसे यह कहना मुनासिब समझा। अगर आप लोगों को कोई आपत्ति न हो तो आइये ना।''

अम्मान और इमामन मोहम्मदी की ख़ूबसूरती तथा व्यवहार के सलीके से प्रभावित हुईं और आँखों–ही–आँखों में इशारों से कुछ बातें कर घर में दाखिल हो गईं। मोहम्मदी ने उन्हें अन्दर अपने कमरे में बिठाया। कमरे में चारों तरफ़ पानी से तर की हुई खस की टट्टियाँ लगी हुई थीं।

दो अजनबी स्त्रियों के साथ मोहम्मदी को कमरे में दाखिल होता देख पलंग पर लेटी हुई नरगिस उठकर बैठ गई और आँखों के इशारों से मोहम्मदी से उनका परिचय जानना चाहा। अभी मोहम्मदी कुछ बोल पाती, इससे पहले ही इमामन ने कहा –

''बिटिया, हम नवाब साहब के महल से आई हैं। यह पता लगाने कि सलीम मियाँ घर पर ही तो कहीं छुपे नहीं बैठे हैं।''

''खालाजान, अब्बू यहाँ नहीं हैं। आप घर का कोना–कोना देख लें। वे कहीं चले गये हैं और यह हमें भी नहीं मालूम कि कहाँ हैं अभी।''

नरगिस ने स्वर और चेहरे पर दुख तथा मासूमियत घोलते हुए कहा।

''खालाजान, आप दोनों पूरी दुपहरी हमारे साथ रहें और जब बाहर धूप कम हो तभी जाने के बारे में सोचें। हम आपके लिए गुलाब से बना शर्बत अभी लेकर आते हैं।''

नरगिस की बात काटते हुए मोहम्मदी ने जल्दी से कहा और शर्बत बनाने रसोई की तरफ़ चल दी।

इधर अम्मान और इमामन नरगिस से सलीम मियाँ के बारे में जिरह करने में जुट गईं। शर्बत लेकर आई मोहम्मदी के कान में अम्मान की ये बातें पड़ीं –

''अगर सलीम मियाँ को तुम दोनों ने कहीं छुपा रखा है तो सच–सच बता दो। वरना छोटे नवाब को जैसे ही मालूम होगा, वे सलीम मियाँ सहित तुम दोनों को भी पकड़कर हवालात में बन्द कर देंगे।''

''अरे खालाजान, पहले आप यह शर्बत तो पीयें। हमने खुद तैयार किया है गुलाब के अर्क से और हाँ खूब ठंडा भी है। सुराही को गले तक भीगे बालू में डुबाकर रखते हैं, जिस कारण उसका पानी मन को तरावट देने वाला होता है।'' – मोहम्मदी ने खुशामद के अंदाज़ में कहा।

अम्मान और इमामन ने शर्बत मज़े लेकर और तारीफ़ों के पुल बाँधते हुए

पिया अब दोनों गुलाब की ठंडक भरी ताज़गी से तरोताज़ा हो गई थीं। लिहाज़ा बातचीत का अंदाज़ भी पहले सा तल्ख नहीं रहा।

''बिटिया, तुम देखने में भी ख़ूबसूरत हो और अल्लाह ने तुम्हारे हाथ में हुनर भी खूब दिया है। जीती रहो। लेकिन, बेटा हम नहीं आते इस गर्मी और धूप में जलते हुए अगर छोटे नवाब का सर-दर्द ठीक हो गया होता।''

''क्या छोटे नवाब साहब के सर का दर्द अभी तक ठीक नहीं हुआ ?''

''अभी जब हम निकल रहे थे रेज़ीडेंसी से तो अंग्रेज़ डॉक्टर को बुलाया गया था। हो सकता है उनकी दवा असर कर गई हो।''

''ओह! यह तो बहुत बुरा हुआ।''

''हाँ, और ऐसा टोपी के कारण हुआ। इसलिए जिस किसी ने टोपी बनाई है या तो वह अकेला हमारे साथ महल में चले या सलीम मियाँ समेत पूरे खानदान को बंदी बना लिया जायेगा।''

''लेकिन खालाजान, इसमें मामू की क्या गलती है? टोपी तो पूरी हमने बनाई है और सर-दर्द का कारण अगर हमारी टोपी है तो हम सज़ा भुगतने को तैयार हैं। हालाँकि, टोपी हमने जूठी नहीं की यह अल्लाह जानता है।''

''बिटिया, तुमने जूठी की या नहीं, इससे हमें कोई मतलब नहीं। तुमने टोपी सिली, बदले में बेशुमार उपहार भी मिले, जिसे देकर छोटे नवाब भूल गये। लेकिन अब अगर उनके सर-दर्द का कारण टोपी ही है तो सज़ा की हकदार भी तुम ही होगी। या तो अकेले सज़ा भुगतने के लिए महल में चलकर परीखाने की रौनक बनो या फिर सलीम मियाँ समेत समूचे खानदान को जेल की सलाखों में कैद होना तय जानो।''

अम्मान की यह बात सुन मोहम्मदी की आँखों के सामने अपने बचपन से अभी तक की घटनायें तेज़ी से गड्डमड्ड होती घूम गईं। एकदम से उसके मन में आया कि मामू ने अब तक उसकी तथा उसके अम्मी-अब्बू की जो सहायता की है उसका मोल तो वह कभी चुका नहीं सकती, लेकिन आज सच बोलकर वह मामू और नरगिस को एक बड़ी मुसीबत से ज़रूर बचा सकती है। सो उसने अम्मान का हाथ पकड़ कर कहा –

''ले चलिए हमें खालाजान, क्योंकि वह टोपी पूरी हमने सिली थी और सिलने के बाद मन में ख़याल आया कि पहनने पर यह कैसी लगेगी। बस यही सोच हमने चंद लम्हों के लिए वह टोपी अपने सर पर रख ली। हम पूरी तरह से

वाजिद साहब के कसूरवार हैं। हम बतौर सज़ायाफ़्ता परीखाने की रौनक बनने के लिए भी तैयार हैं।''

मोहम्मदी के इस बयान से जहाँ नरगिस की आँखों में दुख के आँसू छलक आये, वहीं अम्मान और इमामन की आँखें चमक उठीं। इमामन ने मोहम्मदी का सर सहलाते हुए कहा –

''जीती रहो बिटिया। तुमने यह सही कहा। लेकिन, बेटा अब मन पर किसी गुनाह का बोझ लेकर मत चलो महल में। सारे गुनाह यहीं दफ़न कर दो और तैयारी करो। हम दोनों आज यहीं रुक जाती हैं। कल सुबह पौ फटते ही लखनऊ के लिए रवाना हो जायेंगी।''

''ठीक है खालाजान, आइये हम आप दोनों को अलग कमरे में ले चलें।''

दोनों कुटनियों–अम्मान और इमामन को अलग कमरे में पहुँचा जब मोहम्मदी वापस अपने कमरे में आई तो नरगिस फूट–फूटकर रोती हुई उससे लिपट गई और बार–बार बस यही कहती रही – ''यह क्या किया तूने मोहम्मदी, यह क्या किया। कैसे रहेंगे हम सब तुम्हारे बगैर।''

''आपा सँभालिए अपने को। जी कड़ा कीजिये। अगर हमारा निकाह हो जाता तब भी हम यहाँ से रुखसत तो होते ही ना! बस, ऐसा ही समझ लीजिये।''

''लेकिन, मोहम्मदी यह निकाह की पाकीज़गी नहीं है। हम कैसे बर्दाश्त करें कि तुम छोटे नवाब के हरम का हिस्सा होने जा रही हो।''

''आपा, अब यही सच है और आप रोकर हमें कमज़ोर मत बनाइये। शायद अल्लाह को भी यही मंज़ूर था।''

''मोहम्मदी, हम तुम्हारी तरह मज़बूत नहीं हैं। क्या करें? लेकिन, पूरी कोशिश करेंगे अपने आँसुओं को सीने में दफ़न करने की। आओ, हमारे पास बैठो। जी भरकर तुम्हें प्यार तो कर लें।''

अगली सुबह होते ही मोहम्मदी एक गठरी में अपने कपड़े और ढेर सारा आँसुओं में लिपटा प्यार लेकर ताँगे से लखनऊ के लिए रवाना हो गई। सलीम मियाँ तक यह खबर मोहम्मदी के जाने के बाद पहुँची। खबर सुनते ही वह अपना सर पकड़ कर बैठ गये और रोने लगे। उनके मन में एक ही बात साल रही थी कि –

''हम अब अपनी बहन और बहनोई को मुँह दिखाने के काबिल नहीं रहे।''

किसी तरह, अपना दुःख सीने में जज़्ब कर वह भी लखनऊ के लिए रवाना हो गये।

लखनऊ पहुँच कर रुँधे गले से सलीम मियाँ ने अटकते हुए पूरा वाकया मेहर

और अम्बर को सुनाया और मेहर का हाथ पकड़ रोते हुए बोले –

''हमें माफ़ कर दो मेहर, हम तुम्हारी अमानत को सँभाल नहीं पाये।''

''भाईजान, होनी को टालना भला किसके वश की बात है,'' कहते हुए मेहर की भी रुलाई फूट पड़ी।

अम्बर मियाँ सारा वाकया सुन कुछ देर तक तो मुँह बाये खड़े रहे, जैसे किस्मत के इस खेल को समझना चाह रहे हों। कुछ मिनटों के मौन के बाद अचानक उनके मुँह से ज़ोरों से ''आ ऽऽऽऽह!'' की आवाज़ निकली और सीना पकड़ के धड़ाम से गिर पड़े। घबराकर मेहर और सलीम ने देखा तो वे सीने में उठे दर्द से छटपटा रहे थे और फिर उनके मुँह से टूटता हुआ स्वर निकला – ''''मो ऽ ऽ हम्मदी'' – बस इस शब्द के साथ ही उनके प्राण पखेरू उड़ गये।

मोहम्मदी को परीखाना में आये रात भी नहीं बीती थी कि अम्बर मियाँ के गुज़र जाने की खबर उस तक आई। लिहाज़ा अम्मान उसे अपने साथ लेकर उसके घर तक आई और लाश के दफ़न होने तक साथ रुकी रही। उसके बाद उसने न तो किसी की सुनी, न ही किसी से कुछ कहा, बस मोहम्मदी को फिर से परीखाना पहुँचा आई और वहाँ यह ऐलान कर दिया कि –

''मोहम्मदी के अब्बा गुज़र गये हैं तो गमी का माहौल है। इसलिए गमी के चालीस दिनों तक इसे छोटे नवाब साहब के सामने पेश नहीं किया जा सकता। जब चालीसवाँ उतर जाये तब मोहम्मदी और छोटे नवाब साहब की मुलाकात कराई जायेगी।''

दूसरा खण्ड

महक

आज की रात मोहम्मदी की मुलाकात वाजिद अली से कराई जानी निश्चित हुई थी। महल की तरफ़ से वस्त्र-आभूषण और शृंगार का सामान भिजवाया गया। मोहम्मदी ने उन सबमें से एक आसमानी रंग का पेशबाज़ (फ्रॉकनुमा कुर्ता) रखा, जिसमें जगह-जगह हीरे की नन्ही कणियाँ पिरोई हुई थीं। बाकी सभी आभूषण एवं शृंगार सामग्री उसने लौटा दी। अम्मान ने इस पर मोहम्मदी को लानत भी भेजी, लेकिन वह अपने फ़ैसले पर अड़ी रही। हाँ, इन दिनों वह शाही बाग से गुलाब की सूखी पंखुड़ियाँ अक्सर ले आया करती थी। सो, शाम को उसने ढेर सारी गुलाब की पंखुड़ियाँ मसल कर पानी में डालीं और वाजिद के आने से पहले स्नान किया। मोहम्मदी ने न तो कोई इत्र लगाया और न ही लोबान के सुगंधित धुएँ को गेसुओं में पिरोया। उसने काले चूड़ीदार पाजामे के साथ हीरे की कणियों वाला पेशबाज़ पहना और उस पर आसमानी काले गोटों और छोटे सितारों से सजा झीना दुपट्टा ले बालों को समेटकर एक ढीली चोटी बना पीठ पर छोड़ दी। आभूषण के नाम पर उसने कानों में झूलते हुए बड़े-बड़े फ़िरोज़ा मणि के झुमके पहन रखे थे, जिसकी फ़िरोज़ा मणि पर दो-तीन बारीक काली धारियाँ थीं। ये झुमके उसे सलीम मियाँ ने नरगिस की शादी के मौके पर दिलाये थे। यह कहते हुए कि -

''मोहम्मदी, इसमें जो फ़िरोज़ा मणि जड़ी हुई है वह एकदम अनोखी है और शायद ही कभी मिलती है। अमूमन फ़िरोज़ा पर काली धारियाँ नहीं पाई जाती हैं। लेकिन, इन दोनों पर बारीक काली धारियों ने इसकी ख़ूबसूरती बढ़ा दी है।''

सौन्दर्य-प्रसाधन के नाम पर उसने आँखों में बस काजल लगाया था। मोहम्मदी की इस सादगी में भी शृंगार था और शृंगार जैसे इसी सादगी का मोहताज भी था।

मोहम्मदी ने जब वाजिद अली शाह के परीखाने में बने खास ख़्वाबगाह में

प्रवेश किया, वाजिद अपने पलंग पर अधलेटे अपनी ही लिखी ग़ज़ल की पंक्तियाँ गुनगुना रहे थे –

दिखाते हैं जो ये सनम देखते हैं।
खुदा की खुदाई को हम देखते हैं।

मोहम्मदी ने प्रवेश से पहले दरवाज़े की कुंडी हल्के से खड़काई। आवाज़ की दिशा में देखते ही वाजिद ठगे से रह गये। उन्हें मोहम्मदी के विषय में यह तो पता था कि वह काफ़ी ख़ूबसूरत है लेकिन इस हद तक ख़ूबसूरत और शालीन है यह उनकी कल्पना से बाहर की बात थी। यह पहला मौका था जबकि उनके परीखाने में आई कोई परी इतने सादे लिबास में उन तक आई हो और इस सादगी भरी बेपनाह ख़ूबसूरती में वे डूब गये हों। थोड़ी देर तक अपलक देखने के बाद उन्होंने धीरे से कहा –

"आइये यहाँ, हमारे पास बैठिये।"

"जी नवाब साहब। अगर आप इजाज़त दें तो हम कुछ कहना चाहते हैं।" – मोहम्मदी ने पलंग पर वाजिद अली के पास बैठते हुए कहा।

"कहिये महक परी।"

"महक परी?"

"हाँ, अभी आपके बैठते ही हम गुलाब की खुशबू से तर हो गये। हम आपको अभी से महक परी ही कहा करेंगे और परीखाने में भी आपका नाम महक परी ही होगा।"

"जी शुक्रिया, यह इज़्ज़त बख्शने के लिए।"

"अभी-अभी आपके लिए ये पंक्तियाँ आई हैं दिमाग में सुनिये।"

"जी, इरशाद।"

वसातत जो अम्मान इमामन ने की
मेरे घर में आई जने खानगी।।
पसीना था उसका कि जैसे गुलाब
महक थी परी उसने पाया खिताब।।

"शुक्रिया नवाब साहब। इस इज्ज़त अफ़ज़ाई का। अगर इजाज़त हो तो कुछ कहें?"

"ज़रूर कहिये महक।"

"नवाब साहब, औरत के जिस्मों की आपके परीखाने में कोई कमी नहीं।

आप जब चाहें हमारा शरीर भी ले सकते हैं। लेकिन, एक सच हमारे और आपके बीच और भी है कि हमारे दिल में आपके लिए मुहब्बत नहीं है। साथ ही आप भी हमें केवल एक ख़ूबसूरत जिस्म के तौर पर ही देख रहे हैं।''

''आप कहना क्या चाहती हैं महक? हम नहीं समझ पा रहे।''

''नवाब साहब, जिस दिन हमारे दिल में आपके लिए मुहब्बत जगेगी हम अपने आपको खुद-ब-खुद आपके हवाले कर देंगे। लेकिन हम चाहते हैं कि आप हमें इसके लिए थोड़ी मोहलत दें।''

वाजिद अली एक कलाकार और शायर थे। वे जिस्मानी भूख और रूहानी मुहब्बत के फ़र्क को बखूबी समझते थे। महक की बेखौफ़ बातों ने उनके मन में भी उसके लिए मुहब्बत और उससे मुहब्बत पाने की चाह भर दी। आज तक जितनी भी परियाँ उनके पास लाई गई थीं, सबकी सब बस उनकी बिस्तरनशीं हो उनसे कुछ अधिक उपहार की ही ख़्वाहिश रखती थीं। महक उनके अब तक के जीवन में अकेली ऐसी थी जिसे मुहब्बत पाने और देने की लालसा थी। आलमआरा बेशक उनकी निकाही पहली बेगम थीं, लेकिन उन्हें भी मुहब्बत या इश्क से अधिक अपने बेगम के अधिकार पसंद थे। शरीर से अलग प्रेम की खुमारियों में डूब जाने को वाजिद का भी दिल मचल उठा और उनके मुँह से निकल पड़ा -

लजयाई से नाज़ुक है ऐ जान बदन तेरा।
अब छू नहीं सकते हम फूला ये चमन तेरा।।

''शुक्रिया नवाब साहब, हमारी बात का मान रखने के लिए।''

''शुक्रिया तो आपका महक, हमें मुहब्बत की राह दिखाने के लिए। हम आपके अब तक के जीवन के बारे में जानना चाहते हैं।''

''बहुत साधारण जीवन रहा है हमारा। गरीब माँ-बाप के दिल के टुकड़े थे हम। हमारी हर ज़िद्द उनके सर-माथे पर थी। लेकिन मजबूरी ने हमें मामूजान सलीम मियाँ के साथ रहने को मजबूर कर दिया। मामू ने भी भरपूर प्यार दिया और आपके लिए दिन-रात एक कर बनाई टोपी ने हमें आप तक पहुँचा दिया।''

''यह हमारी खुशकिस्मती है कि आप हम तक आईं। सुना है कि आपके अब्बा का इंतकाल हो गया था। अब कौन-कौन है आपके परिवार में?''

''अम्मी हैं और हमारे दो भाई हैं।''

''ओह! क्या हम आपकी कोई मदद कर सकते हैं?''

''जी फ़िलहाल तो हमें नहीं लगता कि हमें किसी मदद की ज़रूरत है। हाँ, रात अब काफ़ी हो चुकी है और आपको सो जाना चाहिए।''

''हाँ, पर हम आपसे और बातें करना चाहते हैं।''

''जी कहिये।''

''आपकी कोई ख़्वाहिश जो पूरी न हुई हो हम वह पूरी करना चाहते हैं।''

''ख़्वाहिश तो है नवाब साहब। लेकिन जाने क्यों हमें ऐसा महसूस हो रहा है कि आप ख़्वाहिश पूरी करने के नवाबी अहद में हमारा दिल जीतने का ख़्वाब पाले हुए हैं।''

महक की इस बात से वाजिद एक मिनट को तिलमिला गये। आज तक किसी ने ऐसी तल्ख़ बात करने की हिम्मत उनसे नहीं की थी। उनका मन हुआ वे महक को अभी अपनी बाँहों में भर लें और उसके जिस्म को भोग उसका गुरूर तोड़ दें। उन्होंने जलती आँखों से महक के चेहरे को देखा। महक के चेहरे पर हल्की मुस्कुराहट छाई हुई थी और उसकी आँखें किसी शांत झील की तरह स्थिर उनके चेहरे पर तेज़ी से आ-जा रहे भावों को पढ़ रही थीं। महक की मुख-मुद्रा और अपने भावों से वाजिद को थोड़ी झेंप महसूस हुई। वे अभी कुछ कहना चाह ही रहे थे कि महक की आवाज़ उनके कानों तक पहुँची -

''नवाब साहब, इश्क की राह पर चलने से पहले हर इंसान को अपना रुतबा भूलना होता है और यह हम नहीं कह रहे सदियों से ऐसा ही कहा जाता रहा है।''

''हम जानते हैं महक। ख़ैर, चलिए यह हमारी पहली मुलाकात है और हम आगे भी मिलते रहेंगे। फ़िलवक्त, आप जाकर सो जायें। हम हूर परी या सुखनवर परी को बुलावा भेज देते हैं।''

''जी हम समझे नहीं।''

''महक, हमारे अन्दर कुछ खामियाँ हैं जिन पर हमारा वश नहीं। हकीम साहब कहते हैं कि किसी-किसी के अन्दर ऐसी बीमारी होती है, जबकि उसे एक साथ कई औरतों के जिस्मों की चाहत होती है और वह इसे रोक नहीं सकता। हम उन्हीं बदनसीबों में से एक हैं। जब आठ साल के थे, तभी हमारी अम्मी की एक बाँदी ने हमें औरत-मर्द के रिश्ते की जानकारी करा दी थी। तब से हमारे अन्दर यह खामी लगातार परवान चढ़ती चली जा रही है। लेकिन, आपके साथ हम ऐसा कुछ नहीं करेंगे। जिस्मों की चाहत के तले हमारा दिल सिसकता रहा है जिसे आपने आज एक रौशन राह दिखाई है। हम आपके दिल तक का सफ़र ज़रूर पूरा करेंगे महक।''

''आपकी बीमारी के बारे में जानकर हमें दुःख हुआ नवाब साहब। अब तक हम आपको केवल एक अय्याश नवाब समझते थे। पर, हमें अभी अहसास हो रहा

है कि हम कितने गलत थे। माफ़ी चाहते हैं।''

''माफ़ी जैसी कोई बात नहीं है महक। ऐसी सूरत में कोई भी यही समझता। फ़िलवक्त आपसे गुज़ारिश है कि आप जाकर सो जायें और हमें अपने हाल पर छोड़ दें। हम कल सुबह फिर मिलेंगे। हमारा पैगाम आप तक पहुँच जायेगा।''

''जैसा आप चाहें।'' कह कर महक वापस अपने कमरे में आ गई।

हालाँकि महक वाजिद अली के सामने शांत और शालीन बनी रही थी, लेकिन, वापस आने के बाद उसका मन खिन्न हो गया। वाजिद भले ही रूपवान और गुणवान हों, महक के हृदय में उनके लिए कोई सकारात्मक भाव नहीं आ रहे थे। बल्कि वह जब से परीखाने में आई थी यहाँ के माहौल को लेकर उसके मन में गहरी अरुचि थी। उसका मन न तो ठुमरी के श्रृंगारिक बोलों में रमता है और न ही कत्थक की मुद्राओं में। कभी-कभी उसका मन उस माहौल से भाग जाने का करता था। अगली सुबह महक अपने कमरे में बैठी अपने जीवन-चक्र के बारे में सोच रही थी तभी वाजिद का खास संदेश लेकर सबा आई कि वाजिद ने शाम को शाही बाग में मिलने के लिए बुलाया है। सबा परीखाने की सबसे चंचल और कम उम्र परी थी। पूरे परीखाने में एक सबा ही थी, जो महक के दिल को भाती थी। जब वह वाजिद का संदेश सुनाकर जाने लगी, महक ने उसका हाथ पकड़ अपने पास बिठा लिया और पूछा -

''हम तुम्हें कैसे लगते हैं सबा?''

''अच्छी लगती हैं।''

''कितने अच्छे?''

''जितना कि कोई भी नहीं लगता।''

''अच्छा सबा, यह बताओ कि तुम्हें यहाँ यह सब अच्छा लगता है क्या?''

''नहीं भी लगता है तो हम क्या कर सकते हैं? हम तो नवाब साहब की रियाया हैं। उनकी मर्ज़ी और उनका हुक्म पूरा करना हमारा फ़र्ज़ है।''

''हाँ यह बेबसी तो है हमारी।''

''आपा, अब हम जायें? हमें एक और काम भी करना है।''

''ठीक है। लेकिन आना फिर।''

''आयेंगे ना आपा! जब आप नवाब साहब से मिलकर आयेंगी तो कल सुबह ज़रूर आयेंगे । फिर आपसे जानेंगे क्या बातें हुईं।'' - सबा ने शरारत से मुस्कुराते हुए कहा।

''सबा, हम नवाब साहब से मुहब्बत नहीं करते।''

''फिर तो आपा आप ज़ुल्म कर रही हैं। वैसे आप मुहब्बत करें या न करें, वे चाहेंगे तो आपको कभी भी हासिल कर लेंगे।''

''हमें मालूम है सबा। लेकिन उन्होंने हमें हासिल करने से खुद को रोका भी है।''

''चलिए देखते हैं आगे क्या होता है? आप आज की शाम शाही बाग में जायें ज़रूर।''

''जायेंगे सबा।''

शाम को महक शाही बाग में गई, एकदम सादे लिबास में। आज उसने प्याज़ी रंग का कुर्ता पहन रखा था जिस पर लाल रंग के छोटे-छोटे फूल बने हुए थे और साथ में लाल रंग की चुस्त सलवार संग, लाल दुपट्टा था। बाग में मालती-लता के सुन्दर मंडप के साये में लगे पत्थर पर बैठे वाजिद महक का इंतज़ार कर रहे थे। महक के पास आते ही पास के पत्थर की तरफ़ इशारा कर वाजिद ने कहा -

''बैठिये महक, काफ़ी इंतज़ार कराया आपने।''

''माफ़ी चाहते हैं। आगे से ऐसी गुस्ताख़ी नहीं होगी।''

''गुस्ताख़ी जैसी बात तो नहीं है फिर भी आगे से ख़याल रखेंगी तो हमें अच्छा लगेगा।''

''जी ज़रूर।''

''महक, एक बात से हमें हैरत है कि आप इतनी सादगी पसंद क्यों हैं? हमारे परीखाने की परियों को हमने हर सहूलियतें दी हैं। उन सबको उनकी पसंद के ज़ेवर और लिबास हमारी तरफ़ से दिये जाते हैं। आप भी जो चाहें ले सकती हैं।''

''हम फिर से माफ़ी चाहते हैं नवाब साहब। हमें ऐसा लगता है कि हमारा वजूद ज़ेवरों और लिबासों से कहीं अलग है।''

''लेकिन, अल्लाह ने आपको बेपनाह ख़ूबसूरती दी है और उसे सजा-सँवार कर रखना आपका फ़र्ज़ भी है।''

''अगर आप बुरा न मानें तो आपसे कुछ कहें।''

''ज़रूर कहिये। हम आपका हर लफ़्ज़ सुनना चाहते हैं।''

''जी शुक्रिया। हम जंगी हुनर सीखना चाहते हैं।''

''हैं? क्या कहा आपने? फिर से दुहरायें।''

''जी हम जंगी-हुनर सीखना चाहते हैं।''

''महक, आप हमारे जीवन की पहली औरत हैं जिनकी ख़्वाहिश जेवरों, लिबासों, नाच-गानों से अलग जंग में है।''

''जी नवाब साहब, हमें बचपन से ही इसका शौक है, क्या आप हमारी यह मुराद पूरी करेंगे?''

''ज़रूर करेंगे और आपकी इस ख़्वाहिश के साथ हमें भी जंगी-हुनर की तरफ़ दिलचस्पी हो रही है।''

''तो क्या आप अब तक इससे बेखबर रहे हैं?''

''नहीं, ऐसा नहीं है। लेकिन, हमने हमेशा अहमियत शे'रो-शायरी, गज़लों, नृत्य, आदि को दी।''

''तो क्या आपको अंग्रेज़ों की यह गुलामी पसंद आती है?''

''हमारी पसंदगी-नापसंदगी की बात ही नहीं है महक। यह तो हमें विरासत में ही मिली है और मिलने वाली ही है।''

''तो क्या आप इसलिए जंगी-हुनर को हाशिये पर रखेंगे?''

''ऐसा तो हमें हरगिज़ नहीं करना चाहिए। हम आपकी बात पर सोचेंगे। फ़िलहाल आप हमारी एक ग़ज़ल सुनें।''

''नहीं नवाब साहब आप हमारी बात का सीधा जवाब दें। क्या आप जंगी-हुनर को हाशिये पर रखना चाहते हैं?''

''आप बहुत ज़िद्दी हैं महक।''

''यह हमारे किरदार की सबसे बड़ी खामी है।''

''और खूबी भी।''

''जी?''

''हाँ महक, हम भी आपसे कम ज़िद्द नहीं रखते। आपका दिल जीतना अब हमारी ज़िद्द में शामिल हो चुका है। हम कल ही अपने सेनापति से बात करेंगे और परीखाने के बाहर जंगी-हुनर के अभ्यास के लिए आपके पास बेहतरीन उस्ताद भेजेंगे।''

''शुक्रिया नवाब साहब। लेकिन, क्या इसमें अवध के होने वाले नवाब की कोई दिलचस्पी नहीं?''

''पूरी दिलचस्पी है और हम इस कला का रोज़ घंटा भर अभ्यास करते हैं। जब आप इस कला की हुनरमंद हो जायेंगी तो पहली जंग आपकी हमारे साथ होगी। बोलिए मंज़ूर?''

''अरे वाह! आपने तो हमारे मुँह की बात छीन ली।''

इस वाक्य के साथ महक के चेहरे की खुशी को वाजिद मुग्धभाव से देखते रह गये। वाजिद को अपने चेहरे पर एकटक निगाह गड़ाये देख महक की आँखें

झुक गईं और धीमे स्वर में उसने पूछा –

''क्या हमने कुछ गलत कह दिया?''

''नहीं महक। बस, हम यह सोच रहे हैं कि खुदा ने जाने कितनी मशक्कत की होगी आपको बनाने में।''

''जी, आप हमें शर्मिन्दा कर रहे हैं।''

''नहीं ऐसा नहीं है। चलिए शाम ढल गई और अब आप जाकर आराम कीजिये। कल से आपको जंगी-हुनर का अभ्यास भी शुरू करना है।''

''जी, आप अब महल में जायेंगे या परीखाने में ही रहेंगे।''

''हम आज महल जायेंगे और सभी इंतज़ामात होते ही कल आपको इत्तला करेंगे।''

''जी ठीक है। शब्बाख़ैर।''

''शब्बाख़ैर।''

महक के जाने के बाद वाजिद देर तक वहीं बैठे सोचते रहे –

'आज तक किसी ने हमारे वजूद में यह रंग नहीं भरा जो महक चन्द मिनटों की मुलाकात में भर गई। बस एक फ़र्ज़ के तहत अब्बा ने हमारी तालीम के लिए कुछ सैनिकों को नियुक्त कर दिया। हम क्या सीख रहे हैं या हम क्या नहीं सीख रहे हैं इससे उन्हें कोई खास लगाव भी नहीं रहा। आज पहली बार यह अहसास हो रहा है कि हमारा वजूद केवल कोमल कलाओं से लिपटा हुआ है। जबकि इसमें कुछ कड़ापन भी होना चाहिए। हमें सच में खुद को बदलने की ज़रूरत है। महक, आपको खुदा ने ज़रूर हमारी बेहतरी के लिए ही भेजा होगा। तभी तो आज आपसे बातें करने के बाद हमारी रोज़ की बेलगाम ख़्वाहिशें भी ठिठक सी गई हैं।'

उधर महक भी वाजिद के पास से वापस अपने कमरे में आकर लेट गई और उसके विचारों में वाजिद घूमने लगे...'इतनी बड़ी रियासत का भावी नवाब और यह मुलायमियत? क्या होगा कल अवध की रियाया का? पूरे दिन नृत्य और गायन या शे'रो-शायरी में बिताने वाले कोमल-हृदय नवाब को अगर खुदा न खास्ता कभी दुश्मनों से लोहा लेना पड़े तो? क्या करेंगे तब? क्या अवध को अपने सैनिकों और सेनापतियों को सौंप खुद परीखाने में तबले की थाप पर नृत्य करते रहेंगे? हमारी तरफ़ आकर्षित तो हैं, लेकिन क्या हम उनमें कोई बदलाव ला सकते हैं? ख़ैर, कल देखते हैं हमारे लिए क्या और कैसे इंतज़ाम उन्होंने किये हैं?'

अगली सुबह उठते ही वाजिद युद्धाभ्यास के लिए चले गये। सुबह संगीत का रियाज़ कराने आये उस्ताद समेत पूरा महल अचंभित हो गया कि क्या खास बात

हो गई। वाजिद की माँ मलिका किश्वर ने खासकर वाजिद के अब्बा से अवध के राजनीतिक हालात के बारे में पूछा भी कि –

''सब ठीक तो है? किसी प्रकार के जंग की आशंका तो नहीं?''

चौंकते हुए अमजद अली शाह ने जवाब दिया –

''नहीं बेगम! आज क्या कोई बुरा ख़्वाब देखते हुए उठी हैं?''

''नहीं, बुरा ख़्वाब तो नहीं। लेकिन आज सुबह-सुबह हमारे वाजिद संगीत का रियाज़ करने की जगह जंगी-हुनर के अभ्यास के लिए गये हैं।''

''अच्छा? तो क्या वाजिद बदल रहे हैं?''

''बदल रहे हैं या नहीं, यह तो नहीं मालूम, लेकिन आज बदले हुए लग रहे हैं।''

''आप उन पर निगाह बनाये रखियेगा।''

''जी, बिलकुल।''

युद्धाभ्यास और सैनिक अभ्यास के लिए बने खास क्षेत्र में सेनापति सैनिकों को अभ्यास के लिए तैयार कर रहे थे कि अचानक वाजिद को आया देख घबरा से गये। वाजिद ने उन सबके चेहरों के भावों का मज़ा लेते हुए कहा –

''आज के बाद से हम रोज़ आयेंगे अभ्यास के लिए। आप सबको घबराने की ज़रूरत नहीं। बशीरूद्दौला किन्नर कहाँ है? उसे हाज़िर किया जाये।''

''अभी आता होगा हुज़ूर। वह रोज़ आता है अभ्यास के लिए।''

अभी ये बातें हो ही रही थीं कि बशीरूद्दौला सैनिक की पोशाक में हाज़िर हुआ और वाजिद को वहाँ देख सकपका कर देर से आने की माफ़ी माँगने लगा।

''माफ़ी माँगने की कोई ज़रूरत नहीं है बशीर। आज से तुम हमारे परीखाने के बाहर बने मैदान में महक परी को जंगी-हुनर सिखाने जाओगे।''

''यह क्या ज़ुल्म है सरकार। अब आपकी परियाँ नाचना-गाना छोड़कर क्या तलवार चलायेंगी? हाय-हाय! ऐसे में क्या उनकी नाज़ुक कलाइयों में मोच नहीं आ जायेगी?''

''बशीर, महक परी दूसरी परियों से अलग है और उन्हें नाचना-गाना बिलकुल पसंद नहीं। अब आप फ़ौरन परीखाने का रुख कर लें।''

''जी हुज़ूर, जैसा आप कहें।''

वाजिद को सलाम कर और मन-ही-मन कोई सज़ा नहीं पाने से खुश होते बशीरूद्दौला ने परीखाना पहुँच महक को बाहर युद्धाभ्यास के लिए बुलावा भेजा। युद्धकला के अभ्यास के लिए एक किन्नर को सामने पा महक को पहले तो काफ़ी

क्षोभ हुआ कि – "वाजिद ने उसकी काबिलियत पर संदेह किया है।"

फिर, उसने खुद को संयत कर पूछा –

"अपना नाम बतायें।"

"जी बशीरूद्दौला।"

"अवध की सेना में आपका ओहदा क्या है?"

"हम किन्नरों की सेना के सेनापति हैं।"

"आप हमें जंगी-हुनर सिखाने की शुरुआत कैसे करेंगे?"

"मोहतरमा, आप इतने सवालात कर रही हैं, ऐसा लगता है जैसे आपने यह हुनर कहीं और भी सीखा है।"

"नहीं-नहीं हमने कहीं कुछ भी नहीं सीखा है। पहली बार हम आपसे ही सीखना शुरू कर रहे हैं।"

"फिर, हम आपको शुरू में कुछ देर कसरत करायेंगे और उसके बाद तलवारबाज़ी सिखायेंगे। जब आप तलवारबाज़ी में पारंगत हो जायेंगी तब और आगे दूसरी कलायें भी सिखायेंगे।"

"ठीक है, चलिए फिर, शुरू करते हैं।"

महक को युद्धकला की तालीम लेते हुए आज दस दिन हो गये थे। शुरुआती कुछ दिन उस पर भारी थे, जबकि एकदम से उसे सैनिकों की तरह कसरत और शारीरिक मेहनत करना शुरू करना पड़ा। शरीर की मेहनत महक के लिए आसान थी, लेकिन परीखाने में जो उसके लिए ईर्ष्या की लहर उठ रही थी, उससे मानसिक रूप से जूझना उसे काफ़ी कष्ट दे रहा था। महक के लिए ईर्ष्याभाव का मूल कारण वाजिद की परीखाने के नृत्य और गायन में कम उपस्थिति तथा रोज़ की काम-क्रीड़ा के प्रति धीरे-धीरे कम होती रुचि भी था। जिसे परीखाने की सभी परियों ने महक का प्रभाव मान लिया था।

आज जब महक युद्धकला का अभ्यास कर वापस लौटी तो रास्ते में ही उसे सबा मिल गई। महक को देखते ही उसने जल्दी-जल्दी बोलना शुरू कर दिया –

"आपा, आप कहाँ थीं? हम आपको पूरे परीखाने में ढूँढ़ आये।"

"परीखाने के बाहर देखा होता! हम तलवारबाज़ी सीख रहे हैं।"

"अरे हाँ, आपा! बड़ा मज़ा आता होगा न तलवार चलाने में?"

"हाँ, आता तो है। क्या तू भी सीखना चाहेगी?"

"आप हमें साथ लेंगी?"

"हाँ क्यों नहीं?"

"शुक्रिया आपा! आप जितनी ख़ूबसूरत हैं उतनी ही प्यारी भी।"

"चल, झूठ-मूठ ही आपा की बड़ाई किये जा रही है।"

"अरे आपा, हम तो भूल ही गये बातों-बातों में कि आज शाम को अपने छोटे नवाब आपसे शाही-बगीचे में मिलना चाहते हैं।"

"क्या उन्होंने यह खबर भिजवाई है?"

"अब लो? उन्होंने खबर भिजवाई है तभी तो हम आपको बता रहे हैं। नहीं तो क्या हमें इस बात का सपना आयेगा?"

"अरे हाँ, हम भी क्या बच्चों जैसे सवाल पूछ बैठे? तू जाकर नवाब साहब को बता दे कि हम ज़रूर आयेंगे।"

"हाँ भाई, अब तो नवाब साहब की शामो-सुबह केवल आपसे ही जो होने लगी है।" - सुखनवर परी ने व्यंग्यात्मक लहज़े में महक और सबा की बातचीत में हस्तक्षेप करते हुए कहा।

महक के चेहरे पर तनाव की रेखायें खिंच गईं। वह जवाब में कुछ कहना चाहती थी, लेकिन तुरंत उसे इस कटूक्ति का सही जवाब नहीं सूझा और अपने तनाव को मुस्कुराहट में छुपा वह अपने कमरे की तरफ़ बढ़ गई। लेकिन, सबा का किशोर मन महक से अधिक प्रभावित था, सो उसने सुखनवर परी की बात के जवाब में तुनककर कहा - "सुखन आपा, आप अगर छोटे नवाब साहब को कैद कर सकती हैं अपने में तो कर लें ना! रोका किसने है?"

सबा की इस बात पर सुखनवर परी कट कर रह गयी। वह जवाब में कुछ कह पाती इससे पहले ही सबा तेज़ी से चलते हुए उसकी आँखों से ओझल हो गई।

शाही बाग में आज महक ने वाजिद को अधिक इंतज़ार नहीं करवाया। हालाँकि, लिबास में उसके पहले वाली सादगी ही थी। आज उसने झक सफ़ेद कपड़े पहन रखे थे, जो उसके गोरे रंग से मिलकर अद्‌भुत आभा बिखेर रहे थे। वाजिद दूर से आती महक को अपलक देखते रहे। जब वह करीब आई तो उनके मुँह से अनायास ही यह ग़ज़ल निकल पड़ी -

गुंचा-ए-दिल खिले जो चाहो तुम।
गुलशन-ए-दहर में सबा हो तुम।।
बे-मुहव्वत हो बेवफ़ा हो तुम।
अपने मतलब के आश्ना हो तुम।।

कौन हो क्या हो क्या तुम्हें लिक्खें।
आदमी हो परी हो क्या हो तुम।।
पिस्ता-ए-लब से हम को कुव्वत दो।
दिल-ए-बीमार की दवा हो तुम।।

"बहुत ख़ूबसूरत ग़ज़ल कही है नवाब साहब आपने।"

"शुक्रिया। लेकिन इस ग़ज़ल से ख़ूबसूरत ग़ज़ल हमारे सामने खड़ी है।"

"तारीफ़ के लिए शुक्रगुज़ार हूँ।"

"आपकी तारीफ़ बशीरूद्दौला भी कर रहे थे। कह रहे थे कि आप बहुत ध्यान देकर सीख रही हैं और यही हाल रहा तो माशाअल्लाह, जल्दी ही पारंगत हो जायेंगी।"

"जी हम हर तरह के अस्त्र-शस्त्र सीखना चाहते हैं।"

"ज़रूर सीखिये। आजकल हम भी अपना अधिक समय इसी कला को दे रहे हैं।"

"आपके जंगी-हुनर की बात जानकर हमें अतिरिक्त खुशी हुई।"

"अच्छा महक, आप बताइये आप में ऐसा क्या है जो हमारी तरह के इस ज़िद्दी, बहके इंसान को बदलता जा रहा है। हम खुद अपने अंदर आ रहे इस बदलाव से हैरत में हैं।"

"जी इसमें हमारी नहीं आपकी खूबी है, हमारी एक छोटी-सी ख़्वाहिश है।"

"कहिये।"

"हम चाहते हैं कि सबा भी हमारे साथ तलवारबाज़ी की तालीम ले।"

"अरे हाँ, ज़रूर। अगर हमारी नन्ही परी ऐसा चाहती है तो बिलकुल उसे साथ लें आप अपनी तालीम में।"

"जी शुक्रिया।"

"बल्कि हमारे ज़ेहन में तो एक ख़याल अभी-अभी आया है कि क्यों ना आप अपने साथ जो भी जंगी-हुनर सीखना चाहें-शहर भर या हमारे अवध की कोई भी औरत, आप उन सबको मौका दीजिये और फिर धीरे-धीरे आप औरतों की एक फ़ौज बनाइये।"

"वाह! क्या बात कही है नवाब साहब आपने। हमारा दिल खुश हो गया। पहली बार हम आपके कायल हुए आज।"

''चलिए, आपके दिल को पहली बार ही सही हम भी कुछ काम के तो लगे।''

''जी आप हमें शर्मिंदा कर रहे हैं।''

''महक, आप जैसी कोई औरत हमारी ज़िन्दगी में अब तक नहीं आई। न ही कोई हमारी नज़र से गुज़री।''

''नवाब साहब, आज आप तारीफ़ों की इतनी बारिश कर रहे हैं कि सच में हम अपने आप में सिमटते जा रहे हैं।''

''हा, हा, हा, हा, बहुत खूब महक। ठीक है तो हम आपकी जगह बाग में खिले गुलाबों की तारीफ़ करते हैं।''

''अब आप हमें छेड़ रहे हैं।''

''अजीब हालात हैं। तारीफ़ करें तो मुश्किल और न करें तो मुश्किल। अच्छा, आप हमें अपने बालों में एक गुलाब लगाने की इजाज़त दीजिये।''

''जी आप लगा सकते हैं। हमें अच्छा लगेगा।''

वाजिद अली ने एक गुलाब की अधखिली कली तोड़ी और उसे महक के बालों में हल्के से लगाकर बोले –

''इस गुलाब की ख़ूबसूरती बढ़ गई और इसकी किस्मत चमक गई। देखिये तो, आपके बालों में सजकर इसकी ख़ूबसूरती में कैसे इज़ाफ़ा हो गया है।

''आप अगर ऐसे केवल हमारी तारीफ़ करते रहेंगे तो हम आपसे मिलने बाग में आना बंद कर देंगे।''

''कोई बात नहीं। हम आपसे मिलने आपके कमरे तक चले आयेंगे।''

''फ़िलहाल, हमें जाने की इजाज़त दें।''

''जाइये महक, लेकिन इतना जानते हुए जाइये कि आप हमारे ऊपर ही नहीं, अवध के मुस्तक़बिल पर भी जुल्म कर रही हैं।''

आज बाग से वापस आकर महक अपने अन्दर बदलाव महसूस कर रही थी। उसका मन बार-बार वाजिद के ख़यालों में खोता जा रहा था। कभी वाजिद की कही बातें याद कर मुस्कुरा देती तो कभी उनकी बात का कोई अच्छा-सा जवाब मन-ही-मन देती।

वाजिद भी बदल चुके थे। उनके ऊपर महक का प्रेम हावी होता जा रहा था। परीखाना की परियाँ उन्हें बेरौनक लगने लगी थीं। घुँघरुओं की जगह अब उन्हें तलवार की झँकारें अधिक लुभाने लगी थीं। बाग से लौटते हुए वाजिद को

सुखनवर परी ने रास्ते में घेरा और परीखाने में होने वाले नृत्य में शामिल होने का न्यौता दिया।

पूरा न्यौता सुने बिना ही वाजिद ने परीखाना जाने में अपनी असमर्थता जताई। सुखनवर परी का अहं वाजिद के 'न' से टकराकर क्रोध बन गया। किसी तरह अपने गुस्से पर काबू पा उसने वाजिद से फिर से परीखाना चलने का मनुहार किया। पहले की तरह वाजिद ने दुबारा 'न' ही कहा। अब सुखनवर परी अपने आपे से बाहर हो चुकी थी। अपना पैर पटकते हुए वह वाजिद को छोड़ अपने कमरे में आ चोट खाई नागिन की तरह तड़पने लगी। सुखनवर परी को अकेले वापस आया देख हूर परी जल्दी से उसके पास कमरे में अकेलेपन का कारण जानने पहुँची। वहाँ सुखनवर की मुख-मुद्रा देख एक बार को हूर घबरा गई। सुखनवर की बड़ी-बड़ी आँखें और भी बड़ी होकर बाहर की तरफ़ निकली हुई जान पड़ रही थीं। ओठों के कोनों से थूक झाग की तरह बह रहा था। भृकुटियाँ तनी हुई थीं और साँसें ज़ोर-ज़ोर से चल रही थीं। घबराई हुई हूर ने सुखनवर का हाथ पकड़ प्यार से पूछा –

''क्या हुआ सुखनवर ? आप ठीक तो हैं ?''

''हम तो ठीक हैं हूर लेकिन उस महक ने आते ही हमारी रौनकें छीन ली हैं। जाने उसने नवाब साहब को क्या खिला-पिला दिया है कि हमारे आशिक अब हमारे रहे ही नहीं। ठुमरियों और घुँघरुओं में डूबा उनका मन अब बन्दूक के धमाकों और तलवारों की खनक में चैन पाने लगा है।''

''लेकिन, यह तो हमारे अवध के लिए अच्छा शगुन है सुखनवर।''

''हमारे लिए तो बुरा शगुन है हूर। हमारी पूरी देह कई दिनों से तप रही है। बिस्तर पर लेटे-लेटे तड़पते रहते हैं हम और हमारा चैन, हमारे नवाब साहब आज हमें झटक कर आगे बढ़ गये।''

''अपनी तड़प मिटाने के लिए आप नवाब साहब की जगह आज उस्ताद जी को बुला लीजिये सुखनवर।'' – हूर ने अपनी हँसी दबाते हुए कहा।

''हूर, हमारा मज़ाक बनाने से बेहतर कुछ आप बोल सकती हैं तो बोलिए। वरना हम भी मुँह में ज़बान रखते हैं और जानते हैं कि जब नवाब साहब आपके साथ नहीं होते तो आपके ख़्वाबगाह की रौनक कौन होता है।''

सुखनवर के इस पलटवार से हूर तिलमिला गई और उसके पास से उठकर महक के पास पहुँच गई। महक अपने ख़यालों में खोई लेटी हुई थी। उसके होंठों पर की मुस्कुराहट देख हूर ने कहा –

''क्या बात है महक परी! अब तो आपके दिन और रात दोनों रोशन होने वाले हैं। हमारे हिस्से में अंधेरों का साया आ गया है।''

महक अचानक अपने ख़यालों में आये इस व्यवधान से चौंक गई। पहले तो उसे हूर की कही बातों को समझने में ही थोड़ा वक्त लगा। फिर जब उसे समझ में आया तो मन में क्रोध भी हुआ। अपने क्रोध को अन्दर-ही-अन्दर दबाकर उसने मीठी मुस्कान के साथ कहा -

''अरे, हूर आपा! आइये ना! कहिये हम आपकी क्या खिदमत करें?''

''खिदमत तो आप रहने ही दें महक। अब तो घुँघरू खोलकर लगता है हमें भी तलवारों के साथ खेलना होगा।''

''जी, अगर आपको पसंद है तो क्यों नहीं?''

''पसंद और नापसंद की बात नहीं है महक। हमें तो अब अपने होने का भी सबूत देना होगा। नवाब साहब अब हमारी तरफ़ देखते ही नहीं।''

''जी, फिर आप नवाब साहब से ही शिकायत करें ना! हम इस मामले में क्या कर सकते हैं?''

''सुना है नवाब साहब आपके रूहानी इश्क की गिरफ़्त में हैं और हम सब तो ठहरे जिस्मानी इश्क के मुलाज़िम।''

''आपा, आप बेवजह परेशान हो रही हैं। बहरहाल हम अपनी तरफ़ से आपको तसल्ली दिलाते हैं कि हमारी तरफ़ से ऐसी कोई बात नहीं है। हम नवाब साहब की दिल से इज़्ज़त करते हैं। रही बात जंगी-हुनर सीखने की तो हमें इसकी चाहत बचपन से ही रही है।''

''और अब आप अपनी चाहत पूरी करने के लिए हमारी चाहतों पर बिजली गिरा रही हैं।''

हूर के स्वर की तल्खी से महक का मन दुखी हो उठा। उसने जवाब में बस इतना ही कहा -

''आप हमें गलत समझ रही हैं आपा और अब हमें अकेला छोड़ दें। आपकी कही बातों पर गौर करते हुए हम नवाब साहब से भी परीखाने की पुरानी रौनक वापस लाने की दरख्वास्त करेंगे।''

''अच्छा? तो अब हमें आप जैसी कल की आई लौंडियों के रहमोकरम पर रहना होगा?'' - कहते हुए हूर वहाँ से तेज़ी से निकल गई।

महक हूर के इस अंतिम वाक्य से सन्न रह गई। आपसी कलह और द्वेष का यह विकृत रूप उसके जीवन में पहली बार आया था। स्वार्थ की आँधी में न तो

कोई वाजिद का भला सोचने वाला था और न ही किसी को चिंता थी अवध के भविष्य की। इंसानी क्षुद्रता अपने कई-कई रूपों में नृत्य कर रही थी। महक का मन रो रहा था। उसे जीवन को समृद्ध करने वाली कलाओं से कोई शिकायत नहीं थी लेकिन इन कलाओं के साधकों के मन में पल रही क्षुद्रता उसे दुखी कर रही थी। कलायें मानव-मन को विस्तार देती हैं, साधक की साधना और उसके जीवन के शुद्ध भाव ही कलाओं को ईश्वर के समीप पहुँचाते हैं। इस परीखाने में कलाओं के साथ विद्रूपतायें भी पल रही थीं।

महक ने निश्चय किया कि अगले दिन वह खुद वाजिद के पास जायेगी, और कहेगी कि वह उसे मुक्त कर दें या सैनिक के रूप में भर्ती दें। वह अब इस परीखाने में नहीं रहेगी। वह ऐसी कुंठाओं का शिकार नहीं बनेगी।

अगले दिन अपने मिलने के ठिकाने पर जब महक ने वाजिद को अपनी ये बातें कहीं तो वाजिद ठहाका लगाकर हँसते हुए बोले –

''महक, हम आपको एक मज़बूत औरत समझते थे। पर आप तो कायर निकलीं। ज़रा-सी बात पर अपना सब कुछ हारने पर उतावली हो गईं।''

''नवाब साहब, इस बात ने हमारे मन को अन्दर तक दुखी किया है और वे लफ़्ज़ हम बर्दाश्त नहीं कर पा रहे हैं।''

''बर्दाश्त करना सीखिये महक। ये छोटी-छोटी बातें जब इंसान बर्दाश्त करना सीख जाता है तभी जंग के बड़े-बड़े ज़ख़्म सहकर जीत हासिल करता है।''

''लेकिन हम अभी जंग के मैदान में नहीं आपके परीखाने में हैं।''

''ज़िन्दगी क्या अपने आप में जंग से कम है महक?''

''आपकी बातें बहुत गहरी हैं नवाब साहब।''

''क्यों, क्या हम गहरी बातें नहीं कर सकते?'' – वाजिद की आँखों में शरारत चमक उठी।

''अरे नहीं-नहीं नवाब साहब, हमारे कहने का मतलब यह कतई नहीं था।''

''तो क्या मतलब था आपका?''

''जी, शायद आपको हमारी बात दिल से लग गई। माफ़ी चाहते हैं।''

''माफ़ी जैसी कोई बात नहीं है महक, हम मज़ाक कर रहे थे। लेकिन आप जैसी ज़हीन औरत इन बेकार की बातों में क्यों उलझ गई भला?''

''अभी आपसे बातें करते हुए हमें भी महसूस हो रहा है कि हम इन फ़ालतू की बातों में क्यों उलझ गये।''

''आपको अहसास हुआ यह बड़ी बात है। महक, आप आगे से इस बात

का ख़याल रखें कि आप सबसे अलग हैं। इतनी अलग और खास कि आपने हमें भी बदल दिया।''

''जी, हमारी खुशकिस्मती कि आपने हमारी बात का मान रखा। वरना हमारी क्या हैसियत?''

''महक, आप अपनी इज़्ज़त करना भी सीखिये।''

''जी।''

''अच्छा, यह तो बताइये कि आपने अपनी फ़ौज के लिए अब तक किसे-किसे तैयार कर लिया।''

''अब तक तो बस सबा है हमारे साथ।''

''ठीक है, आहिस्ता-आहिस्ता और भी औरतें जुड़ती जायेंगी।''

''हमारी हौसला अफ़ज़ाई का शुक्रिया।''

''महक, हमारी एक बात मानेंगी आप?''

''जी कहिये।''

''आप हमें अपना दोस्त समझिये ना। जब भी आप हमें नवाब साहब कहती हैं, हमें आपसे बड़े होने का अहसास होता है।''

''जी, आप हमसे तो बड़े हैं ही। कहाँ हम एक गरीब परिवार में जन्मे, पले-बढ़े और आप अवध के होने वाले नवाब। भला हममें और आप में क्या बराबरी?''

''हममें और आप में क्या बराबरी? सच कहा आपने महक! उस पहली रात की मुलाकात के बाद से ही हम आपके दिल तक पहुँचने की कोशिश में हैं, लेकिन आपका दिल इतना नायाब है कि उस तक हमारी पहुँच ही नहीं हो पा रही है।''

''जी यह तो एक अलग मसला है।''

''आपको क्या लगता है महक, हमें कामयाबी मिलेगी?''

''अब आप हमारे साथ शरारत कर रहे हैं। हम जायें? अंधेरा हो चला है।''

''क्या अंधेरे में हम खौफ़नाक लगने लगते हैं महक?''

''लगता है आज आपने हमें चारों तरफ़ से घेरने की कसम खा ली है।''

''ऐसी कोई कसम नहीं है हमारे पास। आप खुद ही घिरती जा रही हैं। फव्वारे के पास काफ़ी रोशनी की गई है, वहाँ चलकर थोड़ी देर बैठते हैं।''

''जी।''

आज वाजिद ने यह निश्चय कर लिया था कि वे महक के दिल का हाल जानकर रहेंगे। महक की आँखों में उनके लिए आकर्षण की चमक तो थी, लेकिन

उसके मन में क्या चल रहा है यह जानना अभी बाकी था।

और इधर महक अभी भी अपने अन्दर के द्वन्द्व में फँसी हुई थी। वाजिद उसकी हर ख़्वाहिश के साथ थे। समय-समय पर उसकी हौसला-अफ़ज़ाई भी कर रहे थे। फिर भी, महक के मन में वाजिद को लेकर एक खिंचाव अभी बाकी था। शायद वह वाजिद के परीखाने की ज़िन्दगी को भूल नहीं पा रही थी या उसे स्वीकार करने में उसके विचार आड़े आ रहे थे।

साथ-साथ चलते हुए वाजिद और महक फव्वारे के पास पहुँच गये। फव्वारे से उड़ती पानी की बूँदें उछलकर महक के चेहरे पर पड़ने लगी थीं और पास जल रहे सतरंगे शीशे में कैद शमा की किरणें उन बूँदों को झिलमिल बना रही थीं। वाजिद की नज़र महक के चेहरे पर ठहर गई। अद्‌भुत रहस्यमय सौन्दर्य उसके चेहरे पर बिखरा हुआ था। वाजिद ने अपने को संयत करने की पुरज़ोर कोशिश की। लेकिन उसमें सफल नहीं हो पाये। उन्होंने आगे बढ़कर महक को अपने बाज़ुओं में कस लिया। अचानक वाजिद के इस व्यवहार से महक घबरा उठी और वाजिद के आगोश से निकलने के लिए छटपटाने लगी। महक जितना ही कसमसा रही थी वाजिद के आगोश का बंध उतना ही कसता जा रहा था। अंतत: हार कर महक ने लाचार आँखों से वाजिद के चेहरे पर नज़रें टिका दीं। वाजिद ने महक के होंठों पर अपने होंठ रख दिये। आगोश और चुम्बन की कशिश में महक अपने को खोने लगी। उसके यौवन का यह पहला अनुभव था। वाजिद उसके होंठों का जिस कोमलता से चुम्बन ले रहे थे वह महक को मदहोश किये जा रहा था। उसकी आँखें वाजिद की आँखों से मिलती हुईं प्रेम के नशे में डूबती जा रही थीं।

डूबती हुई महक अचानक सजग हो गई और इस बार वाजिद के आगोश से छूट बिना कोई शब्द बोले तेज़ी से अपने कमरे में चली गई। महक का यह रवैया वाजिद को अन्दर तक हिला गया। उन्हें लगा कि शायद उनसे गलती हो गई है। अब महक उनसे दूर चली जायेगी। इस ख़याल मात्र से उनका मन बेचैन हो उठा। उन्होंने तुरंत फव्वारों को बन्द करने का आदेश दिया। सतरंगी शमा को उन्होंने खुद ही बुझा दिया और भारी कदमों तथा बुझे मन से अपने महल की तरफ़ चले गये।

वाजिद ने आज महक को बदल दिया था। पहला पुरुष-स्पर्श इतना मादक होगा, यह महक को पता नहीं था। वह अपने कमरे में आकर बिस्तर पर औंधे मुँह लेट गई। मन में विचारों का आना-जाना जारी था। 'क्या यही प्रेम है? शायद नहीं या फिर शायद हाँ। हम पर ऐसी मदहोशी कैसे छाई? क्या हमारा मन वाजिद का

हो चुका है? यह सच है कि वाजिद के अन्दर औरतों के जिस्म को लेकर हवस है लेकिन वे औरतों से न तो नफ़रत करते हैं, न ही उसे अपने से कमतर समझते हैं। हमारे जैसी एक अदना सी लड़की की हर बात, हर ख़्वाहिश उन्होंने पूरी की। कभी हमें ज़बरदस्ती नहीं अपनाना चाहा। आज? क्या आज के वाजिद अलग थे? उन्होंने हमें ज़बरदस्ती आगोश में ले लिया और हमारी इच्छा के बगैर चूम लिया? हमारी इच्छा नहीं थी तो फिर मन मदहोश क्यों हुआ? क्या हम भी कहीं-न-कहीं ऐसा चाहते थे? ओह! हम कुछ नहीं समझ पा रहे। बस उनके वजूद के घेरे में हम घिरते जा रहे हैं।'

महक वाजिद के ख़यालों और अपने विचारों में डूबते-उतराते कब सो गई उसे पता ही नहीं चला।

उधर वाजिद अपने महल में जाने के बाद देर तक दुखी बैठे रहे। उन्होंने शराब मँगाई और गटागट-गटागट पूरा गिलास पी गये। वे महक को खोने के संशय को शराब के नशे में भूलना चाहते थे। वे देर तक शराब पीते रहे और फिर महक को याद करते हुए सो गये।

अगले दिन महक जब सोकर उठी तो आँखों के सामने वाजिद का चेहरा और पिछली शाम का पूरा दृश्य घूम गया। उसके होंठों पर जुम्बिश सी हुई। अपनी उँगलियों से होंठों को सहलाते हुए वह देर तक वाजिद को महसूसती रही। अचानक उसके दिमाग में यह बात कौंधी कि - "अगर औरतों के जिस्मों की ख़्वाहिश वाजिद की बीमारी थी तो फिर इन दिनों अचानक कैसे वाजिद इससे अलग हो गये। अगर उनके शरीर में कोई ऐसी खराबी थी तो फिर अचानक कैसे वह ठीक होती चली गई?"

इस विचार ने महक को बेचैन कर दिया। उसने शाही हकीम जी के पास जाकर इसका कारण जानने का सोचा और दो-तीन घंटों में तैयार हो शाही हकीम नजीब के पास पहुँची। दुआ-सलाम के बाद उसने वाजिद से सम्बन्धित बातें उन्हें बताईं और अपनी शंकायें भी बताकर उनसे कारण जानना चाहा। हकीम नजीब महक की हरेक बात ध्यान से सुनकर बोले -

"बेटा इसमें अचंभे की कोई बात नहीं। एक तो आपका सादगी भरा रवैया वाजिद के दिमाग पर असर कर गया और दूसरा आपसे मुत्तासिर हो वे जंगी-हुनर को समय देने के दौरान कसरतें अधिक करने लगे, जिस कारण उनके अन्दर की खराबी ठीक होती जा रही है। ऐसा एकदम आपसे मिलने के अगले दिन से नहीं हुआ होगा।"

''जी, सही फ़रमाया आपने। ऐसा जंगी-हुनर का अभ्यास शुरू करने के बाद से हुआ।''

''अगर ऐसा ही जारी रहा तो बेटा यह अवध की अच्छी किस्मत होगी। हालाँकि, ऐसे मामले में शरीर बदलाव तो दो-चार सालों के लिए करता है फिर ज़िन्दगी में अगर एकरसता आ गई तो धीरे-धीरे इंसान पहले की लत को फिर से अपना लेने के लिए मजबूर हो जाता है।''

''ओह! अगर कसरत और जंगी अभ्यास जारी रखा जाये तो?''

''बेटा, सब अल्लाह की मर्ज़ी है। आप अपनी तरफ़ से कोशिश करते रहियेगा। बाकी कुदरत के खेल के आगे हम सब मजबूर हैं।''

''जी हकीम साहब। क्या अब हमें जाने की इजाज़त है?''

''जाओ बेटा और समय-समय पर हमें खबर देती रहना। हम भी नियमित उनकी जाँचें करते रहेंगे।''

''जी बेहतर। शुक्रिया।'' कह कर महक वहाँ से सीधे महल की ओर चली गई। यह पहला मौका था जबकि महक बिना किसी इत्तला या बुलावे के महल में पहुँच गई थी। वाजिद के ख़्वाबगाह के रास्ते में ही उसकी मुलाकात आलमआरा से हो गई। आलमआरा हालाँकि महक से खुश नहीं थीं, लेकिन महक के कारण वाजिद का परीखाने में रात गुज़ारना बंद होना उन्हें भी अच्छा लगा था। सो नाखुशी को अपने अन्दर दफ़न कर महक को मन-ही-मन स्वीकारने भी लगी थीं। रात जब शराब के नशे में 'महक-महक' बड़बड़ाते हुए वाजिद उसके कंधों पर सर रखकर नींद के आगोश में चले गये थे, तब आलमआरा को महक पर गुस्सा आया था, पर अब वह शांत थी। महल में अचानक महक को देख उसने मुस्कुराते हुए उसका स्वागत किया -

''आइये महक। आज कैसे आपने इधर आने की तकलीफ़ की।''

''तस्लीम आपा। हम आपसे ही मिलने आये हैं।''

''झूठ मत बोलिए महक।''

''आपा, सच कहते हैं हम। आपसे ही बात करना चाहते हैं।''

''तो फिर मेहमानखाने में बैठकर बातें करते हैं। वैसे हमारे मन में आपका असर अपने शौहर के दिलो-दिमाग पर होता देख थोड़ा गुस्सा तो है लेकिन सुकून भी है कि वे अब परीखाने की जगह अपनी रातें महल में गुज़ारते हैं।''

‘‘जी आपा, शुक्रिया।’’

‘‘आइये यहाँ बैठते हैं और अब खुलकर बताइये आप क्या कहना चाहती हैं।’’

‘‘आपा, हम अभी हकीम साहब से मिलकर आ रहे हैं और उनका कहना है कि अगर नवाब साहब नियम से अधिक समय तक जंगी-हुनर का अभ्यास करते रहे तो शायद अपनी बीमारी से अलग रहें।’’

‘‘अब यह सब तो हम उनसे नहीं करवा सकते। यह हुनर बस आपके पास ही है महक।’’

‘‘आपा, हम आपके खुले मन का एहतराम करते हैं। अगर आपकी इजाज़त हो तो क्या हम नवाब साहब से मिल सकते हैं।’’

‘‘वे किसी से मिलने के लिए किसी की इजाज़त के मोहताज़ नहीं हैं। आप जब चाहें उनसे मिल लें। आगे से अगर उनसे ही मिलना मकसद हो तो हमारे ख़्वाबगाह का रास्ता मत पकड़ियेगा। हाँ, जब कभी आपका मकसद केवल हमसे मिलना हो तभी आप यहाँ तक आयें। वरना किसी से खबर भिजवा आप अपने नवाब साहब से कहीं भी मिल लें। फ़िलहाल जब आप यहाँ आ ही गई हैं तो यहीं बैठिये। हम चन्द मिनटों में आपके आने की खबर भिजवा देते हैं।’’

‘‘जी आपा। जैसा आप कहें।’’

वाजिद के पास जैसे ही खबर पहुँची कि उनसे मिलने महक आई है। उन्हें तमाम आशंकाओं ने घेर लिया। मसलन महक यहाँ तक क्यों आई? क्या वह हमारे कल के व्यवहार के लिए हमें खरी-खोटी सुनाना चाहती है? आदि-आदि। इन्हीं विचारों में डूबे वाजिद महक से मिलने मेहमानखाने में पहुँचे। वाजिद को देखते ही महक का चेहरा खिल गया और उसके मन पर नशा हावी होता गया। ऐसा नशा जो उसे वाजिद के वजूद में डुबोता जा रहा था।

अपनी ही नकारात्मक उधेड़बुन में खोये वाजिद की निगाह जब महक की अधखुली निगाहों पर गई तो एकदम से उनके मन का नकारात्मक भाव और भी नकारात्मक हो उठा और उन्होंने महक से पूछा -

‘‘यह क्या महक, आपकी आँखों को क्या हो गया? क्या कल हमारी गुस्ताख़ी की सज़ा तो ये नहीं भुगत रही हैं?’’

‘‘सज़ा इन्हें कल की गुस्ताख़ी की ही मिली है नवाब साहब।’’

‘‘हमें मुआफ़ कर दें महक। हम आईन्दा ऐसी गुस्ताख़ी नहीं करेंगे।’’

''आपको हम तो मुआफ़ कर दें लेकिन हमारा दिल शायद ऐसा न कर पाये।''

''फिर हम क्या करें महक? अनजाने में हमसे वह सब हो गया।''

''जाने आलम ऐसा न कहिये।'' – महक ने आगे बढ़कर वाजिद का हाथ पकड़ लिया।

''लेकिन महक, आपकी ये आँखें?''

''आप तो शायर हैं ना! इन आँखों से ही पूछ लें, ये कहाँ डूब जाने को बेकरार हैं।''

''महक! आप और आपका अंदाज़ दोनों ही अलहदा हैं। हम आपके कायल हो गये।''

''शुक्रिया जाने आलम! अब हमें अभ्यास के लिए भी जाना होगा। हमने आज का समय आगे कर दिया था। बशीर हमारा इंतज़ार कर रहे होंगे।''

''महक आप ज़ुल्म करने से बाज़ नहीं आतीं। क्या एक दिन आप हमारे लिए अपना अभ्यास नहीं छोड़ सकतीं?''

''छोड़ तो सकते हैं। आप जैसा कहें।''

''तो चलिए हम अपनी शाही नाव तैयार करवाते हैं। आज हम दोनों गोमती में नौका-विहार करेंगे।''

''जी बेहतर। नौका-विहार के लिए हम तैयार होकर आते हैं और आप भी तैयार हो लें।''

मुहब्बत से बंदा बना लीजियेगा।
बता दीजिये क्या खुदा लीजियेगा।

वाजिद के इस शे'र का जवाब महक ने अपनी लजाई मुस्कुराहट से दिया और महल से परीखाने की तरफ़ निकल गई।

आज नौका-विहार के लिए आई महक पिछली सभी महक से अलग थी। उसने अपने बालों का जूड़ा बनाया हुआ था, जिसमें बड़ी ख़ूबसूरती से बेले का गजरा पिरोया हुआ था। बारीक सोने के तार से काम की हुई गुलाबी रंग की पेशवाज़ उस पर काफ़ी फब रही थी। कानों में लटकता गुलाबी ओपल का झुमका ऐसा लग रहा था मानो किसी अप्सरा ने गुलाबी अंडाकार ओपल धारण कर लिए हों। गले में जौ के छोटे-छोटे दाने के आकार की सोने की चेन और हाथों में भी उसने पतले सोने के कड़े पहन रखे थे। वाजिद महक के इस रूप को

ठगे से देर तक देखते रह गये। महक ने मुस्कुराते हुए वाजिद का हाथ हल्के से थामकर कहा –

"क्या चलना नहीं है नौका विहार के लिए?"

"*दिखाते हैं जो ये सनम देखते हैं।*

खुदा की खुदाई को हम देखते हैं।

महक, आपको खुदा ने बहुत इत्मीनान से और प्यार से बनाया है।"

"आपकी नज़रों का कमाल है जाने आलम! चलें?"

"हाँ चलिए।"

गुज़रते समय के साथ जहाँ वाजिद और महक का प्यार परवान चढ़ने लगा, वहीं दिन –ब–दिन महक की युद्धकला में निखार आता गया और उसकी महिला सेना में महिलाओं की संख्या में भी बढ़ोतरी होती गई। महक को अब तक में सबसे अधिक साहसी महिला की तलाश थी, जो सेना संचालन से लेकर हर काम में उसका दाहिना हाथ साबित हो। अब तक महिला सेना की महिलाओं में सबा और चार–पाँच महिलायें ही नियमित रूप से युद्धकला के अभ्यास का हिस्सा बनी हुई थीं। महक ने एक दिन जब अपनी यह इच्छा वाजिद से ज़ाहिर की तब वाजिद ने उसे योग्य महिलाओं की तलाश के लिए लखनऊ शहर में समय–समय पर घूमने को कहा। महक को वाजिद की यह सलाह पसंद आई और उसने अपने लिए एक बुर्का मँगाया और एक दोपहरी निकल पड़ी लखनऊ की गलियों में।

उसने अपने उद्देश्य के बारे में न तो किसी को बताया और न ही किसी और को अपने साथ लिया। बग्घी पर घोड़े के पास उसकी रास पकड़ वह खुद बैठी। एक गली से दूसरी गली में भटकती महक परेशान हो रही थी। हर जगह उसे घरेलू कामों या आपसी बातों में मशगूल औरतें नज़र आ रही थीं। उसका मन और आँखें कुछ अलग तेवर की तलाश में बेचैन थीं। शाही बग्घी चलाती बुर्कापोश महिला को देख लोग ठिठकते, फिर आगे बढ़ जाते। महक की युद्धकला सीखने की बातें और महक के कारण वाजिद के अब तक के आचरण में परिवर्तन की बातें अब अवध की गलियों में चर्चा का विषय बन चुकी थीं। इसलिए शाही बग्घी और औरत चालक आश्चर्य का नहीं बस एक कौतूहल का विषय था।

बग्घी हाँकते–हाँकते महक को थकान महसूस होने लगी। साथ ही प्यास का भी अनुभव हुआ। शहरी इलाके से उसने बग्घी गाँव की तरफ़ मोड़ ली थी। लखनऊ से सटा हुआ गाँव था उजरियाँव। गाँव में हालाँकि सभी जातियों के लोग थे, लेकिन तथाकथित निम्न जातियों की बहुलता थी। अमीर किसानों के अलावा

उनके खेतों में काम करने वाले तथा उनके लिए विभिन्न सुविधाओं को जुटाने के लिए काम करने वाले गरीबों की कोई कमी नहीं थी। अचानक महक की निगाह एक बारह-तेरह साल की लड़की पर पड़ी। वह एक ताँगे का टूटा पहिया मरम्मत करने में जी-जान से जुटी थी। महक आश्चर्य से भर गई। खेलने-खाने की उम्र में उस लड़की की तल्लीनता और काम की कठोरता प्रभावित करने वाली थी। बग्घी उसके पास ले जाकर रोक उसने कहा -

"ऐ लड़की, ज़रा पानी पिला।"

"नाही अबही नाही। हम काम करित हैं।"

"हैं? तू तो बड़ी बदतमीज़ है लड़की। किसी प्यासे को पानी पिलाने की जगह यह जवाब? क्या तेरे अम्मी-अब्बा ने तुझे कुछ सिखाया नहीं?"

"का तुमका अतना भी नाही पता कि केहू का काम करत बेर परेसान ना करेक चाही।"

"हैं? ऐसा कैसे?"

"तुमका प्यास से जादा हमका काम से हटाउब पसिंद है। अपना का पियास लाग होत तो उधर पास के कुइयां अउर रखी रसरी बाल्टी देखाय गे होते।" महक बच्ची के साहस, बात करने के अंदाज़ और त्वरित उत्पन्न बुद्धि से काफ़ी प्रभावित हुई। बग्घी से उतर वह उसके पास गई और प्यार से पूछा -

"अच्छा लड़की चल बता तेरा नाम क्या है?"

"उदा।"

"बड़ा प्यारा नाम है। यह टूटा ताँगा किसका है?"

"हमरे बप्पा के और हम इका ठीक करिके रहब। काहे से कि बप्पा कहीन हैं कि ताँगा ठीक होय के बाद उ हमका ई पर बैठाय के लखनऊ लई के जइहैं।"

"अच्छा! क्या हम तुम्हारे बापू से मिल सकते हैं?"

दरवाज़े पर हुई बग्घी की खड़-खड़ और बातचीत के स्वर को सुन अब तक घर से निकलकर नेमचन्द पासी वहाँ पहुँच चुका था। महक की बात का जवाब उसने ही दिया -

"जी हम ई नादान बच्ची कय बाप। का इससे कौनो गलती होय गय?"

"नहीं-नहीं। क्या हम कहीं बैठकर बात करें? हमें नवाब साहब ने भेजा है।"

"हाँ हुज़ूर, आइये।"

नेमचन्द ने महक को अपने घर के बरामदे में ले जाकर खटिया पर बिठाया।

उदा भी पीछे-पीछे उत्सुकतावश आ गई थी। नेमचन्द ने पहले गुड़ और पानी देते हुए महक से कहा -

"हाँ कहब, आप कछु कहित रहिब?"

"हाँ, नेमचन्द जी हम महक हैं और हम नवाब साहब के आदेश से महिलाओं की एक फ़ौज बना रहे हैं। हमें कुछ मेहनती लड़कियों की तलाश है। ताकि हम उन्हें जंगी-हुनर सिखाकर फ़ौज में भर्ती कर सकें।"

"का हुवाँ बंदूखौ चलावय सिखावा जाई।" - उदा ने महक की बात काटते हुए कहा।

"हाँ और तुम सबके रहने, खाने का सारा ज़िम्मा हमारा।"

"का हमका नीक-नीक खाना अउर नवा-नवा कपड़ा मिलिहै।"

"हाँ बिलकुल। नेमचन्द जी आप अपनी राय से हमें आगाह करें। हमें उदा बहुत पसंद है। इसमें एक सिपाही के सारे गुण मौजूद हैं।"

"हुज़ूर, हमरे छः बच्चन में उदा सबसे छोट है। अगर इके पूरा भार उठावे का तैयार होव तौ लै जाव।"

"बप्पा चिंता न करव। हम मजे मा हुवाँ रहि लेब। महक आपा, का आप हमरी सहेलियन का फ़ौज में भरती करिहौ?"

"ज़रूर करेंगे। नेमचन्द जी आप कल उदा और उसकी जो भी सहेलियाँ आना चाहें उन्हें लेकर दोपहर तक महल के परीखाने के सामने वाले मैदान में आ जायें।"

"जी हुज़ूर ज़रूर।"

अगले दिन समय से पहले ही उदा अपनी सहेलियों के अलावा गाँव की लगभग दर्जन भर लड़कियों और उनके अभिभावकों के साथ पहुँच गई थी। सबको एक जमात में आया देख महक खुशी से भर गई। उसने नेमचन्द से जब इस संख्या के बारे में जानना चाहा तो नेमचन्द ने बताया कि -

"जइसेन गाँव म या बात फैली कि लइकियन की फ़ौज म भरती होय रही है अउर उनका सगरा खरच भार आप ही उठाइहो, सब पास के घर के मनई भी तैयार होय गे। का करें हुज़ूर हम गरीबन के खातिर एको जने का खरच कम होब बड़ी बात है।"

"अच्छा ठीक है। हम इन सबकी भर्ती ले लेंगे।" - कह कर महक लड़कियों की जमात का निरीक्षण करने लगी। तभी उसे उस जमात में सबसे पीछे उन सबसे

छोटी आठ-नौ साल की बच्ची सर झुकाये खड़ी नज़र आई। उसकी आँखों में गज़ब की चमक थी और चेहरा इतना भोला कि महक बरबस ही उस तक खिंचती चली गई। पास जाकर महक ने पूछा -

"बच्चे तुम्हारा नाम क्या है?"

"भवानी।"

"अरे वाह! बड़ा प्यारा नाम है। क्या तुम भी जंगी-हुनर सीखना चाहती हो?"

"नाही, हम हूँ बंदूख चलावय सिखन चाहितै।"

"अच्छा! तुम्हारे बापू कहाँ हैं?"

"कोऊ नाहीं है।"

भवानी ने यह बात इतनी मासूमियत से कही थी कि महक का दिल भर आया। उसने आगे बढ़कर उसे अपने सीने से चिपका लिया और कहा -

"आगे से तुम ऐसा नहीं बोलोगी। हम तुम्हारे बापू भी हैं और अम्मा भी। तुम अब से हमको अम्मा कहा करना।"

महक के स्नेह का स्पर्श पाकर भवानी खिल उठी। प्यार से महक के गालों को सहला वह धीरे से बोली -

"अम्मा!"

"हाँ बेटा, अब से हम सभी बच्चियों की आपा और केवल तुम्हारी अम्मा हुए।"

महक ने वाजिद से कहकर उन बच्चियों के रहने के लिए सेना की बैरक के पास ही बने एक बड़े से मकान को ले लिया, जिसकी सुरक्षा की ज़िम्मेदारी बशीरूद्दौला पर थी। साथ ही, उन सभी बच्चियों की देख-रेख के लिए चार-पाँच बांदियाँ भी नियुक्त की गईं। महक ने उस मकान का नाम रखा 'भवानी महल'। उसमें केवल समय से सबको उर्दू पढ़ाने मौलवी साहब और संस्कृत पढ़ाने के लिए पंडित जी जा सकते थे और किसी मर्द को उस भवन में जाने की इजाज़त नहीं थी। महक के इन कामों और वाजिद के पूरे समर्थन के कारण परीखाने में जैसे आग सुलग गई। परीखाने की हरेक परी को अपना अस्तित्व संकट में घिरा नज़र आने लगा। हालाँकि नृत्य-संगीत, नाटक आदि के अभ्यास के काम रोज़ बदस्तूर जारी थे। बस बहुत कोशिशों के बाद भी वाजिद इनमें शरीक नहीं हो रहे थे।

आज महक जब बच्चियों के लिए सारी व्यवस्था कर शाम तक परीखाने

लौटी तो सभी परियों ने उसे घेर लिया और जिसके मुँह में जो आया बकने लगी। महक चुपचाप उन सभी की ज़हर बुझी बातें सुनती रही। जब वे कहते-कहते थक गईं और महक ने जवाब के रूप में एक शब्द भी नहीं कहा तो धीरे-धीरे एक-एक कर वे वापस अपने-अपने कमरों में लौट गईं। अब महक की समझ में यह बात अच्छी तरह आ चुकी थी कि परीखाने में उसका शांति से रहना मुमकिन नहीं होगा।

अगले दिन उसने वाजिद से अपने लिए 'भवानी महल' में रहने की इजाज़त माँगी। वाजिद का विचार था कि महक को अपनी लड़ाई लड़नी चाहिए और परीखाने से भवानी महल में जाना उसका पलायन होगा जो महक के व्यक्तित्व के अनुकूल नहीं है। लिहाज़ा, महक को परीखाना में ही बने रहना चाहिए। महक को वाजिद की सलाह वज़नदार तो लगी, लेकिन वह उससे सहमत नहीं हो पा रही थी। रोज़-रोज़ के ताने और ऊटपटाँग बातों से वह खीझ चुकी थी। उसने फिर से वाजिद को अपनी सलाह पर विचार करने को कहा तो वाजिद ने शरारत भरी मुस्कान के साथ कहा -

"कहिये तो आपको महल में ही ले चलें निकाह करके।"

"जाने आलम, आप मज़ाक न करें हमसे अभी।"

"यह मज़ाक नहीं है महक! हम यह बात पिछले कई दिनों से कहना चाह रहे थे। मौका ही नहीं मिल रहा था।"

"आपको हमसे कुछ भी कहने के लिए मौके की तलाश की क्या ज़रूरत भला? आप कभी भी हमसे कुछ भी अपने मन की कह सकते हैं।"

"अच्छा! फिर एक बात और कहनी है आपसे कि आप 'इफ़्तखारून्निसा' हैं।"

"जी?"

"जी आप जैसी औरत का होना पूरी औरत जाति के लिए फ़ख्र की बात है। आप सी कोई औरत हमने देखी, न सुनी।"

"आपकी नज़रेइनायत है।"

"हमारी नज़रों की इनायत के लिए पूरा अवध है। आप तो हमारी नज़रों का नूर हैं।"

"जाने आलम, क्या हम 'भवानी महल' को थोड़ा और आगे बढ़ायें? और, उसमें फ़ौज में लड़कियों की भर्ती के लिए मुनादी करवा दें?"

"आपकी फ़ौज है महक! आपको जो भी करना है उसके लिए ज़रूर करें।

बस फ़ौज बनाने में आप हमें भूल न जायें।''

''आप हमारी रूह हैं जाने आलम, आपको कैसे भूल सकते हैं?''

''तो फिर हम निकाह के लिए अम्मी से बात करें?''

''अम्मी मान जायेंगी?''

''हम उन्हें मना लेंगे महक। आपकी खातिर, अपनी इस पाक मुहब्बत की खातिर।''

''आमीन।''

वाजिद ने महक को यह कह तो दिया लेकिन महक से निकाह के लिए मलिका किश्वर को मनाना इतना भी आसान नहीं था। जब वाजिद ने मलिका किश्वर से निकाह की बात की तो मलिका का दो टूक जवाब था –

''परीखाने में लाई गई लड़की से निकाह की क्या ज़रूरत आन पड़ी आपको वाजिद? उसे तो आपकी सम्पत्ति ही समझा जाना चाहिए।''

''अम्मी, हम मुआफ़ी चाहते हैं, आप ऐसा परीखाने की परियों और महक के बारे में न कहें।''

''क्यों? आप उन्हें ऐसा नहीं समझते?''

''नहीं अम्मी। सभी परियाँ उम्दा फ़नकार हैं। कोई नृत्य में पारंगत तो कोई संगीत में, तो कोई अभिनय में।''

''और महक?''

''महक हमारी रूह है अम्मी। हमारी पाक मुहब्बत।''

''और आप उस पाक मुहब्बत को रिश्ते की पाकीज़गी में बाँधना चाहते हैं।''

''जी अम्मी।''

''क्या कभी सोचा है उसके खानदान के बारे में? हमने सुन रखा है कि उसके अब्बा किसी कब्रगाह के दारोगा थे और मामू एक टोपीसाज़।''

''जी अम्मी। महक की काबिलियत इन सबसे काफ़ी ऊँची है।''

''काबिलियत ऊँची है यह हम भी मानते हैं, लेकिन खानदान नहीं। आपकी दूसरी बीवी की ज़रूरत हम पूरी कर देते हैं। किसी खानदानी लड़की से आपका निकाह करवा देते हैं।''

''शुक्रिया अम्मीजान! नहीं चाहिए हमें ऐसा निकाह।''

यह कहते हुए वाजिद मलिका किश्वर के कमरे से निकल गये और शाही बाग में जहाँ महक से अक्सर मिला करते थे, अकेले बैठे मलिका को अपने और

महक के निकाह के लिए कैसे तैयार करें, इस पर विचार करने लगे।

महक ने अपनी महिलाओं की फ़ौज के लिए मुनादी करवा दी थी और इस कारण बारह-तेरह साल से लेकर सोलह-सत्रह साल की लड़कियाँ काफ़ी संख्या में युद्धकला के अभ्यास के लिए 'भवानी महल' में आ गई थीं। जिस कारण 'भवानी महल' को विस्तार देने का काम चल रहा था। महक अपने जुनून में डूबी हुई थी और वाजिद महक को अपना बनाने के जुनून में।

जब वाजिद ने यह देखा कि उनकी मान-मनौवल का मलिका किश्वर पर कोई असर नहीं हो रहा है और वे आलमआरा की तरह ही अपनी पसंद की कोई बहू लाना चाह रही हैं तो वे एक दिन मन-ही-मन निश्चय कर अपने वालिद अमजद अली शाह के पास गये। संयोग से उस समय मलिका किश्वर भी वहीं थीं। मलिका को देख पहले तो वाजिद हिचके, लेकिन फिर अमजद अली शाह के पूछने पर कि "इस वक्त वाजिद कैसे आये मिलने?" वाजिद ने कहा -

"अब्बा जान, गुस्ताख़ी माफ़। हम आपसे एक खास इल्तिजा लेकर आये हैं।"

"कहिये, क्या कहना चाहते हैं आप?"

"जी, हम अपनी पाक मुहब्बत महक को अपनी बेगम बनाना चाहते हैं।"

"वे आपकी पाक मुहब्बत हैं, यह हम कैसे मान लें? जबकि वे भी आपके परीखाने का ही एक अहम हिस्सा हैं।"

"आपकी बात सही है अब्बू। लेकिन, वे परीखाने में रहते हुए जंगी-हुनर सीख रही है और औरतों की एक अलग फ़ौज भी बना रही हैं।"

"यह सब तो हमने सुन रखा है। कुछ खास हो तो बताइये।"

"अब्बू उनकी संगत में आकर हम भी जंगी-हुनर का अभ्यास करते हैं और परीखाना की ज़िन्दगी से तौबा कर ली है।"

"लेकिन, इसमें मुहब्बत की पाकीज़गी की बात हमें नज़र नहीं आ रही।"

"अब्बू, हमसे जब महक पहली मर्तबा मिली थीं, तभी उन्होंने हमें अपनी रूह तक पहुँचने की शर्त दे दी और तब से अब तक।"

"और तब से अब तक आप उस शर्त के मुताबिक उनकी रूह तक पहुँचने की कोशिश करते हुए नाकाम रहे तो अब निकाह का सहारा लेकर उन्हें हासिल करना चाहते हैं।" - मलिका किश्वर ने वाजिद की बात काटते हुए कहा।

"अम्मी, ऐसा न कहिये। इसके पहले आप महक के खानदान का वास्ता दे

निकाह से इनकार कर चुकी हैं और अब हमारी मुहब्बत को झूठा ठहरा रही हैं।''

''क्या हम महक से पहले बात कर लें?'' अहमद शाह ने कहा।

''जी अब्बा। आप जब कहें, हम उन्हें लेकर हाज़िर हो जायेंगे।''

''ठीक है, फिर कल रात को आप उन्हें लेकर हमारे ख़्वाबगाह में आइये। आपकी अम्मी और हम एक साथ उनसे मिलेंगे।''

''जी अब्बा।''

वाजिद ने जब महक को अपने अब्बा अमजद अली शाह की इच्छा बताई तो महक पहले घबराई फिर तुरन्त सँभलकर बोली –

''हम चलेंगे, कोई खास हिदायत हो तो हमें अभी ही बता दें, क्योंकि हम भी आपका साथ चाहते हैं हमेशा के लिए।''

''आप जैसी हैं वैसे ही चलिए। हमने आपको आपकी तरह से अपनाया है और हमारे अब्बा-अम्मी को भी आपको आपकी तरह ही कुबूलना होगा। किसी वजह से खुद को बदलने की कोई ज़रूरत नहीं है। न तो अभी न ही बाद में कभी।''

''जाने आलम, आपका दिल बहुत बड़ा है। हम खुशकिस्मत हैं कि हमें आपकी मुहब्बत मिली।''

वाजिद ने महक के पास आ दोनों हाथों के बीच उसका चेहरा ले प्यार से उसकी पेशानी को चूमते हुए कहा –

''महक, आप हैं ही इतनी प्यारी कि आपको प्यार करने के लिए यह उम्र भी कम जान पड़े।''

वाजिद के प्रेम की गर्माहट महक की रगों में दौड़ गई और प्रेम-विह्वल हो वह वाजिद के आगोश में समा गई।

अगली शाम वाजिद महक को खुद गये साथ लेने। महक ने आज आश्चर्यजनक रूप से वह पोशाक पहनी थी जो उसने अपनी फ़ौज के लिए बनवाई थी। काले रंग की सैनिक की पोशाक-बिलकुल मर्द सिपाहियों की तरह। वाजिद ने आश्चर्य से महक के पहनावे के बारे में पूछा तो महक ने हल्के से मुस्कुरा कर कहा –

''जाने आलम, हम चलें? देर हो जायेगी और हमें दिये गये समय पर ही नवाब साहब के पास पहुँच जाना चाहिए।''

वाजिद महक का पहनावा देख मायूस हो चुके थे और नाउम्मीदी उनके हृदय में घर कर गई थी। चलते हुए महक ने अपनी तलवार भी कमर में खोंस ली।

वाजिद ने कहा भी कि "ख़्वाबगाह में तलवार लेकर जाने की क्या ज़रूरत है?"

"हम ऐसे ही चलना चाह रहे हैं।"

"ठीक है चलिए। हम आपकी ख़्वाहिश की इज़्ज़त करते हैं।"

दिल में नाउम्मीदी लिए वाजिद ने महक के साथ महल में प्रवेश किया। मुख्य दरवाज़े से नवाब अमजद अली शाह के ख़्वाबगाह तक एक लम्बा-पतला गलियारा था। जो, रंग-बिरंगे झाड़-फानूस और ईरानी नक्काशीदार शीशों में कैद शमाओं से रोशन था। जैसे ही वाजिद ने महक के साथ गलियारे में प्रवेश किया, अचानक एक-एक कर सभी झाड़-फानूस बुझ गये और फिर गलियारे में रखी अधिकतर शमायें भी बुझ गईं। गलियारे में बस हल्की रोशनी रह गई। वाजिद ने झाड़-फानूस के बराबर फानूस के रख-रखाव तथा जलाने-बुझाने के लिए बने छज्जे पर नज़रें गड़ाते हुए फानूस को रोशन करने की आवाज़ दी। तभी अचानक गलियारे के खम्भे के पीछे से छुपे दो सैनिकों ने वाजिद पर हमला कर दिया। महक ने फुर्ती से तलवार निकाली और उस हमलावर पर वाजिद के करीब आने से पहले ही दोहरा वार किया। वाजिद अभी कुछ समझ पाते इससे पहले ही दोनों सैनिक घबराकर भाग खड़े हुए। वाजिद ने अपने सैनिकों को आवाज़ लगाई, लेकिन उनकी आवाज़ लौटकर उनके पास वापस आ गई। वाजिद ने जल्दी से महक का हाथ पकड़ा और लगभग भागते हुए अमजद अली शाह के ख़्वाबगाह में प्रवेश किया।

ख़्वाबगाह हमेशा की तरह रोशनी से नहाया हुआ, बेले और गुलाब की ताज़ा खुशबू से महक रहा था। जब महक अमजद अली शाह और मलिका किश्वर के सामने पहुँची उसके बालों का जूड़ा खुलकर बिखर चुका था और उसकी तलवार म्यान से बाहर उसके हाथ में थी। सैनिक की काली पोशाक में उसका सौन्दर्य दमक रहा था। अमजद अली शाह और मलिका किश्वर कुछ मिनटों तक अपलक महक को देखते रहे। अमजद अली शाह ने वाजिद से भागते हुए आने का कारण पूछा। वाजिद ने अपने ऊपर किये गये वार तथा महक की फुर्ती से उसे बचाकर प्रतिवार करने की घटना कह सुनाई। पूरी घटना सुनकर अमजद अली शाह ने मुस्कुराते हुए कहा -

"बस, हमें आपका और महक का निकाह मंजूर है। महक के साथ हमारा अवध और अवध के भावी नवाब दोनों ही महफ़ूज़ रहेंगे - ऐसा हमें यकीन हो गया।"

"वह हमला?"

"हाँ वाजिद, वह हमला हमने महक के दिल में आपकी मुहब्बत को परखने के लिए करवाया था।"

अमजद अली शाह के इस कथन के साथ ही महक को ध्यान आया कि वह अभी तक हाथ में तलवार लिए खड़ी है। उसने जल्दी से तलवार अपनी म्यान में डाली और अमजद अली शाह तथा मलिका किश्वर को आदाब किया। मलिका किश्वर ने आगे बढ़कर महक को बाँहों में भर चूम लिया।

महक का जुनून 'भवानी महल' अब पूरी तरह आकार ले चुका था। उसकी फ़ौज में भर्ती तेरह साल से ऊपर की लड़कियों की संख्या डेढ़ सौ तक पहुँच चुकी थी। रोज़ाना नियम से सभी फ़ौजी लड़कियों को अपनी फ़ौज की काली पोशाक जो मर्द फ़ौजियों की तरह की थी, पहनकर छः से सात घंटे व्यायाम और युद्धकला का अभ्यास करना होता था। इसमें एक दिन की भी चूक सज़ा का कारण बन जाती थी। हर हफ़्ते किसने कितना सीखा इसकी परीक्षा होती थी और इस परीक्षा के परिणामों का महक खुद आकलन करती थी। साथ ही सबकी पढ़ाई की भी परीक्षा होती। वे लड़कियाँ युद्धकला के साथ-साथ उर्दू और संस्कृत में भी पारंगत होती जा रही थीं। फ़ौजी लड़कियों में उदा और भवानी अपनी विशेष प्रतिभा के कारण महक की सबसे प्रिय थीं। भवानी को तो महक कई बार अपने साथ शाही बाग की सैर को भी लेकर जाती थी। एक बार की बात है, भवानी और महक शाही बाग में घूम रही थीं। महक भवानी को छेड़ते हुए उसकी बाल-सुलभ बातों के मज़े ले रही थी।

"अम्मी यह तितली के पंखों पर इतने रंग कौन भरता है?"

"तुम्हारे जैसा बच्चा खुदा।"

"खुदा मेरे जैसा बच्चा भी हो सकता है?"

"होता है ना! अपने कन्हैया को नहीं जानतीं?"

"कौन कन्हैया? वह माखन चुराने वाला?"

"हाँ।"

"अच्छा, तो ज़रूर उसी ने ऐसा किया होगा। मुझे अब पक्का यकीन हो गया।

अच्छा अम्मी, क्या हम भी कुछ ऐसा बना सकते हैं।"

"भवानी, हम ऐसा बना नहीं सकते, लेकिन बन तो सकते हैं।"

"कैसे अम्मी? हमारे तो पंख नहीं हैं।"

"हैं ना। वह जो तुम रोज़ जंगी-हुनर का अभ्यास करती हो और पढ़ाई करती हो, वे तुम्हारे पंखों की तरह ही हैं।"

''अच्छा अम्मी, हम आपके लिए वह सुन्दर वाली तितली पकड़ कर लाते हैं।''

ऐसा कह कर भवानी फूल पर बैठी तितली के पीछे भाग गई। तभी बाग में वाजिद आ गये और महक को साथ लेकर मालती लता मंडप में बैठ कुछ संजीदा बातें करने लगे। इधर भवानी के हाथ में तितली के पैर आ गये थे और वह महक को दिखाने के लिए आतुर थी। बाग में इधर-उधर भटकते हुए उसे दूर मालती लता मंडप में महक और वाजिद बैठे हुए दिखे। वह महक को चौंकाना भी चाहती थी। सो उनकी पीठ की तरफ़ से धीरे-धीरे दबे पाँव उन तक आ वह जैसे ही महक की खुली बाँह पर तितली के पैर रख उसे गुदगुदी भरा अहसास दिलाने वाली थी, ठीक उसी समय वाजिद ने अपनी बाँह के घेरे में महक को लेते हुए अपना हाथ उसकी बाँह पर रखा और तितली के पैरों की गुदगुदी उनकी हथेली के पीछे वाले हिस्से को हुई। यह सब भवानी की मासूम कल्पना से परे की बात थी। वह डर गई। तितली के पैर उसकी उँगलियों की पकड़ से आज़ाद हो गये। तितली उड़ने से पहले थोड़ी दूर वाजिद के हाथ पर रेंग गई और वाजिद के देखते-देखते फुर्र पार। इन सबने वाजिद के नाज़ुक मिज़ाज में क्रोध भर दिया। वे अपने पीछे मुड़े और वहाँ आठ साल की एक बच्ची को खड़ा देख और भी क्रोधित हो उठे। उनके एकांत-क्षणों में ऐसे खलल डालने की हिम्मत आज तक किसी ने नहीं की थी। उन्होंने कड़कती आवाज़ में पूछा -

''कौन हो तुम? यहाँ आने की हिमाकत कैसे की तुमने?''

भवानी डर के मारे रोने लगी। महक ने भी तब तक पीछे मुड़कर देखा और भवानी को रोते देख तमतमा कर वाजिद को मुखातिब हो कहा -

''यह मासूम हमारी बेटी है। आपने क्यों रुलाया इसे?''

''आपकी बेटी? हमें तो मालूम ही नहीं कि आपकी कोई औलाद भी है। आपने हमसे इसका ज़िक्र क्यों नहीं किया?''

''हम अभी बताते हैं जाने आलम। आप हमारी बात इत्मीनान से सुनिये।''

''कहिये क्या कहना चाहती हैं?''

''जब हमने उजरियाँव से उदा सहित कई लड़कियों को फ़ौज में भर्ती होने के लिए बुलाया था तो उन्हीं के साथ यह बेसहारा, अनाथ बच्ची भी आई थी। हमें इसकी मासूमियत इतनी भा गई कि हमने इसे अपनी बेटी का दर्जा दे दिया।''

''फिर तो यह हमारी भी बेटी हुई।'' वाजिद ने भवानी के आँसू प्यार से पोंछते हुए कहा।

''नहीं बनना हमें आपकी बेटी। हम केवल अपनी अम्मी की बेटी हैं।''

''अच्छा, तो आपको अपने अब्बा पसंद नहीं आ रहे हैं?'' - वाजिद ने हँसते हुए कहा।

''नहीं, बिलकुल भी नहीं।''

''लेकिन बेटा, ये बुरे अब्बा आपकी अम्मी को तो बहुत पसंद हैं और हम जल्दी ही शादी भी करने वाले हैं।''

''अम्मी को आप पसंद हैं तो ठीक है। अभी से आप हमारे अब्बा हुए।''

''शुक्रिया हमारी बेटी। अब एक और एहसान हम पर कर दें।''

''क्या?''

''आप हमारे साथ हमारे महल में चलकर रहें और 'भवानी महल' छोड़ दें।''

''मुआफ़ी अब्बाजान! आप हमारे अब्बा हैं लेकिन हम हुक्म अपनी अम्मी का ही मानेंगे।''

''भवानी, अपने अब्बा की बात मानो और जैसा वे कह रहे हैं वैसा ही करो।'' - महक ने मुस्कुराते हुए भवानी से कहा।

''ठीक है अब्बाजान चलिए। अब हम आपके साथ अभी महल में चलते हैं।''

''भाई वाह!'' - कह कर वाजिद ने भवानी को गोद में उठा प्यार से उसके दोनों गाल चूम लिए।

अवध में वाजिद और महक के निकाह की तैयारी ज़ोर-शोर से होने लगी।

परीखाने तक वाजिद का हुक्म पहुँचाया गया। निकाह का जश्न पूरा हफ़्ता भर चलेगा। पूरे हफ़्ते के हर दिन के लिए बेहतरीन नृत्य-नाटक, ठुमरियों के बन्द, ग़ज़लें आदि तैयार किये जायें।''

हालाँकि परीखाना वाजिद और महक के निकाह से खुश नहीं था, लेकिन उसमें रहने वाली परियों और उस्तादों का तमाम खर्च वाजिद उठा रहे थे। यहाँ तक कि परियों के शौक भी पहले की तरह ही पूरे किये जा रहे थे। ऐसे में उन सबके पास वाजिद के हुक्म को मानने के अलावा कोई चारा नहीं था। सो वहाँ भी अब नये-नये रागों और बोलों का ठुमरियों पर रियाज़ होने लगा। नृत्य-नाटक का अभ्यास ज़ोरों से शुरू हो गया तथा ग़ज़लों के लिए नई बंदिशें खोजी जाने लगीं। अब सुबह से देर शाम तक तबले, हारमोनियम और घुँघरुओं की मिली-जुली आवाज़ें परीखाने में गूँजने लगीं। चूँकि, वाजिद का पहला निकाह जो आलमआरा

के साथ हुआ था, गमी के कारण अत्यन्त ही सादगी से सम्पन्न कराना पड़ा था, इसलिए मलिका किश्वर इस बार किसी प्रकार की कोई कसर नहीं छोड़ना चाहती थीं। नवाब अमजद अली शाह भी पूरी धूम से इस निकाह को करना चाहते थे। महक के रूप में उन्हें अवध का मज़बूत भविष्य नज़र आ रहा था। लिहाज़ा, पूरे अवध में तैयारी को लेकर उत्साह था। पूरे लखनऊ को आकर्षक तरीके से सजाया जा रहा था। शहर की साज-सज्जा और सफ़ाई के लिए नवाब अमजद अली शाह ने एक अलग इकाई गठित कर दी थी, जिसका काम लखनऊ को निकाह वाले दिन तक इस तरह सजाना था कि हरेक व्यक्ति के मन में इस नवाबी शादी को लेकर उत्साह का संचार हो जाये।

शाही बावर्ची को बुलाकर पूरे शहर की खास दावत का इंतज़ाम करने को कहा गया, जिसमें कई तरह के गोश्त, कबाब, मिठाइयाँ और अन्य व्यंजनों की पूरी सूची मलिका किश्वर ने अपनी निगरानी में बनवाई। उनके आदेश पर हरेक व्यंजन की तैयारी शुरू होने लगी और उनके बनाने के सारे तरीके बारीकी से अपनाये गये। जैसे-कबाबों को कई तरह से तैयार किया जाता था। इसके लिए गोश्त की महीन कटाई से लेकर उसे विभिन्न प्रक्रिया से गुज़ारने के बाद कबाब बनाये जाते थे। गिलावट कबाब के लिए बारीक कटे गोश्त को कच्चे पपीते का ऊपरी छिलका बारीकी से उतारकर उसे बाद वाली छिलके की परत के साथ पहले गलाया जाता था, फिर उसे कई तरह के मसालों के साथ सिल पर पीसकर कबाब बनाया जाता था। जबकि शामी कबाब में कई तरह के मसालों के साथ चने की दाल का उपयोग किया जाता था। लेकिन, सभी कबाबों में खास तरह की एक बात थी कि उनमें गरम मसाले और केवड़े का इत्र या केवड़ा जल ज़रूर मिलाया जाता था। केवड़ा जल कबाब में खुशबू के साथ स्वाद भी बढ़ाता था। हिरण के गोश्त को मिट्टी के बड़े-बड़े बर्तनों में प्याज़, लहसुन और मसालों के साथ मिलाकर ज़मीन में एक गड्ढा खोदकर रखा जाता था। फिर उसे आटे की सहायता से अच्छे से बंद कर पहले केले के पत्ते से ढका जाता था। तब उसके ऊपर बालू की एक पतली परत बिछाकर आग सुलगा दी जाती थी। बालू की तपती गर्मी धीरे-धीरे गोश्त को पूरे आठ से दस घंटों में पकाती थी और मसालों की खुशबू गोश्त के रेशे-रेशे में समा जाती थी, जिसे खाने वाले से पहले परोसने वाले के मुँह में पानी आ जाता था। बकरे का गोश्त कई तरह से पकाया जाता था, जिसमें रोगन जोश और गोश्त बिरियानी अधिक पसंद की जाती थी। मुर्गे केवल लड़ाने के काम में ही नहीं आते थे, बल्कि उन्हें साबुत खास चीरों के साथ दही और मसालों में लपेटकर चार-

पाँच घंटे रखने के बाद आग में भूना जाता था। भुने हुए मुर्गों का कुरकुरा मांस वाजिद शौक से खाते थे। खासकर उन्हें शराब के साथ ऐसे भुने मुर्गे काफ़ी पसंद थे। शराब के साथ उनके खाने के लिए गोश्त भी खास तरह से भूनकर ज़ायकेदार बनाकर शाही बावर्ची देता था। इसके लिए वह बकरे के गोश्त को सिरके और मसालों, नमक आदि के साथ मिलाकर दो-तीन घंटे रखता। फिर उसे या तो लोहे के पतले तारों में पिरोकर धीमे सुलगते अंगारों पर भूनता या फिर उसे केले के पत्ते में या सखुआ के पत्ते में अच्छे से लपेटकर पतली सुतली से बाँध धीमे अंगारों के अंदर डाल देता था। हरे पत्तों के पकने से निकला धुआँ मसालों के साथ भुन रहे गोश्त में भी समा जाता था और जब वे हरे पत्ते पकने के बाद अच्छे से जल जाते तब उनके अन्दर कैद पके गोश्त को वह निकालकर तीखी चटनी के साथ वाजिद की नज़्र करता था।

भुने गोश्त को छोड़कर बाकी सभी तरह के गोश्त सूची में दावत के लिए रखे गये थे। इसके अलावा निरामिष खाने वालों के लिए अलग तरह के इंतज़ाम की सूची थी, जिसमें कटहल के लजीज़ कोफ़्ते, सब्ज़ कबाब, भुना मसाला बैंगन, खोये और मटर की खास सब्ज़ी, जो सामिष खाने वालों को कई बार कीमे का स्वाद देती थी, सब्ज़े-बहाराँ-जिसमें सभी मौसमी सब्ज़ियों को मिट्टी के बर्तन में हल्के मसालों के साथ पकाया जाता था। सबसे अधिक तो केले के अलबेले कोफ़्तों को खास तरीके से बनाने की हिदायत थी, जिसमें उबले तथा कच्चे दोनों ही तरह के केले इस्तेमाल किये जाते थे। शाही बावर्चीखाने में एक रसोईया भिण्डी की सब्ज़ी ऐसी पकाता था कि वह सुगंध में मांसाहारी व्यंजन को भी मात करती थी। अतः उसके हिस्से केवल उसी सब्ज़ी को पकाने की ज़िम्मेदारी आई थी। ऐसे ही एक रसोईये को खास कचनार के फूलों का सालन तैयार करने की ज़िम्मेदारी दी गई थी। मिठाइयों की किस्मों के लिए अवध भर से हलवाइयों को जुटाने का आदेश हुआ और जिसके पास मिठाई की कोई नई किस्म थी उसे बनाने का आदेश था। यानी मिठाइयों के प्रकारों की तो गिनती ही नहीं थी, जबकि, खिरनी हर आने वाले मेहमान को सबसे पहले दिया जाने वाला व्यंजन रखा गया, जिसके लिए केसर खास कश्मीर से आदमी भेजकर मँगाया गया। महल के बावर्चीखाने वाले खंड की हालत यह थी कि पूरा दिन या तो मसाले सुखाकर कूटे जाने की धमक होती या फिर मेवों की बारीक कटाई। हिरण, बकरे, मुर्गे आदि पर्याप्त मात्रा में लाये जा सकें, इसके लिए सैनिकों की एक छोटी टुकड़ी को तैनात किया गया। साथ ही महल से थोड़ा हटकर बड़े-बड़े बाड़े भी बनाये गये, जिनमें क्रमशः हिरण, बकरे

और मुर्गे ला-लाकर रखे जाने लगे। शहर भर के लिए महीने भर तक चलने वाली दावत के लिए इन सबका पर्याप्त संख्या में उपलब्ध होना आवश्यक था। गाँवों में किसानों के पास जिसके पास जितना भी काला नमक, चावल (बासमती की तरह ही सुगंधित और स्वादिष्ट चावल) था, सब खोज-खोजकर खरीदे जाने लगे। दाल तड़का बनाने के लिए अरहर, मसूर और चने की दाल खास तौर पर मँगाई गईं। तीनों दालों को खास मात्रा में मिलाकर पहले धीमी आँच पर नमक, हल्दी के साथ इस तरह गलाया जाता था कि अरहर और मसूर की दाल पूरी तरह से गलकर मिल जाये, जबकि चने की दाल के प्रत्येक दाने खिलकर बड़े-बड़े हो उभर जायें, फिर ढेर सारे देसी घी में प्याज़, लहसुन, अदरक, टमाटर और खास मसालों के साथ तड़का तैयार कर दाल में मिला दिया जाता था। यह दाल ऐसी स्वादिष्ट तैयार होती थी कि खाने वाला उँगलियाँ चाटता रह जाता। ऐसे ही खिरनी में पड़े केसर के धागे और मेवों की कतरनें पेट भर जाने के बाद भी खाने वाले को बाँध लेती थीं। मूँग दाल के हलवे से झाँकतीं लम्बी-लम्बी काजू की फाँकें और बिहँसते किशमिश तो बिना खाये जैसे अधूरेपन का अहसास करा जाते थे। उस पर तरह-तरह के शर्बतों की बहार अलग से थी - खस के शर्बत, गुलाब के शर्बत, बादाम के शर्बत यानी कुल मिलाकर दर्जन भर अलग-अलग स्वाद का ज़ायका था इनमें। एक शर्बत काफ़ी खास था जिसे शाही शर्बत कहा जाता था, उसमें मेवों को बारीक काट कर दही, दूध और शहद के साथ मिलाया जाता था, फिर उसमें केसर के धागे छोड़े जाते थे। साथ ही गुलाब के ताज़े अर्क परोसने के पहले मिलाये जाते थे। रंग, स्वाद और सुगंध में उस शर्बत का कोई मुकाबला नहीं था।

निकाह में पहने जाने वाले अपने कपड़ों की ज़िम्मेदारी महक ने खुद ही ली थी, जबकि वाजिद के लिए शेरवानी मलिका किश्वर की देख-रेख में बन रही थी।

निकाह की तैयारियाँ अपने शबाब पर थीं और मलिका किश्वर एक-एक तैयारी का बारीकी से जायज़ा ले रही थीं। केसर की नई खेप कश्मीर से आई या नहीं, मसाले बारीक कूटे गये या नहीं, केवड़े का अर्क अधिक मात्रा में आया या नहीं और इसके साथ ही मुख्य शाही रसोईये को बार-बार यह भी हिदायत करती जा रही थीं कि खाने के स्वाद में कोई कमी न रहने पाये।

वहीं निकाह वाले दिन महल और शहर भर की सजावट के लिए भारी मात्रा में लाल, पीले और सफ़ेद गुलाब, गेंदे के फूल तथा ढाकाई बारीक सिल्क कपड़ों की कई थानें मँगाई गईं। ढाकाई सिल्क के कपड़ों की रंगाई सजावट को ध्यान में रखकर की जाने लगी।

बाहर से आने वाले मेहमानों के लिए छोटे छतरमंज़िल महल को खास तरीके से सजाया-सँवारा जाने लगा। साथ ही सभी मेहमानों को उम्दा किस्म की शराब ही परोसी जाये, इसका खास ध्यान रखते हुए बड़ी मात्रा में शराब मँगाकर जमा की जाने लगी। हुक्कों की खास व्यवस्था की गई। मेहमान शादी के इस जलसे का लुत्फ़ जमकर उठायें। नवाब अमजद अली शाह इस बात के लिए काफ़ी फ़िक्रमंद थे।

निकाह से महीने भर पहले से लखनऊ की सड़कों के दोनों तरफ़ कई अस्थाई छोटे-छोटे फव्वारे लगा दिये गये। महल के जिस बड़े कमरे में निकाह का आयोजन होना था उसकी एक तरफ़ की दीवारों से सटे हुए कतार में फव्वारे लगाये गये। पूरे महल के अधिक चहल-पहल वाले हिस्से को लाल गुलाबों से सजाया गया, जिसकी पृष्ठभूमि को सुन्दर आकृतियों में टाँक कर ढाकाई सिल्क के परदे बनाकर टाँगे गये। इसका रंग-संयोजन इतना ख़ूबसूरत था कि जिधर भी निगाह उठती, थम जाती थी। मसलन निकाह वाले कक्ष की पृष्ठभूमि में हल्के पीले रंग के कहीं पर लहराते तो कहीं पर थोड़े से गोल हुए परदे टँगे थे और पूरे कक्ष के खम्बों एवं निकाह-स्थल की दीवार को लाल गुलाबों से ढक दिया गया था, जिसकी भव्यता देखते ही बन रही थी। वहीं आँगन के चारों तरफ़ सफ़ेद लहराते सिल्क के परदों के साथ सफ़ेद गुलाब ही लगाये थे, जिसके बीच में नाचती-गाती विभिन्न रंगों और गहनों से सजी परियाँ किसी देवलोक में हो रहे उत्सव का आभास दे रही थीं।

वाजिद के ख़्वाबगाह की दीवारों, झरोखों आदि को पीले रंग के रेशमी परदों से ख़ूबसूरत गोलाई के आकार में ढका गया था और पूरे कमरे को पीले गुलाबों से सजाया गया था। जिसके बीचोंबीच गोलाकार पलंग था। उस पर मखमली लाल रंग की चादर तथा लाल गिलाफ़ वाले मसनद, फूल तकिया आदि करीने से रखे गये थे। पलंग पर बिछी चादर के बीचोंबीच एक मोर बारीक कढ़ाई में कढ़ा हुआ था।

निकाह के दो दिन पहले से ही परीखाने की परियों द्वारा तैयार किये गये नृत्य और गायन का कार्यक्रम चालू था। सभी कार्यक्रमों में से बेहतरीन एक नई ठुमरी के साथ कत्थक नृत्य निकाह के तुरंत बाद के लिए रखा गया था।

निकाह वाले दिन पूरा महल फूलों की भीनी-भीनी खुशबू से महक रहा था और फ़िज़ाओं में सुरीले संगीत तथा घुँघरुओं की मधुर आवाज़ें गूँज रही थीं। हर आने वाले मेहमान को गुलाब के इत्र के बने छोटे से फव्वारे से होकर गुज़रना था। निकाह स्थल में प्रवेश से पहले सबको शाही शर्बत और खास खुशबुओं वाला

पान पेश किया जा रहा था। पान के पीले पत्तों के अन्दर कई तरह के सुगंधित और स्वाद भरे मसाले भरकर बीड़े को चाँदी के वर्क में लपेटा गया था। पान का पत्ता भी इतना विशिष्ट था कि मुँह में रखते घुलना शुरू हो जाता और पाँच-सात मिनटों में खाने वाले के मुँह के अन्दर केवल उसका स्वाद ताज़ा रहता।

नियत समय पर निकाह के लिए वाजिद कमरे में दाखिल हुए। मोरपंखी किमखाबी शेरवानी और कलीदार पगड़ी में उनका यौवन जैसे उभर गया था। निकाह स्थल पर बीच में एक झीने परदे के दोनों तरफ़ एक-एक शाही कुर्सी तथा लगभग बीच को चिन्हित कर थोड़ा-सा हटकर एक और शानदार कुर्सी निकाह पढ़वाने वाले मौलाना के लिए रखी गई थी। वाजिद के बैठते ही मौलाना ने भी अपनी जगह ले ली और मलिका किश्वर से मुखातिब हो दुल्हन को बुलवाने को कहा। मलिका किश्वर ने अपनी खास बाँदी को महक को लाने के लिए भेजा।

कुछ मिनटों बाद महक ने निकाह-स्थल में प्रवेश किया तो वहाँ मौजूद हरेक व्यक्ति की निगाह उसकी ख़ूबसूरती देख उसी पर ठहर गई। महक ने सुनहरे किमखाबी पर्शियन कढ़ाई का लहंगा पहना था, जिसमें जगह-जगह छोटे-छोटे पन्ने जड़े हुए थे और सुन्दर मीनाकारी भी की गई थी। ऊपर उसने हल्के हरे रंग का कमर तक का किमखाबी कुर्ता पहन रखा था, जिस पर बारीक सोने के तार की हल्की कढ़ाई थी। इसके ऊपर का दुपट्टा बनारस के बुनकरों ने खास बनाया था,जिसके बीच-बीच में पन्ना तथा हीरे के महीन कण जड़े हुए थे। महक ने सर के ज़ेवरों में से केवल एक सोने तथा पन्ने जड़ित झूमर पहना हुआ था। लम्बे बालों की ढीली चोटी में मोगरे का गजरा गूँथा हुआ था और इसके ऊपर एहतियात से वह खास दुपट्टा आधे सर को ढकता हुआ जमाया गया था। दुपट्टा लेने का अंदाज़ भी बहुत खास था। सर से गिरता हुआ दुपट्टे का एक छोर बाएँ कंधे को छूता लटक रहा था तो दूसरा छोर दाएँ कंधे से होता हुआ आगे आया था, जिसे महक ने ढीला छोड़ते हुए बाएँ हाथ पर रखा हुआ था। महक की बड़ी-बड़ी आँखों में करीने से लगाया गया काजल उसमें कैद ख़्वाबों को बुरी नज़र से बचाने की कशमकश में लगा हुआ था। गले में एक जड़ाऊ चोकर तथा चौड़ा हार था, जबकि हाथों में सोने की चूड़ियाँ और बाएँ हाथ की उँगली में इकलौती अँगूठी जो प्यार के किसी अंतरंग क्षण में वाजिद ने पहनाई थी। पैरों में पहनी गई पायल के छोटे-छोटे घुँघरू उसके हर कदम की आहट वाजिद तक पहुँचा रहे थे।

गोरी-चिट्टी सुघड़ नैन-नक्श वाली महक के इस रूप को देख वाजिद ठगे से रह गये और बोल उठे-''माशाअल्लाह!! महक अपने रूप और गुण दोनों में बेमिसाल है। हमने कभी आपको 'इफ्तखारून्निसा' (स्त्रियों में श्रेष्ठ) कहा था। जिसे बरकरार रखते हुए आप आज से हर आमो-खास के लिए खास होंगी और आज से आपका नाम होगा-हज़रत। निकाह के बाद आप बेगम हज़रत के नाम से जानी जायेंगी।''

महक ने हल्की मुस्कुराहट के साथ नज़रें झुकाकर अपने प्रेम के इस ख़ूबसूरत रूप को स्वीकारा।

तीसरा खण्ड

बेगम हज़रत महल

वाजिद और हज़रत दीन-दुनिया से बेखबर प्यार में डूबे हुए थे। आज पूरा एक महीना हो गया था निकाह को और हज़रत महल अपनी सेना की परेड में जाने के लिए तैयार हो रही थीं कि वाजिद ने कहा –

''बेगम आप इतना ज़ुल्म हमारे दिल पर न करें। अभी कुछ और दिन अपनी सेना का ख़याल अपने ज़ेहन से दूर रखिये।''

''जाने आलम, हमारी सेना अभी कच्ची है और सभी सैनिक भी इतनी कच्ची उम्र के कि उन्हें अधिक दिनों तक हम अकेला नहीं छोड़ सकते।''

''बशीरूद्दौला तो है ना उनकी देखभाल के लिए?''

''हाँ, लेकिन वे हमारी ज़िम्मेदारी भी तो हैं।''

''ज़िम्मेदारी से ख़याल आया आपकी बेटी कहाँ है इन दिनों?''

''वह अभी भवानी महल में ही है।''

''लौटते हुए उसे अपने महल में लेती आइयेगा। हम उसके रहने का इंतज़ाम करवा देते हैं।''

''शुक्रिया जाने आलम, हमारे अहसासों का इतना ख़याल रखने के लिए।''

''हमें भी कभी शुक्रिया बोलने का मौका दें और यह सैनिकों वाला लिबास उतार दें।'' – वाजिद ने मुस्कुराते हुए कहा।

जवाब में हज़रत ने आगे बढ़कर वाजिद के चेहरे को दोनों हाथों में थाम प्यार से उनकी पेशानी पर चुंबन अंकित करते हुए कहा –

''आप तो हमारे सरताज हैं जाने आलम, लेकिन हमें हमारी ज़िम्मेदारियाँ भी निभानी हैं। हम जल्दी से जल्दी वापस आयेंगे।''

वाजिद ने शादी के बाद अपनी सैन्य गतिविधियाँ बहुत कम कर दीं। जब कभी मन होता या हज़रत चर्चा करती तभी दो-चार दिनों तक लगातार जाते फिर बंद कर देते। उनके मन पर दिन-रात हज़रत ही छायी रहतीं। जब हज़रत अपनी

सेना की परेड और अभ्यास में शामिल होने जाती, वाजिद या तो कोई ग़ज़ल लिख रहे होते या फिर उसकी धुन तैयार कर रहे होते। यह सिलसिला चार-पाँच महीने तक लगातार चलता रहा। आगे के दिनों में भी चलता रहता अगर एक घटना नहीं घटती। हुआ यूँ कि एक दिन हमेशा की तरह हज़रत सैन्य अभ्यास में जाने के लिए तैयार हो रही थीं कि अचानक उसे चक्कर सा आया और बेहोश हो गईं। वह तो बाजू में वाजिद खड़े थे सो उन्होंने बेहोश होकर गिरती हज़रत को अपनी बाँहों में सँभाल लिया और उठाकर पलंग पर लिटाया। तत्काल शाही हकीम के साथ लखनऊ रेज़ीडेंसी में रह रहे अंग्रेज़ों के डॉक्टर को भी बुलावा भेजा गया। दोनों चिकित्सकों ने प्रारम्भिक जाँच के बाद ऐलान किया कि -

''हज़रत माँ बनने वाली हैं।'' इसके साथ ही उन्होंने हज़रत के लिए तमाम तरह की हिदायतें भी बताईं। जिसमें पौष्टिक भोजन के साथ-साथ अधिकतम आराम करना भी शामिल था। फलतः हज़रत को अब रोज़ सुबह अपनी फ़ौज की परेड में जाना और युद्धाभ्यास करना दोनों ही काम रोक देने पड़े। उसने उदा और भवानी को सेना संबंधी सारी जानकारी रोज़ाना आकर देने को कहा।

उदा सैन्य-अभ्यास में तो आगे थी ही, उसके अन्दर सीखने की क्षमता भी दूसरों से अधिक थी। हज़रत महल की सोहबत का असर था -उदा की अभिरुचियाँ भी अत्यंत शालीन हो गई थीं और व्यवहार में मधुरता भर गई थी। उम्र की उठान स्त्री हो या पुरुष उसमें एक अलग सौन्दर्य भर देती है। पन्द्रह वर्ष की साँवली उदा का सौन्दर्य भी कुछ ऐसे ही विकसित हो रहा था। उस पर रोज़ाना युद्धाभ्यास से जहाँ उसके अन्दर फुर्ती भर रही थी, वहीं उसका शरीर भी स्त्रियोचित कटावों और उभारों में विकास पा रहा था। एक शाम उदा रोज़ की खबरें हज़रत को बताकर लौटने लगी तो भवानी ने रोक लिया-

''दीदी रुक जाओ, आज हिरण का मांस पका है, साथ मिलकर खायेंगे। काफ़ी मज़ेदार होता है।''

उदा ने हिरण का मांस अपने जीवन में कभी चखा नहीं था। सो वह रुक गई। खाना खाकर निकलते-निकलते रात हो गई थी। कैसरबाग महल से भवानी महल के बीच का रास्ता कुछ दूर तक सूना था। रास्ते के दोनों तरफ़ घनी झाड़ियाँ थीं, जिन्हें हज़रत साफ़ करवा कर चौड़ी सड़क बनवाना चाहती थी, लेकिन उसकी यह योजना अभी क्रियान्वित नहीं हो पाई थी। उदा खाना खाने के बाद हाथ में जलती मशाल ले उसी रास्ते से भवानी महल की तरफ़ बढ़ रही थी। अभी वह थोड़ी दूर ही आगे गई थी कि देखा रास्ते पर दो काले नाग फन फैलाये बैठे हैं। उदा एक बहादुर

और निर्भीक लड़की थी। उसे किसी चीज़ से कभी भय नहीं लगता था। लेकिन, जाने क्यों साँपों का ज़िक्र आते ही अथवा उन्हें देखते ही उसके पूरे बदन में भय की लहर दौड़ जाती और वह तुरंत कोई निर्णय लेने की क्षमता खोने लगती। अभी भी ऐसा ही हुआ। सामने फन काढ़े नाग देखकर उसके होश उड़ गये। न तो वह आगे कदम बढ़ा रही थी न ही पीछे। हाथ में पकड़ी हुई मशाल काँप गई। दोनों में से एक नाग सामने उदा को देख सरक कर डँसने के लिए बढ़ने लगा। उदा ने अपने प्राणों की इति समझ ली और मन-ही-मन ईश्वर को याद करने लगी। तभी उसके पीछे से एक के बाद एक लगातार दो तीर चले और दोनों नागों के फनों में जाकर धँसे। नागों का धड़ उसी समय उछल कर पलटा, लेकिन उसके हवा से लहराकर ज़मीन पर गिरने से पहले फिर से दो तीर बिना किसी गलती के चले और नागों के धड़ों को बींधते हुए उन्हें धराशायी कर दिया। इस अनायास अचूक तीरंदाज़ी से उदा भौंचक हो गई। उसने पीछे पलट कर देखा तो एक सत्रह-अठारह वर्ष का नवयुवक हाथ में धनुष पकड़े खड़ा मुस्कुरा रहा था। उसकी पीठ पर तरकश कसा हुआ था, जिसमें अभी भी तीन तीर पड़े हुए थे। उदा ने ऊँचे स्वर में पूछा -

''कौन हो तुम ?''

''अका! अका पासी हमारा नाम है। लेकिन तुम ज़रा अपनी आवाज़ की कड़क दूर करो।''

''क्यों ?''

''अभी तो डर से जड़ हो गई थीं और अब पूछ रही हो क्यों।'' -अका के चेहरे पर शरारत भरी मुस्कान थी।

''हमें पूछने का अधिकार है। हम यहाँ महिलाओं की सेना की कप्तान हैं।''

''हा, हा जब कप्तान ही इतनी डरपोक है तो सेना कैसी होगी यह हम समझ सकते हैं।''

''तुम यह कहकर न केवल हमारी बेगम साहिबा बल्कि पूरी औरत जात की तौहीन कर रहे हो।'' - कहते हुए कमर में खोंसी हुई तलवार उदा ने खींच ली।

''अरे बाप रे! तुम तो सच में वीर हो। चलो हम अपने शब्द वापस लेते हैं।'' - अका ने डर का अभिनय करते हुए कहा।

अका के इस अभिनय से उदा को क्रोध आ गया और उसने अपनी तलवार का वार उस पर करने को हाथ उठाया। उदा का इरादा भाँप अका फुर्ती से सामने से हटकर उदा के बराबर आ गया और उसने कस कर उदा की कलाई पकड़ते हुए कहा - ''तुम चाहे जितनी भी काबिलियत दिखाओ हमसे युद्ध-कौशल में नहीं

जीत सकतीं। हम तुम्हारी जानकारी के लिए बता दें कि शाही सेना की एक टुकड़ी के हम भी कप्तान हैं। महल में हमें आज छोटे नवाब साहब ने बुलाया था। उन्हें शिकार के लिए जाना था, जिसमें साथ में एक बेहतरीन तीरंदाज़ को लेकर जाना चाहते हैं और हमसे बेहतर तीरंदाज़ पूरे अवध में नहीं है। इसी बात को प्रमाण सहित बताने हम छोटे नवाब के पास तीर-धनुष लेकर आये थे। यह तो तुम्हारी खुशकिस्मती थी कि हिरण के मांस का स्वाद लेकर वापस जाने को छोटे नवाब साहब ने कहा। वरना हम तो कब के निकल गये होते और तुम्हारे बदन में ज़हर फैल गया होता।''

''ज़हर तो अभी भी फैल गया है।'' उदा ने अपना हाथ छुड़ाते हुए कहा।

''हम तुम्हारा मतलब नहीं समझे।''

''समझोगे भी नहीं। अब रात काफ़ी हो गई है और हमें जाने दो।''

''कल मिलोगी?''

''कोशिश करेंगे।''

समय के साथ-साथ उधर अका पासी और उदा का प्रेम परवान चढ़ता गया, इधर हज़रत महल की गर्भावस्था के दिन पूरे होते गये। आख़िर वह दिन भी आ गया, जिसका बेकरारी से इंतज़ार वाजिद और हज़रत को था। हज़रत ने एक सुन्दर से स्वस्थ बच्चे को जन्म दिया, जिसका नाम वाजिद ने प्यार से बिरजिस कदर रखा। बिरजिस के जन्म का बड़ा उत्सव हुआ। हज़रत के नम्र और मधुर स्वभाव की कायल अवध की जनता ने उसकी इस खुशी में उसका साथ झूमकर दिया। अवध की रक्कासाओं का समूह बिरजिस कदर की बलायें लेने को आया और उन सबने बिरजिस के जन्म की खुशी में ग़ज़लों का वो समाँ बाँधा कि सुनने वाले 'वाह-वाह' कह उठे। वाजिद ने जिस शे'र पर फ़िदा हो अपने गले में पड़ा मोतियों का सतलड़ा हार उतारकर दे दिया, वह था -

दिल हज़ारों की तेरी भूली अदायें लेंगी।
हसरतें चाहने वालों की बलायें लेंगी।।

लेकिन, उत्सव केवल ग़ज़लों और बलायें लेने तक ही सीमित नहीं था। उछाह की कई-कई लहरें तरंगित हो रही थी। पूरा परीखाना उत्सव में भाग लेने आया था। इसमें हैरत की कोई बात नहीं थी, क्योंकि हज़रत की गर्भावस्था के मुश्किल भरे दिनों में वाजिद फिर से धीरे-धीरे परीखाने के होते गये। हालाँकि, यह बात उन्होंने हज़रत से भरसक छिपाकर रखने की कोशिश की।

परीखाने की परियों का कार्यक्रम जैसे ही शुरू होने वाला था कि हज़रत की महिला सेना की लड़कियों और महिलाओं ने ढोल, झाल, मंजीरे के साथ रंग-बिरंगे परिधानों में प्रवेश किया और परियों को आग्रहपूर्वक एक तरफ़ बिठा अपने सोहर और लोक नृत्य से ऐसी खुशी का माहौल रचा कि परियाँ तो अचंभे से देखती रह गईं। उनके गाये सोहर पर सबसे अधिक फ़िदा मलिका किश्वर, हज़रत और आलमआरा थीं। इन तीनों ने जिस सोहर पर झूमकर अशर्फ़ियाँ लुटाईं उसके बोल ही नहीं, लय और नृत्य में भी गज़ब का रस था –

रात ललना हुए तुम न जाने पिया-2
रात सासु आई रात चरवा धरा
रात रंगत भरे तुम न जागे पिया।
रात ललना हुए...
रात जिठनी आई रात पिपरा पिसा
रात लड़ियाँ बँटी तुम न जाने पिया
रात नौखर बजे तुम न जागे पिया
रात ललना हुए...
रात ननदी आई रात नगरा हुआ
रात झाले बजे तुम न जागे पिया
रात ललना हुए...
रात देवर आये रात बंसी बजी
रात लड़ियाँ बँटी तुम न जाने पिया
रात ललना हुए...
रात सखियाँ आईं रात सोहर हुए
रात लड्डू बँटे तुम न जाने पिया
रात ललना हुए...

मलिका किश्वर ने झूमती हुई सोहर गाने वालों की प्रमुख उदा को आगे बढ़कर गले से लगा लिया। नवाब अमजद अली शाह ने घोषणा की कि "आज से हमारे वाजिद की बेगम हज़रत के नाम के साथ महल लगाया जायेगा, क्योंकि उन्होंने माँ का ऊँचा ओहदा पा लिया है।" इसके बाद से बेगम हज़रत का पूरा नाम बेगम हज़रत महल हो गया।

वाजिद का परीखाने में अपना समय पहले की तरह बिताने की बात हालाँकि हज़रत को मालूम हो गई थी, लेकिन बिरजिस कदर के जन्म के बाद उसने वाजिद

से इस मसले पर बात करने का सोच रखा था। आज बिरजिस छः महीने के हो चुके थे और हज़रत भी अब शारीरिक रूप से पूर्ण स्वस्थ हो चुकी थी। उसने आज सुबह से ही वाजिद को अपने आस-पास उलझाये रखा। कभी बिरजिस की भोली अदाओं का बखान कर तो कभी मनुहार कर। वाजिद भी कुछ ऐसे उलझे कि परीखाना जाना रह गया। अरसे बाद हज़रत और वाजिद आज की रात एक साथ थे। हज़रत ने निकाह के पहले के कई प्रेम-प्रसंग छेड़े और वाजिद भी रस लेते हुए उसमें डूबे रहे। बातों-बातों में हज़रत ने परीखाने का ज़िक्र छेड़ दिया -

''जाने आलम, आजकल आपके ख़्वाबों पर परियों का राज होता जा रहा है शायद।''

''आप भी एक परी ही हैं बेगम।''

''हम अपनी नहीं परीखाने की परियों की बात कर रहे हैं।''

''बेगम, आपको मालूम तो है ना हमारी बीमारी के बारे में। फिर आप भी बिरजिस कदर के आने के ख़्वाब में इतनी डूबी रहीं कि हमारे लिए आपके पास कोई जगह ही नहीं थी। मजबूरन हमने परीखाने का रुख किया और अब दुबारा जिधर पाँव बढ़ गये हैं वहाँ से वापस लौटाना बहुत मुश्किल है।''

''लेकिन जाने आलम आपकी आने वाली राज-काज की ज़िम्मेदारियाँ? क्या उनके बारे में आपने कभी नहीं सोचा?''

''बेगम, अभी अब्बा हुज़ूर तो हैं ही, राज-काज की देखभाल के लिए। फिर हम क्यों मामले में पड़ें?''

''फिर भी, कभी-न-कभी तो आपको ही सँभालना पड़ेगा सब कुछ।''

''तब की तब सोचेंगे। चलिए सो जाइये अब। हमें भी नींद आ रही है।'' - कहते हुए वाजिद ने करवट बदल ली और हज़रत सूनी निगाहों से देर तक वाजिद को देखते हुए विचारों में गुम रही।

वाजिद के कदम एक बार दुबारा जो परीखाने की तरफ़ उठे वे फिर वापस नहीं आये। हज़रत की हर कोशिश नाकाम साबित हुई। हारकर हज़रत ने अपना ध्यान बिरजिस कदर के लालन-पालन और अपनी महिला सेना के प्रबन्धन पर केन्द्रित कर दिया। इसी दरम्यान उसे उदा और अका पासी के आपसी प्रेम सम्बन्धों की बात मालूम हुई। उसने अका पासी को बुला उदा से विवाह करने की पेशकश की। अका ने सहर्ष उसे स्वीकार लिया और एक बार फिर से महिला सेना ने अपने हथियार एक तरफ़ रख झाल-मृदंग सँभाल लिए। खूब जमकर लोक नृत्य, गाना-बजाना हुआ। जिसमें हज़रत ने भी उत्साह से भाग लिया। विवाह के बाद दो दिनों

तक सेना को अपनी मस्ती की थकान उतारने की छुट्टी दी गई।

हज़रत आज समय से कुछ पहले ही युद्धाभ्यास के लिए पहुँच गई, क्योंकि वह युद्धाभ्यास में हुईं दो दिनों की छुट्टी की कसर पूरी करना चाहती थी। उसने परेड के लिए सेना को तैयार होने का आदेश दिया कि तभी उसे तेज़ी से उदा आती हुई दिखाई दी। हज़रत ने उदा के करीब आते ही उससे सवाल किया –

"उदा, आज ही क्यों आ गईं? अभी तो तुम्हारी मेहंदी भी फीकी नहीं हुई?"

"बेगम, हम जब तक हथियारों के टकराने की आवाज़ नहीं सुन लेते हमें सुकून नहीं मिलता। हमारे हाथ जब हथियारों से खेलते हैं तभी रात में रोटियाँ भी गोल बेल पाते हैं, नहीं तो हाथ कहीं सधता ही नहीं।"

"उदा, तुम्हारे जज़्बातों के दिल से कायल हुए और आज से तुम्हें हम अपनी सेना का 'कमाण्डर इन चीफ़' बनाते हैं। तुम्हारे बाद की अधिकारी कमाण्डर भवानी होगी।"

"हम आपके शुक्रगुज़ार हैं बेगम कि आपने हमारे जुनून को नाम और इज़्ज़त बख्शी।"

"अम्मा आपने इतनी कम उम्र में हमें इतनी गंभीर ज़िम्मेदारी सौंप दी। क्या हम इसे सँभाल पायेंगे?" भवानी ने चिंतित स्वर में पूछा।

"भवानी, तुम इस ज़िम्मेदारी के लायक हो, इसलिए ही सौंपी है। अच्छा यह बताओ, तलवारबाज़ी के मुकाबले में कौन-कौन जीता था?"

"हम और उदा दीदी।"

"और बंदूक से निशानेबाज़ी में?"

"उसमें तो हम जीत जाते उदा दीदी से भी, लेकिन ज़रा सा हमारा ध्यान गिलहरी ने भटका दिया था।"

"भवानी, एक सैनिक को हमेशा इस 'ज़रा सा' से बचना चाहिए। और उदा से तुम्हें यही सीखना है। वह गिलहरी हमारे कहने पर तुम दोनों के कंधों पर पीछे से एक साथ रखी गई थी। तुम्हारा ध्यान कच्चा था मकसद पर, तो वह भटक गया, लेकिन उदा गिलहरी की हलचल के बाद भी निशाने पर ध्यान टिका रखने में कामयाब रही।"

"जी अम्मी, आगे से हम इस बात पर ज़रूर ध्यान देंगे।"

हज़रत ने इसके साथ ही अपनी सेना के कई और अधिकारी भी बनाये, जो क्रमश: एक के बाद एक निचले स्तर तक के थे। इस गठन के बाद धीरे-धीरे महिला सेना और अधिक चुस्त तथा कुशल होने लगी।

समय अपनी गति से चलता हुआ हमेशा घट रही घटनाओं से अलग कुछ-न-कुछ रचता रहता है। वाजिद की दिन-ब-दिन बढ़ती रंगीनियों की खबरें उनके वालिद नवाब अमजद अली शाह तक भी लगातार आती थीं। वे इन खबरों से लगातार चिंतित रहने लगे थे और उनकी यह चिंता उनके स्वास्थ्य पर भी भारी पड़ने लगी थी। अंततः 13 फरवरी सन् 1847 को संध्या पाँच बजे अचानक उनके सीने में तेज़ दर्द उठा।

हकीम तथा रेज़ीडेन्सी से डॉक्टर के आने से पहले ही इसका असर उनके मस्तिष्क की नसों पर भी पड़ा और नसों की जद फलाँग कर खून नाक से बह निकला। डॉक्टर को उनका मुर्दा जिस्म मिला।

जैसी कि सत्ता की ज़रूरत और रवायत होती है कि सिंहासन किसी भी हालत में एक मिनट के लिए भी खाली नहीं छोड़ा जा सकता है। उसी दिन कुछ समय के अंतराल में वाजिद अली की अवध के सिंहासन पर ताजपोशी कर दी गई। वाजिद ने शोक का चालीसवाँ पूरा होने तक छुट्टी ली और अवध की जनता से इस अवधि में सहयोग करने को कहा।

नवाब वाजिद अली शाह को अवध का शासन सँभाले हुए लगभग महीना भर हो गया था। उन्होंने अपने शासन सम्बन्धी कार्यों का मुख्य सलाहकार हज़रत महल को बनाया, जिसका असर परीखाने पर यह हुआ कि हज़रत के विरोध में पूरा एक गुट बन गया, जिसमें तरह-तरह की कूटनीतिक चालें भी शुरू हो गईं। हरेक चाल को जानकर भी हज़रत ने उन पर ध्यान देने से बेहतर अपने काम पर ध्यान देना उचित समझा और वाजिद को भी सेना संचालन, सेना की संख्या में बढ़ोतरी तथा नये हथियार खरीदने की सलाह दी। इसके अलावा अवध की उन्नति के लिए भी कई योजनायें उसने वाजिद के साथ मिलकर बनाईं। हज़रत ने अपने जीवन में गरीबी और उसका हश्र भी देखा था। इसलिए उसकी योजनाओं में गरीब जनता की बेहतरी अधिक होती थी। वाजिद और हज़रत के संयुक्त प्रयास से अवध की स्थिति पहले से बेहतर होती गई। जहाँ एक तरफ़ समृद्धि में वृद्धि हुई वहीं दूसरी तरफ़ सेना भी अधिक चुस्त एवं मज़बूत हुई। समाज में खुशहाली आने से विविध कलायें भी अपने विकास के चरमोत्कर्ष पर पहुँच गईं। नृत्य, गायन, नाट्य के अलावा चिकनकारी और ज़रदोजी की पारंपरिक कलाओं का भी खूब विकास हुआ। परीखाने के लिए नये महल की नींव पड़ी और उसका निर्माण प्रारम्भ हुआ। चिकनकारी में काफ़ी बदलाव भी हुए। पहले चिकनकारी ब्लॉक-प्रिन्टिंग की तरह की जाती थी। लेकिन, फिर इसमें धागों का काम शुरू कर दिया गया। जो किसी

भी वस्त्र को और भी अधिक ख़ूबसूरत बनाने लगा। खासकर गर्मियों में पहने जाने वाले कपड़ों पर इसकी माँग बढ़ गई। वाजिद और हज़रत जब कभी गोमती में नौका-विहार के लिए निकलते थे तो वे दोनों ही चिकनकारी का सफ़ेद कुर्ता-पाजामा पहने होते थे। हज़रत अपने कुर्ते पर दुपट्टा डाले होती, जबकि वाजिद उस पर एक आधी खुली बंडी पहनते थे।

ऐसी ही एक गर्मी की शाम वाजिद और हज़रत नौका-विहार के लिए तैयार हो निकल रहे थे कि भवानी तेज़ी से अपने कपड़ों में कुछ छुपाये हुए उनके सामने से निकली। हज़रत अचकचा गई और उसने भवानी को आवाज़ देकर बुला, पूछा -

''क्या बात है भवानी, आज ऐसा क्या है तुम्हारे हाथों में, जिसे तुम्हें हमसे छुपाने की ज़रूरत पड़ गई?''

''कुछ नहीं अम्मी, बस ऐसे ही।'' - भवानी ने सकुचाते हुए जवाब दिया।

''बातें मत बनाओ और जो भी तुम्हारे हाथ में है हमें दिखाओ।''

''जी,'' कहते हुए भवानी ने अपने हाथ आगे बढ़ा दिये। हज़रत और वाजिद दोनों दंग रह गये। उसके हाथों में एक छोटी-सी, सुन्दर सी हनुमान जी की मूर्ति थी। हज़रत ने उसे देखते ही मुस्कुराकर कहा - ''भगवान को क्यों छुपा रही हो भवानी? हमारी खुशकिस्मती, कि ये हमारे महल में आये हैं।''

''बेगम, क्यों न हम ऐसा करें कि अगले मंगलवार से लखनऊ में हनुमान जी की पूजा और भोज का इंतज़ाम अपनी तरफ़ से शुरू कर दें। हमारी हिन्दू आवाम को भी यह महसूस होगा कि हम खास उनके लिए कुछ कर रहे हैं।''

''जाने आलम, हमारे मन में भी ऐसा ही ख़याल आ रहा था। अगले मंगलवार से, मतलब हम यह जेठ महीने के पहले मंगलवार से शुरू कर रहे हैं। जेठ महीने के हरेक मंगलवार को पूजा, भोज और जगह-जगह प्याऊ का इंतज़ाम करते हैं। इसके साथ ही इस दिन हम अपनी पूरी सेना और बेगम आलमआरा आपा के साथ सुबह-सुबह बंदरिया बाग में जाकर बंदरों को गुड़ और चना खिलायेंगे।''

''हम यह ऐलान भी करवा देते हैं कि बंदरों को मारने या हत्या का जुर्म इंसान के बराबर का होगा। इसकी सज़ा भी इंसानी हत्या के बराबर की होगी। साथ ही मोर और शे'र के बारे में भी ऐसी ही मुनादी करवा देते हैं।''

''अम्मी-अब्बू आप दोनों बहुत अच्छे हैं। हमारी खुशकिस्मती है कि हमें आप दोनों मिले।'' - भवानी ने कहा।

''भवानी, हमारी खुशकिस्मती है कि हमारी बेटी ने हमें अपनी आवाम के लिए कुछ बेहतर करने की याद दिलाई।'' - वाजिद ने स्नेह से भवानी के सर पर हाथ फेरते हुए कहा।

जैसे-जैसे अवध खुशहाल और समृद्ध होता जा रहा था ईस्ट इंडिया कम्पनी की आँखों का लालच भी बढ़ता जा रहा था। सन् 1848 में लॉर्ड डलहौज़ी भारत का गवर्नर जनरल होकर आया।

लॉर्ड डलहौज़ी एक क्रूर, लालची एवं अति महत्त्वाकांक्षी व्यक्ति था। उसने आते ही समृद्ध राज्यों को कब्ज़े में करने की चालें शुरू कर दीं। एक दिन उसने अवध के दौरे का कार्यक्रम बनाया। उसने एक पत्र लिखकर वाजिद अली शाह को इसकी सूचना भिजवाई। जिसमें खास तौर पर अवध का बंदोबस्त देखने का ज़िक्र था। वाजिद अली शाह ने लॉर्ड डलहौज़ी के स्वागत की जमकर तैयारियाँ कीं। हज़रत ने शहर भर की व्यवस्था को देखने का ज़िम्मा उठाया और दीवान मम्मू खाँ को अपनी व्यवस्थागत समिति का अध्यक्ष नियुक्त किया। दीवान मम्मू खाँ लखनऊ के पुराने बाशिंदे थे। उन्हें लखनऊ के चप्पे-चप्पे का ज्ञान तो था ही, उन्हें लखनऊ वासियों के मिज़ाज की भी पकड़ थी। मम्मू खाँ ने हज़रत के कहने पर शहर भर में यह खबर चुपके-चुपके फैला दी कि लॉर्ड डलहौज़ी के लखनऊ दौरे का उद्देश्य जो दिख रहा है उससे बहुत अधिक अलग है, अत: नगरवासी लॉर्ड को बहुत अधिक तवज्जो न दें।

लॉर्ड डलहौज़ी लखनऊ आने से पहले ढेर सारे अपने स्वागत के ख़्वाब सजाकर साथ ले आया। उसे लगा कि नवाब के महल सहित पूरी जनता उसके कदमों में बिछ जायेगी, लेकिन, शहर में दाखिल हो महल की तरफ़ बढ़ते हुए उसके ख़्वाब टूटने लगे। शहर की सीमा पर उसका स्वागत हालाँकि स्वयं वाजिद अली शाह ने किया, पर, नवाबी लश्कर के अलावा आम जनता ने लॉर्ड को बिलकुल भी तवज्जो नहीं दी और सब अपने नियमित दैनिक कार्यों में लिप्त रहे। महल में लॉर्ड डलहौज़ी के खाने-पीने और मनोरंजन का इतना भव्य इंतज़ाम था कि उसकी आँखें अवध की ख़ूबसूरती और समृद्धि से फटी-की-फटी रह गईं। जब वह लखनऊ से वापस गया, उसके मन का लालच कई गुना और बढ़ गया था और दिल में अपनी अवहेलना की कसक भी साल रही थी। लौटते ही वह अवध को हथियाने की योजना बनाने में जुट गया। हालाँकि, उसे अपने दौरे के दरम्यान अवध की व्यवस्था या वहाँ के राज-काज में कोई ऐसी खामी नज़र नहीं

आई थी जो किसी प्रकार का कोई सवाल भी खड़ा कर सके। लॉर्ड डलहौज़ी के इन्हीं ऊहापोह भरे दिनों में एक खास घटना और घटी। नवाब वाजिद अली शाह ने अवध के विकास के लिए एक मसौदा तैयार किया, जिसमें तत्कालीन ब्रिटिश प्रशासनिक व्यवस्था अवध में लागू करने की अनुमति के साथ अवध के कई किये जाने वाले विकास कार्यों की सूची संलग्न थी। इसे तत्कालीन रेज़ीडेंट कर्नल रिचमोण्ड ने अग्रसारित कर लॉर्ड डलहौज़ी को भेजा। मसौदा पढ़ते ही मन-ही-मन उबल रहा डलहौज़ी आपे से बाहर हो गया। उसने तत्क्षण उस मसौदे को खारिज कर कर्नल रिचमोण्ड और वाजिद अली को झिड़की भरा पत्र भेजा, जिससे आहत हो कर्नल रिचमोण्ड ने इस्तीफ़ा दे दिया। फिर उसकी जगह पर कर्नल स्लीमैन की नियुक्ति हुई।

कर्नल स्लीमैन की नियुक्ति क्योंकि लॉर्ड डलहौज़ी की अनुशंसा पर हुई थी, इसलिए स्लीमैन के आते ही डलहौज़ी ने उस पर अवध को हथियाने की योजना बनाने का दबाव बनाना शुरू कर दिया। स्लीमैन ने इस सम्बन्ध में एक-दो योजनायें बनाकर डलहौज़ी को भेजीं। लेकिन, डलहौज़ी को वे सभी योजनायें अच्छी नहीं लगीं, क्योंकि अगर उन्हें अमल में लाया जाता, तब भी अवध पर पूर्ण रूप से कब्ज़ा नहीं किया जा सकता था।

एक दिन अभी तक की विफलता के कारण खिन्न मन से डलहौज़ी अवध से सम्बन्धित दस्तावेज़ों का ढेर अपनी टेबल पर रख एक के बाद एक उनके पन्ने पलट रहा था कि अचानक उसकी नज़र सन् 1837 में मुहम्मद अली शाह के साथ हुई नौसूत्रीय संधि-पत्र पर पड़ी और एक संधि के एक वाक्य पर टिक कर चमक उठी – ''प्रशासनिक व्यवस्था बिगड़ने की स्थिति में राज्य के किसी भाग अथवा पूरे अवध का शासन कम्पनी किसी भी अवधि के लिए अपने हाथ में ले सकती है।'' डलहौज़ी ने इस पंक्ति को रेखांकित कर लिया और दस्तावेज़ से जिस पन्ने पर यह पंक्ति थी उसे अलग कर अपनी मेज़ पर एक खास फ़ाइल में रखा। उसे इस एक वाक्य में अवध का पूरा भविष्य नज़र आने लगा।

जब से डलहौज़ी को यह संधि-पत्र मिला था, वह तभी से स्लीमैन पर अलग तरह का दबाव डालने लगा। डलहौज़ी के षड्यंत्री दिमाग ने स्लीमैन से अवध की प्रशासनिक व्यवस्था के प्रति झूठी रिपोर्ट तैयार करने को कहा। स्लीमैन की समझ में नहीं आ रहा था कि वह किस हद तक झूठ लिखे। उसने अवध की व्यवस्था को रेशा-रेशा देखा, हर तरह से उनका निरीक्षण किया। लेकिन उसे उसमें कोई

कमी नज़र नहीं आ रही थी। उसकी इस बारे में लॉर्ड डलहौज़ी से कई बार बहस भी हुई और उसने डलहौज़ी को अवध के ख़्वाब से बाहर निकलने की सलाह दी। पर डलहौज़ी तो अलग ही मिट्टी से बना हुआ प्राणी था। स्लीमैन की सलाह के जवाब में उसने स्लीमैन की रेज़ीडेंट के रूप में नियुक्ति की अपनी अनुशंसा की याद दिलाते हुए अपने किये गये एहसान की कीमत माँगी। स्लीमैन हालाँकि, डलहौज़ी के इस व्यवहार से क्षुब्ध हो गया, फिर भी कहीं-न-कहीं वह उसके दबाव में भी आ गया। उसने अवध के बारे में एक झूठी रिपोर्ट तैयार की, जिसमें उसने लिखा कि - 'वाजिद अली शाह प्रशासन के मामले में पूर्णतः अयोग्य हैं और उनके प्रधानमंत्री अली नकी एक निकम्मे व्यक्ति हैं, जो प्रशासन के भार को सँभालने के योग्य ही नहीं हैं।' लेकिन केवल ये पंक्तियाँ ही अवध को हड़पने के लिए पर्याप्त नहीं थीं। अतः डलहौज़ी ने जेम्स आउट्रम को भी इस काम में लगाया। लॉर्ड डलहौज़ी के इस कदम से स्लीमैन को अपना ओहदा छिनता नज़र आने लगा तो उसने एक बार पूरे मन से डलहौज़ी का साथ देने की योजना बनाई। इसके लिए स्लीमैन ने धन और आतंक दोनों का सहारा लिया। सबसे पहले उसने अपने कारिंदों से अवध की जनता के नामों की ऐसी सूची तैयार करवाई जो या तो पैसे से काबू में आ सकते थे या फिर उसके द्वारा दी गई प्रताड़ना से टूट सकते थे। कुछ 500 ऐसे कमज़ोर लोगों की सूची तैयार की गई। इसमें से केवल 300 लोगों ने ही स्लीमैन के कहे अनुसार वाजिद अली शाह के विरुद्ध लिखे झूठे शिकायती पत्र पर हस्ताक्षर किये अथवा किसी प्रकार के प्रतिवेदन पर अँगूठा लगाया। स्लीमैन ने वे सभी 300 फ़र्ज़ी दस्तावेज़ लॉर्ड डलहौज़ी को सौंप दिए और यह सोचकर निश्चिन्त हो गया कि अब उसका पद सुरक्षित है। इतना ही नहीं उसे इस फ़र्ज़ी काम के बदले डलहौज़ी से पुरस्कार स्वरूप प्रमोशन की भी आशा थी। पर, लॉर्ड डलहौज़ी अत्यन्त ही चालाक और धूर्त था। वह अपने इस अन्यायपूर्ण काम पर प्रमाणिकता की मुहर भी लगाना चाहता था। अतः उसने स्लीमैन से सभी दस्तावेज़ पाने के बाद उसे पदच्युत कर कर्नल जेम्स आउट्रम को अवध का रेज़ीडेंट नियुक्त किया और अपने षड्यंत्र को अमली जामा पहनाने की दिशा में काम शुरू करने का आदेश दिया।

जेम्स आउट्रम ने अपनी वफ़ादारी का परिचय देने के लिए स्लीमैन से अधिक बढ़-चढ़कर रिपोर्ट तैयार की। उसने स्लीमैन की रिपोर्ट को आधार बनाते हुए वाजिद अली शाह को एक अय्याश और नाकारा शासक लिखा। वाजिद अली

शाह की अय्याशी के सबूत के तौर पर उसने वाजिद के परीखाना का ज़िक्र बढ़ा-चढ़ाकर किया। उसके अनुसार, 'वाजिद अली शाह को राज-काज से कोई मतलब नहीं था। वह पूरा दिन शराब के नशे में डूबा हुआ अपने परीखाने की औरतों से घिरा रहता था। वाजिद का शासन उसके मातहत अपनी मर्ज़ी से चलाते थे। वाजिद अली की अय्याशी और नाकारेपन से अवध की पूरी जनता त्रस्त है और वह हर हाल में अपने वर्तमान नवाब से मुक्ति चाहती है।'

जेम्स आउट्रम के झूठ की हद तो तब हो गई जब उसने अवध की सेना के बारे में लिखा - 'अवध की सेना के सभी सैनिक अपने नवाब के नक्शे-कदम पर चलते हुए पूरे समय अय्याशी में ही डूबे रहते हैं।' आउट्रम ने अपनी रिपोर्ट में कहीं भी महिला सेना अथवा हज़रत की शासकीय दखल का ज़िक्र तक नहीं किया, क्योंकि ये दोनों ही बातें अवध के प्रकाश-स्तम्भ की तरह प्रकाशवान थीं। जिसे झुठलाने के लिए उसके पास कोई शब्द नहीं थे।

ऐसा नहीं कि वाजिद अली और हज़रत अंग्रेज़ी हुक्मरानों की इन ओछी हरकतों से वाकिफ़ नहीं थे। उन तक भी हर तरह की बातें पहुँच रही थीं, लेकिन उनके पास अपनी लाचारियाँ भी थीं। हाँ, भविष्य के प्रति आशंकायें दोनों के मन में घर कर गई थीं। वे इस पर चर्चा भी करते। हरेक चर्चा के अन्त में वाजिद यही कहते कि -

''बेगम, अगर आने वाले वक्त में हमें कुछ हो गया तो आप हमारे महल और पूरे अवध का ख़याल रखियगा।''

इस पर हज़रत वाजिद के मुँह पर हाथ रख कहती - ''अल्ला सब ठीक करेगा, जाने आलम आप परेशान न हों।''

''बस, इस बार अल्ला ही तो नहीं ठीक कर पायेगा। बेगम, हमें अनहोनी का अंदेशा साफ़-साफ़ हो रहा है।''

वाजिद का अंदेशा गलत नहीं था। जेम्स आउट्रम वाजिद अली शाह को एक नई संधि पर हस्ताक्षर करवाने के लिए दबाव देने लगा। जिसके अनुसार वाजिद अली शाह को अपनी सारी तोपें उतरवा देनी थीं और सेना को नि:शस्त्र करना था। वाजिद ने इस संधि पर हस्ताक्षर करने से साफ़-साफ़ मना कर दिया। गुस्सा कर जेम्स आउट्रम ने अवध को अधिग्रहीत करने की घोषणा की। इस घोषणा के जवाब में वाजिद अली शाह ने स्पष्ट सूचना भिजवाई कि -

''हम न तो अवध की गद्दी छोड़ेंगे और न ही भेजे गये समझौते पर दस्तख़त करेंगे, क्योंकि इसके पीछे की मंशा हमें साफ़-साफ़ दिखाई दे रही है।''

जेम्स आउट्रम का गुस्सा इस सूचना से और भी अधिक बढ़ गया। वह वाजिद अली शाह के इस खत को लेकर तुरन्त लॉर्ड डलहौज़ी से मिलने के लिए निकल पड़ा। जब आउट्रम डलहौज़ी के पास पहुँचा, डलहौज़ी अपने मातहतों के साथ एक पिकनिक पर जाने की तैयारी कर रहा था। जेम्स आउट्रम को देखते ही बोला –

''अच्छे आये जेम्स, चलो तुम भी हमारे साथ पिकनिक पर।''

''लॉर्ड! अब तो हमें नहीं नवाब वाजिद अली शाह को पिकनिक पर भेजने की तैयारी करने का समय आ गया है।''

''क्या कहना चाहते हो तुम?''

लॉर्ड डलहौज़ी अपने प्रश्न के साथ ही खुश हो गया।

''वही लॉर्ड, जो आप सुन रहे हैं। यकीन नहीं है तो नवाब वाजिद अली का भेजा हुआ यह खत पढ़ लें।''

''खत तुम पढ़कर सुनाओ आउट्रम। मैं यह पिकनिक अभी कैंसिल करता हूँ और चलो हम ऑफ़िस में बैठकर पूरी बातें करते हैं।''

''लॉर्ड, बस यही मौका है अवध को एक्वायर्ड करने का। अब और रुकना ठीक नहीं।'' – जेम्स आउट्रम ने डलहौज़ी की बगल वाली कुर्सी अपनी तरफ़ खींचकर बैठते हुए कहा।

''क्यों, तुम्हें ऐसा क्यों लग रहा है?''

''लॉर्ड, अब तक के मेरे आदेशों से वाजिद अली तिलमिलाया हुआ है। वह अब एक के बाद एक गलतियाँ करेगा। ऐसे में अगर आप अवध को एक्वायर करने का आदेश देते हैं तो वह इस दिशा में कुछ भी सही नहीं सोच पायेगा और न ही कर पायेगा। तब ब्रिटिश हुकूमत अपना जाल बिछा मनमाना काम कर लेगी।''

जेम्स आउट्रम की ये बातें सुन डलहौज़ी की बाँछें खिल उठीं और उसने चहकते हुए कहा –

''अब आदेश क्या देना है, जेम्स! बस सेना भेजकर सीधे हम उसे एक्वायर कर लेते हैं।''

''ठीक है लॉर्ड! फिर मैं अभी वापस जाता हूँ और अवध को ब्रिटिश हुकूमत का हिस्सा बनाता हूँ।''

''अरे रुको जेम्स! एक्वायर करने का ऑर्डर तो ले लो।''

और फिर, इतिहास का सबसे बड़ा झूठ लॉर्ड डलहौज़ी की कलम से लिखा गया–

"यदि ब्रिटिश सरकार लाखों व्यक्तियों को पीड़ा पहुँचाने वाले शासन की ओर से और अधिक समय तक आँखें मूँदे रहती है तो ईश्वर और मनुष्य दोनों की दृष्टि में यह अपराध होगा। इसलिए हम तत्काल प्रभाव से अवध को अधिग्रहीत कर ब्रिटिश हुकूमत का अभिन्न हिस्सा बनाते हैं।"

जेम्स आउट्रम अपनी सेना की टुकड़ी के साथ हाथ में लॉर्ड डलहौज़ी का फ़रमान लिए वाजिद अली शाह के दरबार में हाज़िर हो फ़रमान पढ़कर सुनाते हुए बोला –

"नवाब वाजिद अली शाह ब्रिटिश हुकूमत आपको गिरफ़्तार करती है और आपको अब हमारी सेना की टुकड़ी के साथ लखनऊ छोड़कर कलकत्ता के मटियाबुर्ज में नज़रबंद कर रखा जायेगा। साथ ही, आपके लिए जो पेंशन ब्रिटिश सरकार मुकर्रर करेगी आपको उसी में गुज़ारा करना होगा।"

वाजिद अली शाह की गिरफ़्तारी की खबर आग की तरह महल, परीखाना सहित पूरे लखनऊ में फैल गई। सभी नगरवासी जिस हालत में थे, वैसे ही रोते हुए महल की तरफ़ हो लिए। वाजिद अली के महल और परीखाने में भी रोना-पीटना शुरू हो गया। वाजिद और हज़रत ब्रिटिश हुकूमत के इस व्यवहार से सन्न थे। वाजिद ने अंग्रेज़ी हुकूमत से दोस्ताना ताल्लुक रखने की हर संभव कोशिश की थी, लेकिन, वे अपना ज़मीर न बेच सके।

हज़रत की आँखों के सामने वाजिद के बगैर अवध का दृश्य नाच रहा था। उसका मन अपने प्रेमी और शौहर के लिए रो रहा था तो आँखें भविष्य की बेतरतीबी पर टिकी हुई थीं।

आख़िर वह घड़ी भी आ ही गई, जब वाजिद अली शाह को कलकत्ता के लिए रवाना होना था। वाजिद ने अपनी माँ मलिका किश्वर और पहली पत्नी आलमआरा और दूसरे बेटे कैबां कद्र को कलकत्ता जाने के लिए साथ लिया। लॉर्ड ब्रिन्डन की गाड़ी महल के बाहर खड़ी थी, जिससे उन्हें कानपुर तक जाना था और कानपुर से आगे गंगा के रास्ते पानी के जहाज़ से कलकत्ता जाना था। महल से बाहर डोली रखी गई थी। महल से गेट के बाहर खड़ी ब्रिटिश गाड़ी तक वाजिद अली शाह को ले जाने के लिए। वाजिद, मलिका किश्वर, आलमआरा सभी को लखनऊ छोड़ने का बहुत दुख था।

वाजिद के पीछे आँसुओं से सराबोर मलिका किश्वर और आलमआरा भी हो लीं। हज़रत एक सैनिक का वस्त्र धारण किये हुए वाजिद अली की डोली के पास निष्प्राण सी खड़ी थी। लखनऊ भर के लोगों की बेशुमार भीड़ रोते हुए अपने

प्यारे नवाब को विदाई देने के लिए खड़ी थी। तेज़ कदमों से चलते हुए वाजिद आकर हज़रत के पास रुक गये। उन्होंने हज़रत का हाथ अपने हाथ में लेकर कहा –

''बेगम, हमारे अवध का ख़याल रखियेगा। अब यह महल, और हमारा अवध सब आपकी अमानत है। आपके बगैर हमारी ज़िन्दगी के बाकी दिन कैसे कटेंगे यह हम नहीं जानते। आप हमें हर वक्त याद आयेंगी। आपसे अधिक हमने आज तक किसी से मुहब्बत नहीं की।''

''जाने आलम, इत्मीनान रखें। हम आपकी अमानतों के लिए अपनी जान की बाज़ी लगा देंगे। लेकिन आज के बाद हम कैसे जियेंगे, हम यही नहीं समझ पा रहे।''

''बेगम, हमारा बिरजिस अभी आपके पास है। उनके लिए, हमारी मुहब्बत की इकलौती निशानी के लिए, हमारे अवध के लिए अब केवल और केवल आप ही आस की किरण हैं। इसलिए ऐसा न कहें और हमें हँसते हुए एक मज़बूत सैनिक की तरह विदा करें।''

''जैसी आपकी ख़्वाहिश जाने आलम।'' – कहते हुए हज़रत ने पीछे कसी हुई बंदूक निकाल कर आसमानी फ़ायर किया और हज़रत के फ़ायर के साथ ही महल की दीवारों पर लगी तोपें अपने नवाब की शान में एक-एक कर गरज उठीं। जैसे ब्रिटिशों को भविष्य की चेतावनी भी दे रही हों।

वाजिद ने अवध की जनता की तरफ़ देखते हुए अपना हाथ उठा उनका अभिवादन किया और रुँधे स्वर में कहा –

दरो दीवार पे हसरत से नज़र करते हैं।
खुश रहो, अहले वतन! हम तो सफ़र करते हैं।

इधर वाजिद ने इस शायरी के साथ डोली में बैठने के लिए अपने कदम उठाये, उधर जनता का क्रन्दन बढ़ता गया।

ठुमरी जैसे लोकप्रिय गायन शैली के जनक को भला उनका गायन-दल छूछे कैसे जाने देता? डोली के उठते ही पूरी गायन-मंडली अपने साज़ों के साथ वाजिद की लिखी ठुमरी गाते हुए चल पड़ी –

बाबुल मोरा नैहर छूटो जाय
चार कहार मिल डोलिया उठाये
अपना बिगाना छूटो जाये।।

वाजिद चले गये थे। अवध वीरान हो गया था। महल तो क्या, लखनऊ की जनता

ने भी आज की रात भोजन नहीं किया। वाजिद की याद में सभी मुँह ढाँपे पड़े हुए थे। पूरा महल भाँय-भाँय कर रहा था। ऐसे में बस हज़रत के कमरे में रोशनी और धीमी आवाज़ें थीं।

हज़रत, उदा, भवानी और मम्मू खाँ के साथ मंत्रणा में लीन थी। अचानक उसे कुछ ध्यान आया और उसने सैनिक के अपने कपड़े के ऊपर चेहरे पर काला दुपट्टा लपेट उदा को अपने साथ आने का इशारा किया। हज़रत बाहर आकर अपनी बग्घी की बागडोर सँभाल उदा को पास चौकस बैठने का निर्देश देते हुए लखनऊ की गलियों में निकल पड़ी। उदा अपनी बंदूक ताने पैनी निगाहों से चारों तरफ़ देखती हज़रत के पीछे खड़ी रही। चुपचाप गलियों की खाक छानती हज़रत अचानक रुक गई। दूर चौपाल की मद्धिम रोशनी में कुछ आम जन बैठे हुए थे और एक धीमी दुख में डूबी स्वर-लहरी गूँज रही थी -

हज़रत बिन प्यारे, आज सूना लखनपुर।
अख्तर पिया प्यारे, आज लखनपुर सूना
किनने कीन्हीं लड़इया, कवन गढ़ लीन्हा।
अब कवन बहादुर आय, मुगल-सर कीन्हा।

हज़रत ने धीमे स्वर में उदा से कहा -

''तुमने सुना उदा कैसी हूक भरी आवाज़ है और उसमें भी 'अख्तर पिया' कहते हुए कितना दर्द उड़ेला गया है। जाने आलम ने अपनी शायरियों, ग़ज़लों में खुद को 'अख्तर' नाम ही दिया है ना!''

''बेगम, हम तो पहली लाइन के तीन शब्दों के दर्द के आगे कुछ सुन ही नहीं पाये-'हज़रत बिन प्यारे।' आपके बिना सुल्ताने आलम कैसे होंगे यही सोचकर हमारा कलेजा मुँह को आ रहा है।''-उदा ने किसी तरह से अपने कंठ में रुलाई रोकते हुए कहा।

''उदा!'' - हज़रत का स्वर भीगा हुआ था। शायद उसकी आँखें बरस रही थीं - ''हम भी तो आज अधूरे हो गये। लेकिन, हम चुप नहीं बैठेंगे। हम अपने जाने आलम को अंग्रेज़ों के चंगुल से मुक्त करवायेंगे।''

''कैसे बेगम?''

''वापस चलकर सोचते हैं। अब से कसम खाओ कि हमारे लिए न तो दिन में चैन है न ही रात में नींद।''

''बेगम, हर पल हम आपके साथ हैं। आपका जगना, हमारा जगना, आपका

सोना, हमारा सोना – हर वक्त का साथ।''

''नहीं उदा! जब हम सोयेंगे तो तुम जगी रहोगी और जब तुम सोओगी, हम जगे रहेंगे। भवानी हरेक वक्त बिरजिस के साथ होगी और सेना की एक काबिले एतबार टुकड़ी महल की चौकसी करेगी।''

''जो हुक्म बेगम! परीखाने को क्या हम ऐसे ही छोड़ देंगे?''

''नहीं उदा! वहाँ बशीरूद्दौला अपनी हिजड़ों की सेना लेकर रहेंगे।''

दीवान मम्मू खाँ ने सुरक्षा का अभेद्य घेरा महल के चारों तरफ़ बनाया। हज़रत की खास उदा के पति अका पासी को इसकी ज़िम्मेदारी सौंपी। मम्मू खाँ अपने काम और फ़र्ज़ के प्रति काफ़ी ईमानदार था, सो वह भी ओहदे से अलग होते हुए भी सेना की चौकसी के अधिकतम घंटों में वहीं होता था। बशीरूद्दौला की सेना परीखाना के लिए अधिक चौकस थी, क्योंकि ब्रिटिश सेना के कमाण्डर सहित कई सैनिकों की ललचाई निगाहें परीखाने की ख़ूबसूरत परियों पर टिकी हुई थीं। हालाँकि, वे परियाँ बाहर के इस खतरे से बेखबर अपनी ही धुन में मगन थीं, और पहले की तरह अभी भी उनकी मजलिसों में हज़रत की बुराइयों के राग के साथ उसे नीचा दिखाने की साज़िशों की भरमार थी। वाजिद अली के नहीं रहने से इन परियों के पंख उगने शुरू हो गये थे जिनमें साज़िशों की चित्रकारी होती जा रही थी।

यह वाजिद के जाने की दूसरी रात थी। कल की तरह आज भी महल में गहरा सन्नाटा था। बस बाहर सैनिकों के बूटों की धमक की आवाज़ थी और अन्दर हज़रत के कमरे में अत्यन्त धीमे कुछ स्वर आपस में मंत्रणा में लीन थे। हज़रत पूरी योजना उदा, मम्मू खाँ और भवानी को बता रही थी। पास ही पलंग पर बिरजिस कदर बेखबर सो रहे थे। हज़रत अपने स्वर को भरसक धीमा रखते हुए बोल रही थी –

''जाने आलम का कलकत्ते तक का सफ़र कानपुर से गंगा के रास्ते तय हो रहा है। ज़ाहिर है लखनऊ से कलकत्ता पहुँचने में समय लगेगा। अगर हम कुछ तेज़ घुड़सवार सैनिकों को कल की रात कलकत्ता रवाना करें तो वहाँ जाने आलम के पहुँचते ही उन्हें आज़ाद कराने का काम शुरू हो जायेगा।''

''लेकिन, हम ऐसा कैसे कर पायेंगे? लखनऊ के चप्पे-चप्पे पर ब्रिटिश सैनिक तैनात हैं।'' – मम्मू खाँ के स्वर में गहरी चिन्ता और बेचैनी थी।

''हम कर सकते हैं मम्मू खाँ जी। अभी कृष्ण पक्ष की रात है। हमारे सैनिक केवल रात के अंधेरे में आगे बढ़ेंगे।'' – उदा ने जवाब दिया।

''यह कृष्ण पक्ष का अंधेरा तो हमारे सैनिकों के लिए भी होगा। कम-से-कम अवध की सीमा तक तो वे मशाल भी नहीं जला सकते।'' - भवानी मम्मू खाँ के समर्थन में थी।

''बिल्लियाँ, हमारे सैनिक बिल्लियों की चमकती आँखों के सहारे आगे बढ़ेंगे, रात के पहले पहर में और दूसरा पहर शुरू होते-होते चाँद की हल्की रोशनी फैल चुकी होगी। साथ ही चौकसी करते सिपाही सो जायेंगे।'' -उदा ने जवाब दिया।

''उदा हम बिल्लियों का सहारा क्यों लें? केवल रात के दूसरे पहर में ही चलने और दिन में कहीं छुपकर रहने से ही सैनिक कलकत्ता समय से पहुँच जायेंगे।''- हज़रत ने गंभीर स्वर में कहा।

''ठीक है फिर, हम तैयारी शुरू करते हैं। अपने साथ ले जाने वाले सिपाहियों को चुनेंगे भी हम खुद।'' - उदा ने कहा।

''दीदी हम भी आपके साथ चलेंगे।'' - भवानी अधीरता से बोली।

''तुम दोनों में से कोई नहीं जायेगा। मम्मू खाँ जी हमारे घुड़सवार सैनिकों की टुकड़ी में से जो जाँबाज़ और तेज़ भागने वाले घोड़ों के सवार सैनिक हों, उनकी पड़ताल कर दो घंटे के अन्दर हाज़िर करें। हम दिन में कोई काम नहीं कर सकते।'' - हज़रत का स्वर बेचैनी भरा था।

''ठीक है बेगम।'' - कहकर मम्मू खाँ फ़ौरन कमरे से निकले और अंधेरे में गुम हो गये।

इस बीच किसी ने यह ध्यान नहीं दिया कि कमरे के बाहर ऊँघती हुई बैठी एक दासी भी उसी फुर्ती से अंधेरे में कहीं गायब हो गई।

मम्मू खाँ कुल पच्चीस सैनिकों के साथ लगभग ढाई घंटे बाद पहुँचने में सफल हुए। हज़रत ने महल के आँगन में सबको जमाकर पूरी योजना समझाई और चुपचाप उन्हें अगले संकेत तक अपने-अपने घरों में रहने का आदेश दिया। तय हुआ कि रात के दूसरे पहर में लगातार दस बार उल्लू की आवाज़ गूँजेगी। आख़िरी आवाज़ के तुरन्त बाद सैनिकों को तैयार हो घुड़साल से घोड़े ले महल के सामने बने युद्धाभ्यास के मैदान में जमा हो जाना है और उल्लू की ग्यारहवीं बोली के साथ ही कूच कर जाना है।

किसी को नहीं मालूम था कि उल्लू की यह आवाज़ कौन निकालेगा। सैनिकों के चले जाने के बाद हज़रत उदा को लेकर परीखाने की ओर निकली।

उसे इस बात का गहरा आश्चर्य हुआ कि परीखाने की कुछ परियाँ सुखनवर परी को घेरे बैठी थीं और सुखनवर परी धीरे–धीरे उनसे कुछ कह रही थी।

हज़रत को देखते ही सभी उठ कर खड़ी हो गईं। हज़रत ने उन सबको उचटती निगाह से देखा और सीधा उस्ताद जी के कमरे में चली गई। उस्ताद जी घोड़े बेचकर सो रहे थे। हज़रत के इशारे पर उदा ने उस्ताद जी को हिलाकर उठाया। आँखें खुलते ही अचकचा गये, और फुर्ती से मुँह बाये उठ खड़े हुए। उस्ताद जी की यह दशा देख हज़रत और उदा के चेहरे पर अनायास मुस्कुराहट बिखर गई। उस्ताद जी ने हकलाते हुए कहा – ''बेगम, हमें मुआफ़ कर दें। बस ज़रा सी आँख लग गई थी।''

''कोई बात नहीं उस्ताद जी। हम आपसे यह जानना चाहते हैं कि क्या आपके किसी साज़ से ऊँची आवाज़ में उल्लू की आवाज़ निकल सकती है?''

''आप ठुमरी और ग़ज़ल की जगह उल्लू की आवाज़ की मुरीद हैं क्या?'' – उस्ताद जी की आँखें आश्चर्य से चढ़ गईं।

''हमने जितना पूछा है केवल उतने का ही जवाब दीजिये उस्ताद जी।''

''जी हज़रत बेगम। हम हारमोनियम और सारंगी से निकाल सकते हैं उल्लू की आवाज़।''

''सारंगी से उल्लू की आवाज़?'' –उदा ने आश्चर्यचकित होकर पूछा।

''हाँ यह पूरे अवध में केवल हमें ही आता है।''

''लेकिन इसकी आवाज़ तो दूर तक नहीं जायेगी। क्या आप कुछ और बता सकते हैं?'' – हज़रत का स्वर चिंता और बेचैनी से भरा हुआ था।

''एक और उपाय है, मेरी पहचान में एक लड़का है जो उल्लू समेत और भी कई परिंदों की बोली की हू–ब–हू नकल कर लेता है। वह अगर खोखले बाँस को मुँह के पास रखकर उल्लू की आवाज़ निकाले तो दूर तक जा सकती है।''

''अगर वह रात के सन्नाटे में इस तरीके से आवाज़ निकाले तो कितनी दूर तक जाने का अनुमान है?''

''रात के सन्नाटे में तो शायद पूरा लखनऊ भी सुन ले।''

''ठीक है। फिर आप अभी के अभी यहाँ से निकलिए और उस लड़के को लेकर सुबह होने से पहले तक हमारे महल में आइये।''

''अभी? अभी किसलिए?''

''उस्ताद जी, बिना सवाल पूछे जो कहा जा रहा है उसे मान लीजिये।''

"जैसी आपकी आज्ञा हज़रत बेगम।" – उस्ताद जी ने मुँह बनाते हुए कहा। उन्हें अपनी नींद पूरी न हो पाने का मलाल था, लेकिन हुक्म नहीं मानने जैसी हिमाकत वे कर नहीं सकते थे। लिहाज़ा वे जिस हाल में थे वैसे ही निकल पड़े।

सुखनवर परी ने हज़रत महल के परीखाना से निकलते ही बुर्का निकालकर पहना और अंधेरे में कहीं गुम हो गई।

परीखाना से निकलकर लगभग दौड़ती हुई सुखनवर परी रेज़ीडेंसी की तरफ़ बढ़ रही थी। रेज़ीडेंसी में उस समय एक अंग्रेज़ डॉक्टर के अलावा कुछ अंग्रेज़ अधिकारी और उनकी रक्षा के लिए थोड़े से सैनिक रहते थे। रेज़ीडेंसी के मुख्य दरवाज़े पर पहुँच सुखनवर थोड़ी देर तक सुस्ताने के लिए एक पेड़ का सहारा लेकर बैठ गई। दसेक मिनट तक बैठे-बैठे उसने अपनी उखड़ती साँसों पर काबू पाया। फिर कमर में खोंसी हुई एक बाँसुरी निकाल कर उस पर 'पिया आ', 'पिया आ' की धुन बजाने लगी। दो-तीन मिनटों के अंदर ही रेज़ीडेंसी के कई घरों में से एक के अन्दर से चिराग लेकर एक अंग्रेज़ तेज़ी से बाहर आया और सुखनवर के सामने खड़ा हो उसके चेहरे के पास चिराग ले जाकर बोला –

"क्या बात है? अचानक इतनी रात गये कैसे आई हो?"

"हम दिन में कब आते हैं?" – अपनी जगह से उठकर सुखनवर उस अंग्रेज़ से लिपट गयी।

"बात तो सही है, लेकिन अभी भी मुझे तुम्हारी देह से वाजिद अली की गंध आ रही है।"

"वह तो आती रहेगी। हम अपने नवाब साहब से बेपनाह मुहब्बत करते हैं।"

"और मुझसे?"

"उनसे थोड़ा कम।" – हँसते हुए सुखनवर ने कहा।

"चलो परे हटो। मैं यह बर्दाश्त नहीं कर पा रहा।" – उस गोरे ने सुखनवर को खुद से अलग करते हुए कहा।

"हम अभी जो बताने वाले हैं उसे तो आप बिलकुल भी बर्दाश्त नहीं कर पायेंगे।"

"वह क्या है? जल्दी बताओ। कहीं कोई आ न जाये।" – गोरे के स्वर में अकुलाहट भरी हुई थी।

"ज़रा पास आइये तो कान में बतायें। किसी और ने सुन लिया तो जुलुम हो जायेगा।" – सुखनवर ने आँखें नचाते हुए कहा।

उस गोरे रिचर्ड ने तुरंत सुखनवर को हाथ बढ़ाकर कमर से पकड़ अपनी ओर

खींच लिया। लहराती हुई सुखनवर एक बार फिर से उसकी बाँहों में कैद हो गई। सुखनवर ने धीमे स्वर में रिचर्ड को हज़रत की सारी योजना जो उस तक उसकी खास बाँदी ने पहुँचाई थी, बता दी। रिचर्ड ने अपना बाँहों का घेरा कसते हुए पूछा –

''लेकिन तुम तो वाजिद से मुहब्बत करती हो। फिर उसकी आज़ादी की योजना मुझे क्यों बता रही हो ?''

''जितनी हम सुल्ताने आलम से मुहब्बत करते हैं, उतनी ही नफ़रत हम उस हज़रत से करते हैं।''

रिचर्ड के चेहरे पर मुस्कान फैल गई। वह समझ गया कि हज़रत महल के प्रति नफ़रत में सुलगती सुखनवर आज अपने ही पैरों पर कुल्हाड़ी क्यों मार रही है। वह सुखनवर को और अधिक भींच उसके होंठों पर अपना चुम्बन अंकित कर बोला – ''मैं अभी से तुमसे और अधिक मुहब्बत करने लगा हूँ। जो तुम चाहती हो वही होगा।''

अंतिम वाक्य सुनते ही सुखनवर रिचर्ड के आगोश से खुद को छुड़ा तेज़ी से परीखाने की और लौट गई।

अगली रात सारी तैयारियाँ हो गई थीं। उलूक ध्वनि के साथ सैनिक महल के सामने के युद्धाभ्यास वाले मैदान में एकत्रित हो गये। सभी सैनिक काले कपड़ों में, चेहरे पर काले कपड़े लपेटे, कमर में बंदूक की गोलियों की पेटी बाँधे, और कंधे पर बंदूक टाँगे घोड़ों पर सवार थे। घोड़े भी इस अभियान के लिए चुनकर लिए गये थे। सबके सब ऊँचे, तगड़े, हवा से बातें करने वाले।

सभी सैनिक प्रस्थान उलूक-स्वर का इंतज़ार कर रहे थे कि अचानक रेज़ीडेंसी की तरफ़ से आने वाली सड़क पर तेज़ हलचल और रोशनी दिखाई दी। वे अभी कुछ समझ पाते उससे पहले ही ब्रिटिश सैनिकों की एक बड़ी टुकड़ी ने उन्हें चारों तरफ़ से घेर लिया। देखते-ही-देखते सभी सैनिक गिरफ़्तार कर लिए गये और ब्रिटिश सेना ने इस घटना के बाद महल की चौकसी पर अपने कुछ सैनिकों को तैनात कर दिया।

हज़रत इस घटना से हतप्रभ रह गई। उसकी समझ में पहले यह आया ही नहीं कि इतनी सतर्कता के बाद भी योजना की जानकारी ब्रिटिशों तक कैसे पहुँच गई ? वह चिंतित अपने कमरे में चहलकदमी कर रही थी तभी मम्मू खाँ वहाँ आ गये। हज़रत के चेहरे की रंगत देखकर वे सहम से गये। उसका चेहरा पीला होकर लटक गया था। उन्होंने धीमे स्वर में कहा –

''हज़रत बेगम, क्या आप वही सोच रही हैं जो हम सोच रहे हैं ?''

"हाँ मम्मू खाँ जी। भेदिया कोई गैर नहीं खास अपना ही है। अब हमें और भी अधिक सतर्क रहने की सख्त ज़रूरत है।"

"अम्मी, मेरे मन में एक ख़याल आया है, कहूँ?" - पास बैठी भवानी ने थोड़ा सहमते हुए पूछा।

"ज़रूर कहो भवानी!"

"अम्मी, क्यों ना हम महल में रोज़ाना काम करने वालों के लिए कोई अलग पहचान बना दें?"

"हाँ, बहुत सही कहा भवानी तुमने। उदा तुम क्या कहती हो।"

"बेगम, हमें महल से परीखाना के बीच के रास्ते पर भी चौकसी रखनी चाहिए। परसों की रात जब हम आपके साथ परीखाना गये थे तो हमें कुछ अजीब-सा लग रहा था। कुछ परियों के चेहरे हमें देखकर भय से सफ़ेद क्यों हो गये थे? हम उसी समय से इस पर सोच रहे हैं?"

"उदा तुम्हारी बात से हम सौ फ़ीसदी सहमत हैं।" - मम्मू खाँ ने कुछ सोचते हुए कहा।

"अच्छा! फिर ऐसा करते हैं, कल सुबह आँगन में सभी काम करने वालों को जमा कर हम अपने दस्तखत और मुहर वाला एक खास खत देंगे, जिसे उन्हें हमेशा अपने पास रखना होगा। महल से बाहर निकलते समय या अंदर आते समय उन्हें महल के दरवाज़े पर खड़े सैनिक को दिखाना होगा।"

"लेकिन हज़रत बेगम, कागज़ का पत्र तो जल्दी ही खराब हो जायेगा।"

"फिर क्या करें?"

"ऐसा करते हैं, हम कल तक का समय लेते हैं और सुल्ताने आलम की दस्तख़्त वाली मुहर की नकल में कुछ लोहे की मुहरें बनवाकर उन्हें देते हैं।"

"लेकिन हमारे महल में काम करने वाले सभी औरत-मर्द कारिंदों की संख्या ही डेढ़ सौ के करीब है। इतनी जल्दी कैसे इतनी लोहे की मुहरें बन पायेंगी?"

"हम अभी से लखनऊ भर के लुहारों को काम पर लगा देते हैं।"

"नहीं, अभी से हथौड़ों की आवाज़ गूँजने से ब्रिटिश और अधिक चौकस होकर जाने कौन-सा कदम उठायें।"

"क्यों ना हम लोहे की जगह चाँदी की मुहरें बनवा लें। उन्हें बनाने में अधिक शोर भी नहीं होगा।" - भवानी ने कहा।

"हाँ, यह ठीक रहेगा।" - हज़रत ने सहमति जताई।

''ठीक है। हम अभी जाकर सभी सुनारों तक नमूना पहुँचवाने की व्यवस्था कर उन्हें आनन-फ़ानन में मुहरें बनाने को कहते हैं। लेकिन, पहले पूरी सुरक्षा व्यवस्था बना लें।'' - मम्मू खाँ ने कहा।

''हाँ, मम्मू खाँ जी, हमारे दिमाग में पूरे इंतज़ाम का नक्शा खिंच गया है। ध्यान से सुनिये। हम महल के सभी कर्मचारियों को चाँदी की मुहरें दे देंगे और जिसके पास मुहर होगी वही महल में आ पायेगा। यह तो तय हो गया, लेकिन, इनके अलावा अगर आम जनता या कोई और हम तक आना चाहे तो उसे महल के बाहरी कमरे में ही जाँच के बाद बिठाया जाये और हमें खबर दी जाये। हम खुद वहाँ उससे मिलने जायेंगे। चाहे वह मिलने वाला परीखाने की कोई परी या उस्ताद जी ही क्यों न हों। महल के अंदर के हिस्से में उन्हें आने की कतई इजाज़त नहीं होगी। मम्मू खाँ अब आप जाइये और चाँदी की मुहरें बनवाने का इंतज़ाम करें।''

''ठीक है हज़रत बेगम। हम इस इंतज़ाम में थोड़ा और फेरबदल करना चाहते हैं।''

''जी ज़रूर। आप बताइये।''

''हम चाहते हैं कि महल के बाहरी दरवाज़े की चौकसी में सभी सैनिकों के साथ हम भी रहें और जिनके पास चाँदी की मुहरें हों, उन्हें भी रोज़ शाम को महल से बाहर जाते हुए एक खुफ़िया लफ़्ज़ बता दिया जाये। जिसे उन्हें मुहर दिखाकर बोलना हो और जिनके पास मुहरें नहीं हों उन्हें बाहरी कमरे में पहुँचने से पहले कुछ सवालों के जवाब भी देने पड़ें।''

''मम्मू खाँ जी, हम आपकी बात से सहमति जताते हैं। हमारे बताये गये इंतज़ाम में आपके बदलाव जोड़ दिये जाते हैं।''

''शुक्रिया हज़रत बेगम! अब हम जाते हैं।''

''जी, अपना ख़याल रखियेगा।''

''जी, और आप सब भी चौकन्ना रहियेगा।''

चाँदी की मुहरों और महल की कड़ी सुरक्षा व्यवस्था की खबर पूरे शहर से होते हुए जेम्स आउट्रम तक भी पहुँची। उस समय वह अपनी पदोन्नति का जश्न मना रहा था। लॉर्ड डलहौज़ी ने रेज़ीडेंट का पद समाप्त कर मेजर जनरल जेम्स आउट्रम को अवध प्रान्त का प्रथम चीफ़ कमिश्नर नियुक्त किया था। लॉर्ड डलहौज़ी के हस्ताक्षर वाले नियुक्ति पत्र की प्रति उसे मिल गई थी। वह शराब का गिलास ले झूमते हुए उसे बार बार पढ़ रहा था और बोलता जा रहा था

''बस्स, महारानी के सिग्नेचर वाला ऑर्डर मिलने की देर है, फिर अवध की सारी रंगीनियाँ मेरी और बेशुमार दौलत का एक हिस्सा भी मेरा। बाकी का मैं ब्रिटिश हुकूमत को सौंप दूँगा।''

अपने आपसे बातें करते जेम्स का सर थोड़ा-सा तब चकराया, जब रिचर्ड ने आकर उसे हज़रत की नई महल-सुरक्षा की जानकारी दी। व्यंग्य से हँसते हुए जेम्स आउट्रम ने कहा - ''तो बेगम की अकड़ गई नहीं? यह अपना सर उठाना चाहती है क्या रिचर्ड?''

''उनके रंग-ढंग से तो ऐसा ही कुछ लग रहा है।''

''कैसा रंग-ढंग? और तुम्हें यह सारी इन्फ़ोरमेशन क्या उसी बाँसुरी वाली औरत ने दी? एक बार सुना था कुछ अख्तर पिया गा रही थी।''

''जी सही फ़रमाया। हमें महल पर खास नज़र रखने की सख्त ज़रूरत है।''

''ठीक है रिचर्ड, तुम महल के आस-पास सैनिक बढ़ा दो और ऐसी नचनियों के साथ थोड़ा अधिक ऐश करना शुरू कर दो, ताकि अंदर की खबरें मिलती रहें।''

''अब तो अंदर की खबरें थोड़ी मुश्किल हैं जनाब।''

''मुश्किल हैं, नामुमकिन तो नहीं?'' तुम उस औरत को कुछ महँगे गिफ़्ट दो। सैर पर लेकर जाओ, उसके साथ सोओ। चाहे कुछ भी करो, लेकिन खबरें निकलवाओ।''

''ठीक है जनाब! मैं अपनी पूरी कोशिश करूँगा।''

रिचर्ड वहाँ से निकलकर लखनऊ की एक तंग गली में घुसा। एक छोटे से घर, जिसके सामने बदबूदार नाला बह रहा था, जाकर रुक गया। उसने अपनी पैंट की जेब से रूमाल निकाल कर नाक पर रखा, फिर आगे बढ़कर दरवाज़े पर दस्तक दी। दरवाज़ा एक बूढ़ी महिला ने खोला। उसकी दोनों आँखों में कीच भरी हुई थी और पानी बह रहा था, जिसे वह अपने मैले से दुपट्टे से बार-बार पोंछ रही थी। उस बूढ़ी महिला को देखते ही रिचर्ड बड़ी शालीनता से दोनों हाथ जोड़कर 'नमस्ते' कर बोला -

''माई अंदर आ जाऊँ?''

''हाँ, आओ।'' - कह कर माई दरवाज़े से अन्दर की ओर पलट गई। अंदर जाकर रिचर्ड दरवाज़ा अच्छे से बंद कर अपनी पैंट की जेब से कुछ नोट निकाल कर माई के हाथ पर रखता हुआ बोला -

''परीखाने में कब जा रही हो माई सुखनवर से मिलने?''

''जायेंगे। लेकिन सुना है कि परीखाने की चौकसी बढ़ा दी गई है।''

''जो भी हो, एक माँ को अपनी बेटी से मिलने से कोई नहीं रोक सकता।''

''हाँ यह तो है।'' - हँसते हुए माई ने रिचर्ड से लिए गये नोटों को अपने आँचल में बाँधते हुए कहा।

''इस बार सुखनवर को मेरा एक खास संदेश देना है।''

''क्या? बताओ।''

''उससे कहना कि वह दो-तीन दिनों के लिए मेरे घर आकर रहे।''

''और तुम्हारा परिवार? तुम्हारे बीवी-बच्चे?''

''वे कल से महीने भर के लिए मसूरी जा रहे हैं मौज-मस्ती के लिए।''

''ऐं! तुम उनकी गैरमौजूदगी में सुखनवर के साथ मौज करना चाहते हो?''

''यही समझ लो माई।''

''तो फिर इत्ते नोट से काम नाईं चलिहैं। और निकालो तो हम तुमरा संदेसा पहुँचायेंगे। नहीं तो बाहर का रास्ता नापो।'' - माई ने बेरुखी से कहा।

रिचर्ड ने अपनी जेब से बटुआ निकाल कर पूरा ही माई की हथेली पर उलट दिया। लेकिन, माई के चेहरे पर खुशी की रेखा नहीं आई। रिचर्ड की समझ में नहीं आ रहा था कि वह क्या करे? अचानक उसे कुछ याद आया। उसने अपनी शर्ट के अन्दर छुपी सोने की चेन निकाल कर माई के गले में डाल दी। चेन देखते ही माई की बाँछें खिल गईं। हँसते हुए उसने कहा -

''ठीक है-ठीक है। ठीक दो रोज़ बाद सुखनवर कैसे भी करके तुम्हारे पास पहुँच जायेगी। हम कल सुबह ही परीखाने जाते हैं।'' माई का अंतिम वाक्य सुनते ही रिचर्ड ख़ुश हो वहाँ से बाहर निकल गया। रिचर्ड के जाते ही माई ने जल्दी से दरवाज़ा बंद कर लिया और अपने आपसे बोली -

''यह ललमुँहा हमको खरीदना चाहता है। कुछ जुगत भिड़ाते हैं कि सुखनवर चली तो जाये, लेकिन उसके दिल का राज़ पोशिदाँ रहे। यह बन्दर, हमें बिकाऊ समझ बैठा है।'' - कहते हुए माई ज़ोर-ज़ोर से हँसने लगी। माई की हँसी सुन अंदर के कमरे से एक वृद्ध व्यक्ति निकला और तंज भरे स्वर में कहा -

''क्यों हँस रही है तू? हम होते तो यह सारा पैसा उस बंदर के मुँह पर मार देते और उसे भगा देते। पैसे देखकर तू ललचा गई थी बुढ़िया।''

''चुपकर बुड्ढे! हम कभी ललचाने वाले नहीं हैं। लालच तो तेरे मन में भरा

हुआ है। सारी ज़िन्दगी गुज़ार दी तेरे साथ और तू हमको लालची बोल रहा है?''

''हैं! निकाही बीवी होकर ऐसे बोल रही है? ज़िन्दगी गुज़ार दी, जैसे कोई एहसान किया हो हमारे ऊपर।''

''लेकिन अब हम एहसान ज़रूर करेंगे। चलो बाज़ार चलकर कुछ अच्छे कपड़े ले आते हैं। आज हमारा मन बिरियानी खाने का हो रहा है तो उधर से ही खाकर आयेंगे।''

''अरी ओ बुढ़िया बावली! पहले तेरी आँखों का इलाज करायेंगे हम। कम-से-कम हमें ठीक से देख तो पायेगी।''

''तुम भी ना! उमर हो गई लेकिन जवानी नहीं गई।''

''काहे जायेगी? तू जो है अभी पास में।''

माई अगले दिन सुखनवर के पास गई और रिचर्ड का संदेशा सुनाते हुए यह कहा – ''होशियार रहना। यह मत भूलना कि वह विदेशी है। हमारा कभी नहीं हो सकता।''

माई की चेतावनी से सुखनवर सिहर उठी और उसके ज़ेहन में रिचर्ड के साथ की पिछली मुलाकातें घूम गईं। उसने माई का हाथ अपने हाथ में लेकर कहा –

''माई, तू बेपरवाह रह। हम ऐसा कभी नहीं करेंगे।''

''ठीक है। ध्यान रखियो अपना।''

इन दिनों हज़रत की परेशानी के कई कारण थे। एक तो अवध की आम जनता की तरफ़ से रोज़ ब्रिटिश सैनिकों के ज़ुल्मों की खबरें आ रही थीं कि – 'कहीं बेरहमी से मार-पीटकर पैसों और अनाजों की वसूली की गई।' तो कहीं – 'घर से ज़बरन स्त्रियों को खींचकर ले जाया गया और उनके साथ बलात्कार किया गया।' अवध का चैन और आराम अब केवल बीते दिनों की बातें रह गई थीं। अवध के तमाम ताल्लुकेदारों में अलग असंतोष फैल रहा था। 'समरी सेटलमेंट' कानून पारित होने के कारण ब्रिटिश गवर्नर जनरल किसानों से सीधे टैक्स वसूली करने लगे थे और कई गाँवों को भी शातिराना तरीके से अपने कब्ज़े में कर लिया था। ब्रिटिश हुकूमत का यह रवैया ताल्लुकेदारों और ज़मींदारों में रोष भर रहा था। वे इसकी शिकायत बार-बार हज़रत से कर रहे थे। दिन-पर-दिन अवध की हालत बदतर होती जा रही थी। असामाजिक तत्वों का बोलबाला बढ़ता जा रहा था।

उधर कलकत्ता पहुँचते ही वाजिद अली शाह बीमार हो गये और काफ़ी सोच-विचार के बाद मलिका किश्वर ने ब्रिटिश हुकूमत से वाजिद अली शाह

की रिहाई की फ़रियाद करना उचित समझा। वह महारानी विक्टोरिया से मिलकर अवध की स्थिति बयान कर वाजिद अली शाह को गिरफ़्तारी मुक्त करने का आग्रह करना चाहती थीं, लेकिन, समस्या यह आ फँसी कि मलिका ब्रिटेन में विदेशियों का अन्न-जल कैसे ग्रहण कर सकती हैं। यह उनकी शान के खिलाफ़ बात तो थी ही, साथ ही, तत्कालीन भारतीय समाज में चल रही मान्यताओं के विरुद्ध भी थी। लिहाज़ा उन्होंने आलमआरा और वाजिद के दूसरे बेटे कैवां कद्र और साथ में दो सेवक एवं एक बावर्ची को साथ लिया और समुद्र के रास्ते निकल पड़ीं।

लेकिन, लंदन तक पहुँचने में मलिका को काफ़ी समय लग रहा था। इधर अवध में ब्रिटिश हुकूमत ने जगह-जगह अपनी सेना की टुकड़ी तैनात कर दी। जो, भिन्न-भिन्न प्रकार से आम जनता को परेशान करने लगी। कोई भी व्यक्ति सुरक्षित नहीं था। यहाँ तक कि अवध की सेना भी केवल मूकदर्शक मात्र रह गई थी। एक दिन हज़रत जैसे ही तैयार होकर महल के बाहरी कक्ष में आम जनता से मिलने गईं, सैनिकों की एक टुकड़ी त्राहिमाम करती हुई आई। पूछने पर मालूम हुआ कि कुछ लोगों ने उनकी बंदूकें और गोलियाँ छीन लीं और वे किसी तरह के आदेश के अभाव में चुपचाप देखते रह गये।

सुनकर हज़रत बेचैन हो उठी। वाजिद के अंतिम शब्द उसके ज़ेहन में गूँजने लगे- 'अब हमारा अवध आपके हवाले है बेगम।' तो क्या वह अवध को ऐसे ही तहस-नहस होता देखती रहेंगी? अवध, उसकी पैदाइशी जगह भी है और वाजिद उसकी ज़िन्दगी का इकलौता इश्क़। जाने आलम की आख़िरी ख़्वाहिश-

''खुश रहो, अहले वतन! हम तो सफ़र करते हैं।' - को कैसे भूल जायें?

'क्या कर सकते हैं हम अवध के लिए। जाने आलम, आपके रहते सब कुछ कितना आसान था। अब इस होते जा रहे बड़े बदलाव को हम कैसे सही करें? हमारा दामन हमारे ही दुख से छलनी हुआ जा रहा है। कहाँ कैसे बाँधें हम सबको?'-

हज़रत की चिंता को कहीं विराम नहीं मिल पा रहा था। रात में भी सोते हुए वह कई बार उठकर बैठ जाती और कोई उपाय तलाशने की कोशिश में पलंग से उठकर चहलकदमी करने लगती। जब सोचते-सोचते दिमाग थक जाता तो निढाल हो बिस्तर पर गिर जाती। ऐसे ही क्रम में जब एक बार हज़रत पलंग से उठकर चहलकदमी कर रही थी तो कमरे में पास के पलंग पर सोये बिरजिस कद्र उठ गये और हज़रत के पास आकर कहा -

''क्या बात है अम्मी, आप काफ़ी परेशान लग रही हैं। क्या हम आपकी

परेशानी दूर करने में आपकी कोई मदद कर सकते हैं?''

बिरजिस के अंतिम वाक्य के साथ ही हज़रत की आँखें चमक उठीं। जैसे, उसे समाधान मिल गया हो। उसने बिरजिस को अपने गले से लगाते हुए कहा –

''जीते रहिये बेटा। हमें ही नहीं अब पूरे अवध को आपकी ही ज़रूरत है।''

''हम समझे नहीं अम्मी।''

''जब हम कल मशवरा कर पक्का फ़ैसला ले लेंगे फिर आपको भी समझा देंगे। आप चिंता न करें। आइये अब हम दोनों सो जायें।''

''जी अम्मी।''

रात भर की चिंता और जागरण के कारण सुबह हज़रत जब सोकर उठी, पूरा महल जग गया था। जल्दी से तैयार हो उसने भवानी, उदा और मम्मू खाँ को बुलावा भेजा। भवानी और उदा तो महल में ही एक अलग कमरे में थीं तो वे फ़ौरन हाज़िर हो गईं और तीनों बैठकर मम्मू खाँ का इंतज़ार करने लगे। तकरीबन आधा घंटा इंतज़ार करने के बाद मम्मू खाँ भी आ गये। हज़रत ने मम्मू खाँ को देखते ही बैठने का इशारा किया। मम्मू खाँ ने हज़रत के अत्यन्त गंभीर चेहरे को देख कुछ सहमते हुए पूछा –

''क्या बात है हज़रत बेगम कोई हादसा हो गया क्या?''

''नहीं मम्मू खाँ जी। अब हमने जो फ़ैसला लिया है उसे आप सब ध्यान से सुनियेगा और अच्छे से सोच कर अपनी राय दीजियेगा।''

''जी हज़रत बेगम फ़रमाइये।''

अवध की गद्दी खाली है जिस कारण अवध की सेना खुद को बेसहारा समझने लगी है। आम जन के दुखों को हम केवल सुन रहे हैं लेकिन किसी प्रकार का कोई फ़ैसला लेकर उनके किसी भी दुख को कम करने की सलाहियत हमारे पास नहीं है, इसलिए हम चाहते हैं कि हम बिरजिस कद्र की ताजपोशी कल अवध के नवाब के रूप में करें और उनकी कम उम्र को देखते हुए उनके नाम पर राज-काज हम देखें।''

''यह तो बहुत अच्छा फ़ैसला है अम्मी।'' – भवानी ने तुरंत खुश होते हुए कहा।

''भवानी जल्दबाज़ी नहीं। हमारे पास इस फ़ैसले पर अच्छे से सोचने के लिए अभी पूरा एक दिन है।''

''हम आपके फ़ैसले के साथ हैं बेगम। बस हमारे मन में एक खौफ़ है कि बिरजिस कद्र के शाह बनने से अंग्रेज़ चुपचाप उसे कुबूल नहीं कर लेंगे।'' – उदा ने चिंतित स्वर में कहा।

''हम भी कुछ ऐसा ही सोच रहे हैं। हमारी राय में तो हम चुपचाप कल बिरजिस कद्र की ताजपोशी की तैयारी करते हैं और इसके साथ ही बारादरी के तहखाने में रसद जमा करना भी शुरू कर देते हैं।''

''जी मम्मू खाँ जी। पहले हम महल और परीखाने के खाली कमरों में रसद जमा करने का आदेश देते हैं फिर बारादरी के तहखाने में।''

''और रसद के कारण महल में चूहे आ गये तो?'' – भवानी के चेहरे और स्वर में भय था।

''तो हम उन्हें बंदूक से उड़ा देंगे।'' – उदा ने चुहल की।

''हाँ भवानी, यह मसला तो आयेगा। फिर हम ऐसा करते हैं कि रसद को चूहों से बचाने के लिए अलग से तैनाती करते हैं। हरेक कमरे के लिए दो लोगों की। जो साफ़-सफ़ाई और चूहे, कीड़ों से रसद को बचायेंगे। यह मसला बारादरी के तहखाने में भी आयेगा।'' – हज़रत ने भवानी और उदा की बातों का जवाब देते हुए चिंता भी जताई।

''हज़रत बेगम, बारादरी के ऊपरी हिस्से में हम कई लोगों को रख सकते हैं जो साफ़-सफ़ाई के अलावा वहाँ की रसद की निगरानी भी करेंगे।'' – मम्मू खाँ ने कहा।

''रसद तो हो गया। पानी की कोई कमी नहीं है। लेकिन, जलावन कहाँ रखे जायें। उदा का स्वर अतिरिक्त सावधानी से भरा हुआ था।

''क्यों ना हम महल से लगे हुए घुड़साल को खाली करवा कर वहाँ जलावन के लिए लकड़ियाँ और उपले जमा करवा लें।''

''फिर हज़रत बेगम हम घोड़ों को कहाँ रखेंगे?''

''मम्मू खाँ जी, महल के सामने जो मैदान है वहाँ हम एक अस्थाई घुड़साल बनवा लेते हैं।''

''ठीक है, इन सभी मंसूबों पर काम शुरू करते हैं। आप शहज़ादे बिरजिस कद्र को उनकी ताजपोशी और उसके बाद के कायदों के बारे में समझा दें। अभी उम्र ही क्या है उनकी? केवल बारह साल।''

''हाँ मम्मू खाँ जी, हम अब बिरजिस से ही बात करने जा रहे हैं।'' ऐसा कह कर हज़रत कमरे से निकल गई और पीछे-पीछे मम्मू खाँ, उदा तथा भवानी भी योजना को क्रियान्वित करने के लिए अपने-अपने काम में लग गईं। मम्मू खाँ के हवाले बिरजिस की ताजपोशी की तैयारी के अलावा रसद के भंडारण

का काम था तो उदा और भवानी के पास रसद की देखभाल तथा जलावन की व्यवस्था का भार।

बिरजिस अपने कमरे में बैठे पंडित जी से संस्कृत पढ़ रहे थे। हज़रत ने आते ही पूछा, ''क्या मौलाना जी अरबी और उर्दू पढ़ाकर चले गये या बाद में आयेंगे?''

''अम्मी, वे बाद में आयेंगे।'' – हज़रत को बेवक्त अपने कमरे में देख बिरजिस ने थोड़े आश्चर्य से कहा।

''ठीक है पंडित जी, आप अब बिरजिस की छुट्टी कर दें और मुमकिन हो तो जाते हुए मौलाना जी को भी आज आने से मना कर दें। हमें बिरजिस से कुछ ज़रूरी काम है।''

''जो हुक्म हज़रत बेगम। क्या हम दोनों कल हाज़िर हों?''

''नहीं कल भी पूरे दिन बिरजिस मसरूफ़ रहेंगे। उसके बाद आप दोनों के महल में आकर पढ़ाने के समय में फेरबदल होगा। जिसके बारे में समय पर आपको और मौलाना जी को इत्तला कर दी जायेगी।''

''जी बेगम।'' – कह कर पंडित जी चले गये।

हज़रत बिरजिस के बगल में बैठ गई और उसका सर सहलाते हुए कहा –

''बेटा हम आपसे अब जो कहने जा रहे हैं उसे ध्यान से सुनियेगा।''

''जी अम्मी, कहिये ना।''

''पहले हमारे दो सवालों का जवाब दें।

''पहला – क्या अवध के लिए और यहाँ की खुशी के लिए आप अपनी जान दे सकते हैं?''

''जी अम्मी। आप जब कहिये हम हाज़िर हैं।''

''हमारे कहने से नहीं बिरजिस। अपने जज़्बे से।''

''हाँ अम्मी! हम अपने अवध से बेइंतहा प्यार करते हैं।''

''आपका प्यार हम कैसे जानें?''

''जैसे आप अपना प्यार साबित करने के लिए रात भर जगती रहीं।''

''हम पूरी रात जगते रहे थे यह आपको किसने बताया?''

''अम्मी, हम रोज़ाना आपकी नींद सोते हैं और आपकी नींद ही जगते हैं। जब हमसे आपकी बेचैनी बर्दाश्त नहीं हुई तब हम उठकर आपके पास आये थे। हमें पता है कि आपके और अब्बू के सीने में अवध धड़कता है। हम भी उसी धड़कन की आवाज़ हैं अम्मी।''

बिरजिस की यह बात सुनते ही हज़रत ने उसे अपने सीने से लगा लिया।

उसकी आँखों से स्नेह के आँसू बह निकले। बिरजिस ने हज़रत के आँसू पोंछते हुए कहा –

''अम्मी, आपकी आँखों में आँसू हमें अच्छे नहीं लगते। आप हमारा, इस महल का और हमारे अवध का मुस्तकबिल हैं।''

एक पल को हज़रत को लगा जैसे सामने वाजिद खड़े होकर ये वाक्य बोल रहे हों। उसने अपने आपको तुरंत सँभाला और संयत स्वर में बोली –

''बिरजिस बेटा, हम कल आपकी ताजपोशी बतौर नवाब करेंगे और बालिग होने तक आपके नाम से राज–काज का काम हम खुद करेंगे। आप बीच के इन सालों में अपनी तालीम पूरी करेंगे।''

''जैसा आप कहें अम्मी।''

आज सुबह से ही महल और दरबार में गहमागहमी थी, लेकिन इसका कारण सबको मालूम नहीं था। कुछ को उम्मीद थी कि शायद वाजिद अली की वापसी सम्बन्धी कोई सूचना मिली है तो कोई कुछ और कयास लगा रहा था।

नियत समय पर हज़रत बिरजिस कद्र के साथ दरबार में आई। उसके साथ उदा और भवानी भी थीं। दरबार में जितने लोगों तक मम्मू खाँ ने सूचना पहुँचाई थी वे सभी उपस्थित थे। हज़रत ने अपनी सैनिक वाली वर्दी पहनी थी और बिरजिस बिलकुल अपने पिता वाजिद अली शाह की तरह तैयार होकर आये थे। बिना किसी आडम्बर के हज़रत ने बिरजिस कद्र को वाजिद अली शाह की गद्दी पर बिठा घोषणा की – ''अभी से अवध का अगला नवाब बिरजिस कद्र को बनाया जाता है। उनके बालिग होने तक हम उनके नाम से अवध का राज–काज देखेंगे।''

हज़रत की घोषणा के साथ ही दरबार में खुशी की लहर दौड़ गई। देखते–ही–देखते उसकी यह घोषणा अवध की आम जनता तक पहुँच गई। जिसने जैसे जिस हालात में खबर सुनी वह वैसे ही महल की तरफ़ हो लिया। सभी अपने नये नवाब और मल्लिका हज़रत बेगम को बधाई देना चाहते थे। बेहतरी की उम्मीद सबके मन में जग गई थी।

सबसे मिलते–मिलाते और उनकी समस्यायें सुन कर उन्हें आश्वासन देते–देते हज़रत का दिन कब निकल गया उसे पता ही नहीं चला। शाम को वह जब वापस अपने महल में आई तो सर में भारीपन महसूस हो रहा था। एक बाँदी को बुलाकर उसने सर में मालिश करने को कहा और लेटकर आँखें बन्द कीं। पलकें गिराते ही उसे अपनी आँखों में जलन और चुभन का अहसास हुआ। तुरंत उठकर उसने आईने में देखा तो दोनों आँखें ऐसी लाल हो गई थीं जैसे उनमें खून उतर आया

हो। बाँदी से उसने आँखों में गुलाब जल डालने को कहा।

गुलाब जल की ठंडी बूँदों ने आँखों को राहत दी और तेल की मालिश ने सर को। कुछ देर आराम करने के बाद हज़रत वाजिद अली शाह को खत लिखने बैठ गई।

'जाने आलम,

आपके जाने के बाद से अवध और महल दोनों वीरान से हो गये हैं। अवध की जनता पर किस कदर ज़ुल्म अंग्रेज कर रहे हैं इसको खत में तफ़सील से बताना नामुमकिन है। हम रोज़ इससे दो-चार होते थे और बेबसी का घूँट पीकर रह जाया करते थे। हमसे आवाम की हालत बर्दाश्त नहीं हो रही थी। तो हमने कल आपके नूरे-चश्म बिरजिस कद्र को लखनऊ का नवाब बनाने का फ़ैसला किया।

हम जानते हैं कि जाने आलम आपको हम सबकी खूब याद आती होगी और आप हमारे लिए बेचैन भी रहते होंगे। हमारी आपसे दिली गुज़ारिश है कि आप ऐसी किसी भी चिंता से खुद को अलग रखें और खुश रहने की कोशिश करें।

आपने हमें जो ज़िम्मेदारियाँ दी हैं उन्हें हम जी-जान से निभाने की पूरी कोशिश कर रहे हैं।

आज बिरजिस की ताजपोशी का दिन था और आज हम सुबह से ही रोना चाहते थे। आपसे इतनी दूरी हमने ख़्वाब में भी नहीं सोची थी। लेकिन हमारे वश में कुछ भी तो नहीं! रोना भी नहीं। हमारा दिल ज़ार-ज़ार हो रहा था और आँखें सूखी अपने काम में डूबीं। आपकी जादुई आवाज़ हमारे अन्दर घुल रही थी, आपके लफ़्ज़ हमें घेरे हुए थे। रात होते-होते आँखें लाल हो गईं। हमने सोचा कि मौसम का असर है लेकिन अब तक दिल को थोड़ी राहत महसूस हो रही थी। नहीं चाहते हुए भी हम समझ गये कि दिल में कैद आँसू हमारी आँखों की नसों में लहू बनकर दौड़ने लगे हैं। जाने आलम, आपके बगैर हम कैसे खुद को सँभाले हुए हैं यह हमारा दिल ही जानता है। जो आँखें आपको न देखें तो बेचैन हो जाती थीं, आज अपनी बेचैनी से लड़ती हुई खामोश हैं। वक्त का यह अंजाम हमने कब सोचा था? हम वक्त का रुख अपनी ओर मोड़ने की जी-जान से कोशिश ज़रूर करेंगे। अब खत लिखना बंद करते हैं। आँखों की चुभन बढ़ती जा रही है।

समय-समय पर हम अवध और महल की हालत आपको खत के माफ़ॅत बयान करते रहेंगे। अपना ख़याल रखियेगा। खुदा हाफ़िज़।

– आपकी हज़रत।'

पत्र लिखकर समाप्त करते-करते हज़रत की आँखों की चुभन इतनी तेज़ हो गई कि खुली आँखों से उसे सब कुछ धुँधला-सा नज़र आने लगा। उसने बिना दुबारा पढ़े खत को बंद कर अपनी मुहर लगाई और अच्छे से सँभालकर रख दिया। अगले दिन किसी तेज़ और विश्वासी घुड़सवार के हाथों उसे वाजिद तक भिजवाने के लिए।

आँखों की तेज़ चुभन और मन की उदासी से हज़रत को खाने का मन नहीं किया। उसने बाँदी को गुलाब जल से तर कर मलमल की पतली पट्टी बनाकर लाने को कहा और उसे अपनी आँखों पर रख चुपचाप लेट गई। पिछली रातों की तरह आज भी नींद उससे कोसों दूर थी। फिर भी, पट्टी की नरमी और ठंडक से कुछ आराम मिल रहा था। मन में विचारों का प्रवाह जारी था। वह अपने विचारों से चाहकर भी मुक्त नहीं हो पा रही थी। उसने आँखों पर से पट्टी हटाकर आँखें खोलीं। इस बार भी उसे हर चीज़ धुँधली ही नज़र आई। मन हुआ बाँदी को आवाज़ दे, हकीम जी को बुलाने को कहे, तब तक बिरजिस कद्र कमरे में आये और अम्मी को इस परेशान हालत में देख परेशान हो गये। हज़रत के मना करने के बावजूद वे उनके सिरहाने बैठ कर सर सहलाने लगे। बेटे के स्नेह का स्पर्श हज़रत के तनाव को कम करने लगा। उसने बिरजिस का हाथ स्नेह से थामते हुए कहा –

''बेटा, आप पूरे दिन की गहमागहमी से थक गये होंगे। अब आप आराम कीजिये।''

''नहीं अम्मी, हम बिलकुल भी नहीं थके। जब तक आपको आज नींद नहीं आ जाती हम नहीं सोयेंगे। ज़रा रुकिये, हम चंदन और खस का लेप तैयार करवाकर लाते हैं।'' – कहते हुए बिरजिस कमरे से निकल गये, और करीब दसेक मिनटों के बाद हाथ में लेप लिए हुए अन्दर दाखिल हुए। उन्होंने प्यार से वह लेप अपने हाथों से हज़रत के ललाट पर लगाया। फिर बंद आँखों की पलकों पर सावधानी से पतली लकीर की तरह लगाया। लेप की ठंडक और बेटे के स्नेह ने हज़रत का तनाव अब काफ़ी कम कर दिया था। यह लेप का असर था या बिरजिस के स्नेह की गर्माहट थी कि आँखों की चुभन आँखों से अनायास ही बह निकली थी, जिसे बिरजिस बड़े प्यार से कभी अपनी हथेलियों से तो कभी रेशमी रूमाल से पोंछते जा रहे थे। तकरीबन घंटे भर बाद हज़रत अपने आपको स्वस्थ महसूस

करने लगी तो उसने एक भीगा हुआ रूमाल लाने को कहा और अपनी पलकों को पोंछकर धीरे से आँखें खोलीं। इस बार आँखों का धुँधलापन खत्म हो गया था। चुभन भी कम हो गई थी। बिस्तर से उठकर गुसलखाने में जाकर उसने हाथ–मुँह धोए फिर अपने पलंग पर लेटे हुए बिरजिस के बालों में उँगलियाँ फिराती उनके सोने का इंतज़ार करने लगी। जब से वाजिद की गिरफ़्तारी हुई, तब से हज़रत ने बिरजिस का बिस्तर अपने कमरे में ही करवा दिया था।

हज़रत की चिंता के अब कई कारण और हो गये। जनता में फैले असंतोष को सबसे पहले दिशा देनी थी। लोग अपने असंतोष के कारण लूटपाट जैसे काम करने लगे थे, जिसे खत्म करने के लिए हज़रत ने मन–ही–मन एक योजना बनाई। वह शाही महल से बाहर आम जनता के बीच में गई। उसने अपनी जनता को सम्बोधित करते हुए कहा –

''आपके और हमारे प्यारे सुल्ताने आलम ने जाते वक्त हमसे अवध की रक्षा और खुशहाली का वादा लिया था। उसी वादे की खातिर हमने अपने नाबालिग बेटे बिरजिस कद्र को अवध का नवाब बनाया और अब आपके मौजूदा नवाब की तरफ़ से हम अर्ज़ी लेकर आपके दरबार में आये हैं। हमारी आप सबसे गुज़ारिश है कि थोड़ा सब्र से काम लेते हुए आपसी प्रेम का माहौल कायम करें। यह जो आप अपना गुस्सा लूटपाट मचाकर निकाल रहे हैं उसके लिए हम शर्मिन्दा हैं। हमारी दिली ख़्वाहिश है कि आप सब अवध की आपसी प्रेम–मुहब्बत की रवायत को अपनायें। हम सब जब तक एक नहीं होंगे, खुशहाली हमसे दूर होती जायेगी। सुल्ताने आलम ने लखनऊ छोड़ते वक्त कहा था – 'खुश रहो अहले वतन हम तो सफ़र करते हैं।' हम सबको मिलकर अपने प्यारे सुल्तान की यह आख़िरी दुआ ज़रूर पूरी करनी है। हमें यकीन है कि आप सब इसी वक्त से अपना भाईचारा कायम ज़रूर करेंगे।''

हज़रत के इन शब्दों का जादुई असर लखनऊ ही नहीं, पूरी अवध की जनता पर हुआ और जनता के बीच फैली अव्यवस्था तथा लूटपाट आदि घटनायें कम होती चली गईं।

हज़रत ने दरबार की व्यवस्था में भी बदलाव किया। उसने शरफ़उद्दौला को नायब, मम्मू खाँ को दीवान, हिसामुद्दौला को जनरल तथा राजा जयलाल सिंह को सेना का कलेक्टर नियुक्त किया। सेना के अन्दर उसने व्यापक सुधार करते हुए सेना में प्रजातांत्रिक व्यवस्था लागू की। जिसमें सैनिक अपने ऑफ़िसर और ऑफ़िसर अपने कमाण्डर चुनते थे। साथ ही, अगर सैनिक चाहते, तो इन्हें अपने

पद से हटा भी सकते थे। इस व्यवस्था से जहाँ सैनिकों में खुशी और संतुष्टि की लहर दौड़ी, वहीं चुने गये सैन्य-अधिकारी भी अपने सैनिकों का खूब ख़याल रखने लग गये।

हज़रत ने इस गठन के तुरंत बाद ही अवध भर के ताल्लुकेदारों और ज़मींदारों को एक पत्र भेजा –

'आप सबसे हमारी खास दरख़्वास्त है कि आप हर तरह के आपसी भेदभाव, जाति-धर्म, सब कुछ भूलकर अपने अवध के लिए हमारे साथ आयें।

हम नवाब वाजिद अली शाह के वारिस, नये नवाब बिरजिस कद्र की तरफ़ से यह खत आप सबको भेज रहे हैं।'

हज़रत के इस आग्रह का स्वागत अवध के सभी ताल्लुकेदारों और ज़मींदारों ने दिल खोलकर किया और जवाब में हज़रत को सहमति दी। उत्साहित हो हज़रत ने एक 'प्रजातांत्रिक न्यायालय' का गठन किया, जिसमें किसी भी मामले को तर्कों की गहरी विवेचना के बाद सुलझाया जाने लगा। हज़रत खुद हफ़्ते में दो या कभी-कभी तीन दिन इस न्यायालय में जाती थी और हरेक मामले को गंभीरता से सुनकर निर्णय देती थी।

हज़रत के इस बुद्धि कौशल से अवध की आम जनता के साथ-साथ ताल्लुकेदारों में भी प्रसन्नता की लहर दौड़ गई।

एक शाम हज़रत प्रजातांत्रिक न्यायालय से थकी हुई महल वापस आई तो अन्दर का दृश्य देखकर चौंक गई। भवानी क्रोध से उबलती हुई तेज़ कदमों से बेचैन इधर-उधर टहल रही थी, बिरजिस कद्र भयभीत से आँगन में रखे झूले पर बैठे हुए थे और महल के सभी सेवक-सेविकायें आस-पास चिंतित से खड़े थे। हज़रत ने हैरानी भरे स्वर में पूछा –

"क्या हुआ? क्या बात है?"

जवाब भवानी ने दिया – "हमें हमारे रेज़ीडेंसी के खास खबरी बब्बन ने बताया कि सुखनवर परी ने उस गोरे रिचर्ड को हमारे महल के खुफ़िया रास्तों के नक्शे दे दिये हैं। सुखनवर पिछले पन्द्रह दिनों से परीखाना छोड़कर रिचर्ड के घर में रह रही है।"

"यह बात तुम्हारे खबरी बब्बन को कैसे मालूम हुई?"

"रिचर्ड को मुगलिया खाना खाने का ज़बरदस्त शौक है। उसने हमारे शाही बावर्ची के ही एक पहचान के लड़के बब्बन को अपने यहाँ खाना बनाने के लिए रखा है जिसे हमने अपना खबरी बना लिया है।"

''लेकिन सुखनवर के पास तो इतना दिमाग नहीं कि वह हमारे गुप्त रास्तों सहित महल का नक्शा बना सके। ओह! यह वही सुखनवर है जो जाने आलम से अपने सच्चे प्यार का दावा करती थी। अब, उनके अवध से निकलते ही गोरे के प्रेम में पड़ गई? कितनी जल्दी अपना ईमान बदल लिया इसने? अभी थोड़ी देर पहले ही यह खबर आई कि साहबे आलिया खाली हाथ वापस कलकत्ता लौट रही हैं। महारानी ने चालाकी से उनसे मुलाकात एक शाही भोज में रखवाई, जिस कारण साहबे आलिया अपनी बात खुलकर न तो बोल पाईं और न ही महारानी को मेहमानों की भीड़ में कुछ सुनने का समय ही मिला। लिहाज़ा, साहबे आलिया निराश वापस आ रही हैं। अब यहाँ महल में आते ही यह सब। अच्छा भवानी तुम पहले बब्बन को बुलवाओ। कितनी देर में वह हाज़िर हो सकता है?''

''जी आध-पौन घंटे में उसे पकड़कर किसी तरह हाज़िर करवाते हैं।''

''ठीक है। बिरजिस आप चिंता न करें। कमरे में जाकर आराम करें। हम इस मामले को सुलटाते हैं।''

''जी अम्मी।'' बिरजिस ने वहाँ से जाते हुए कहा।

बिरजिस के महल के अन्दर के कमरे में चले जाने के बाद हज़रत आँगन में रखे झूले पर बैठ पास खड़े शाही बावर्ची को बुला पूछताछ करने लगी।

''तो आपका वह परिचित बब्बन आपका कितना और कैसे परिचित है मियाँ? हमें ज़रा तफ़सील से बतायें।''

''हुज़ूर, बब्बन हमारे पड़ोसी अमजद अली का लड़का है। बचपन से ही अमजद भाई ने उसे हमारे साथ लगा दिया था कि खाना पकाना सिखा दो। हम उसे अपनी शागिर्दी में रखे हुए थे। अक्सर महल में भी लेकर आते थे। वह हमारा हाथ बँटाया करता था।''

''हम समझ गये। क्या आप सब में से कोई हमें यह बता सकता है कि परीखाने में रह रहा ऐसा कौन-सा शख़्स है जो महल के सभी खुफ़िया रास्तों को जानता है और उसका नक्शा बनाने की भी काबिलियत रखता है।''

हज़रत के इस सवाल का जवाब किसी के पास नहीं था। लिहाज़ा जवाब में चुप्पी छाई रही। हज़रत समझ गई, इस मामले को सुलझाना इतना भी आसान नहीं होगा। वह अपनी ही उधेड़बुन में खो गई। खामोशी की एक गहरी परत महल पर तैर गई।

खामोशी की इस गहराई को भेदती कुछ तेज़ कदमों की आवाज़ें महल में गूँजने लगीं, जो लगातार तेज़ होती हुई हज़रत के पास आकर रुक गईं। हज़रत ने

अपनी चिंता से निकल कर उधर नज़र फिराई तो देखा उदा और भवानी एक सहमे हुए युवक के साथ खड़ी हैं। उदा पर नज़र पड़ते ही हज़रत ने कहा –

''उदा, तुम अभी जाकर राजा जयलाल सिंह जी को बुलाकर लाओ। सीधे-सीधे कहना कि हमने महल में बुलाया है।''

''जी हज़रत बेगम।'' – कह कर उदा तुरंत बाहर की तरफ़ चल दी।

''भवानी तुम्हारे साथ जो यह सहमा हुआ खड़ा है वह कौन है?''

''अम्मी, यही बब्बन है।''

''अच्छा तो बब्बन, तुमने अभी तक जो भी रिचर्ड के घर पर कुछ अलग-सा गौर किया है तफ़सील से हमें बताओ।''

''जी हुज़ूर, पिछले तकरीबन दो हफ़्ते से सुखनवर परी रिचर्ड सर के घर पर उनकी बेगम की तरह रह रही है।''

''और रिचर्ड की बेगम कहाँ हैं?''

''जी वह बच्चों समेत कहीं किसी पहाड़ पर छुट्टियाँ मनाने गई हुई हैं।''

''हुँ। आगे कहो।''

''हमने आज सुबह टेबल पर नाश्ता लगाते हुए देखा कि सुखनवर परी टेबल पर नक्शा फैलाये हुए रिचर्ड साहब के साथ बैठी हुई उनको बता रही थीं कि महल के खुफ़िया रास्ते यहाँ-यहाँ हैं।''

''ठीक है, और कुछ भी जानते हो तुम उनके बारे में?''

''जी नहीं हुज़ूर।''

''तुम जाओ यहाँ से और भवानी आओ हम परीखाने चलें।''

''जी अम्मी।''

हज़रत जब भवानी के साथ परीखाना पहुँची तो वहाँ परियों के कई गुट अलग अलग बैठे हुए आपस में खुसर-पुसर कर रहे थे। हज़रत ने चुपचाप पूरे परीखाना का निरीक्षण किया। किसी ने कुछ बात भी करनी चाही तो वह उसकी उपेक्षा करती आगे बढ़ गई। अचानक चलते-चलते वह एक जगह रुक गई। उसने पलट कर भवानी से कहा –

''भवानी परीखाने का रसोईया कौन है?''

''अभी मालूम करते हैं अम्मी।''

थोड़ी देर में ही भवानी ने पता करके बताया कि परीखाने में कुल चार रसोइये हैं और वे चारों परीखाने के पीछे बने कमरे में सो रहे हैं।''

''वहाँ जाओ और चारों को लेकर हमारे महल तक आओ। राजा जयलाल

सिंह अब पहुँचने वाले होंगे।''

''ठीक है अम्मी हम लेकर आते हैं।''

महल में हज़रत के वापस लौटने से पहले ही उदा के साथ राजा जयलाल सिंह हज़रत का इंतज़ार कर रहे थे। हज़रत को देखते ही उठ खड़े हुए।

''राजा साहब। हमें आपसे एक बहुत ज़रूरी बात करनी है।''

''जी हुज़ूर, पहले आप बैठें।'' हज़रत ने अपनी कुर्सी राजा जयलाल सिंह की कुर्सी की तरफ़ खिसकाई और बैठते हुए कहा – ''हमारी घुड़सवार सेना का सबसे तेज़ और काबिल घुड़सवार सैनिक कौन है?''

''हुज़ूर, आगा मिर्ज़ा हैं।''

''आगा मिर्ज़ा?''

''हाँ हुज़ूर। आगा जिस भी घोड़े पर सवार होता है उसकी रफ़्तार सामान्य से अधिक हो जाती है। वह जांबाज़ होने के साथ-साथ बुद्धि-कौशल में भी निपुण है।''

''क्या आप अभी उसे हमारे पास लेकर आ सकते हैं?''

''जी हुज़ूर। आप थोड़ा इंतज़ार कर लें हम अभी आते हैं।''

''ठीक है।''

राजा जयलाल सिंह के जाने के कुछ मिनटों के बाद ही भवानी परीखाने के रसोइयों के साथ दाखिल हुई। हज़रत ने उन्हें एक लाइन में खड़ा कर कहा –

''भवानी और उदा तुम दोनों महल के सभी दरवाज़े जो बाहर की तरफ़ जाते हैं उन्हें बंद कर दो। यहाँ जो भी हैं वे सभी इन चारों पर अपने मुक्के बरसायें।''

''लेकिन हुज़ूर, हमारा कुसूर क्या है?''

''यह भी मालूम हो जायेगा। अभी हमने जो कहा उस हुक्म की तालीम की जाये।''

हज़रत का इशारा पाते ही अब तक खड़े या उकड़ूँ बैठे सेवकों में जान आ गई। चारों तरफ़ से सभी उन चारों पर पिल पड़े। तभी हज़रत ने देखा कि किसी तरह से एक रसोईया सबके चंगुल से छूटकर महल के उस खुफ़िया रास्ते की तरफ़ भाग रहा है जो सीधा गोमती नदी में जाकर खुलता है। बिना कोई समय गँवाये हज़रत ने खुद ही तेज़ी से दौड़कर उसे दबोच लिया और बोली –

''बस, अब यह मार-कुटाई बन्द करो।''

फिर, उस रसोईये को एक कोयले का टुकड़ा दिलवाते हुए कहा – ''तुम महल को जितना जानते हो, यहाँ के खुफ़िया रास्ते जो भी जानते हो, उसका एक

नक्शा यहीं फ़र्श पर तत्काल बनाओ। नहीं तो तुम्हारा सर अभी कलम कर दिया जायेगा।''

काँपते हुए रसोईये ने कोयले से जो महल का नक्शा फ़र्श पर बनाया, उसे देखकर हज़रत, उदा और भवानी के चेहरे पर मुस्कान फैल गई। उस रसोईये को बस एक ही खुफ़िया रास्ते का पता था, जिसकी तरफ़ वह भागा था। बाकी उसने सारे ही रास्ते गलत बनाये थे। फिर भी, अब यह जानना भी ज़रूरी था कि वह एक रास्ता भी उसे कैसे मालूम हुआ। लिहाज़ा, हज़रत ने कड़कते हुए पूछा –

''कैसे जानते हो तुम ये रास्ते?''

''हुज़ूर हमारे चचाजान महल में चौकीदार हुआ करते थे। हम कभी-कभार बचपन में यहाँ आ जाया करते थे। एक दफ़ा चचाजान हमें इसी खुफ़िया रास्ते से गोमती तक ले गये थे।''

''उदा, इसे ले जाकर जेल के कोतवाल के ज़िम्मे सौंप दो और उनसे कहना कि जब तक हम न कहें वह इसे रिहा न करें। बाकियों को वापस जाने की इजाज़त है।''

राजा जयलाल सिंह के साथ आया आगा मिर्ज़ा हज़रत की यह कार्यवाही देख रहा था। उदा को दिये गये हुक्म के तुरंत बाद उसने कहा –

''हुज़ूर, आप अपने हुक्म पर विचार करें।''

''कौन हो तुम?''

''हुज़ूर यह आगा मिर्ज़ा हैं।'' – जवाब राजा जयलाल सिंह ने दिया।

''क्यों विचार करें? तुम इस मामले को कितना जानते हो?''

''हुज़ूर इस मामले को हम भी अब उतना ही जानते हैं जितना आप। राजा साहब ने पूरा मामला हमें रास्ते में ही बता दिया था।''

''और राजा साहब आपको कैसे मालूम हुआ?''

''हुज़ूर, उदा ने बताया। उदा को भवानी से मालूम हुई थी बात।''

''अच्छा-अच्छा हम समझ गये। आगा तुम क्या कहना चाहते हो?''

''हुज़ूर, इस रसोइये को हम अपनी निगरानी में रखते हैं यह सुखनवर परी का खास है तो इसी खास से हम सुखनवर परी को रिचर्ड के पास से वापस बुलवा कैद कर सकते हैं।''

''वाह! हमने ऐसा क्यों नहीं सोचा। बहुत खूब। सुनो रसोइये तुम्हारा नाम क्या है?''

''हुज़ूर अहद।''

''ठीक है अहद, तुम सुबह होते ही सुखनवर परी के पास जाकर उससे

कहोगे कि तुम्हारे पास कुछ और राज़ हैं लेकिन तुम उसे वे अकेले में बताना चाहते हो, फिर तुम उसे साथ लेकर रेज़ीडेंसी के दरवाज़े से बाहर आओगे। वहाँ आगा मिर्ज़ा होंगे।''

''जी हुज़ूर।'' – रसोईये ने काँपते स्वर में कहा।

''और अगर तुमने हमारे हुक्म की तामील में रत्ती भर भी इधर-उधर की तो हम तुम्हारा सर खुद अपने हाथों से कलम कर देंगे।''

''हुज़ूर हम ऐसा कुछ नहीं करेंगे।'' – अहद गिड़गिड़ाता हुआ बोला।

''आगा, कल तुम सुखनवर को जेल में डालने के बाद हमसे मिलना। तुम्हें हमने एक अलग काम के लिए तलब किया था।''

''जी ठीक है हुज़ूर। हम अभी अहद को अपने साथ लिए जाते हैं।''

''हाँ ठीक है।''

आगा मिर्ज़ा और अहद के जाने के बाद हज़रत ने उदा और भवानी को गोमती नदी में खुलने वाले रास्ते में कंटीली झाड़ियाँ बिछवाने को कहा। उसे इस बात का पूरा यकीन था कि वह नक्शा हर हाल में डलहौज़ी तक भी पहुँचेगा और वह उसका कभी भी गलत इस्तेमाल कर सकता है।

सुखनवर की गिरफ़्तारी से पूरा परीखाना सहम गया। हज़रत ने परीखाने के चारों तरफ़ सैनिकों की कड़ी पहरेदारी लगवा दी और यह हिदायत दी कि परीखाने में आने-जाने वालों की कड़ी निगरानी की जाये। साथ ही, उनका एक अलग से ब्यौरा रखा जाये।

आज की रात फिर से हज़रत के निजी कमरे में मंत्रणा हो रही थी। लेकिन, इस बार मंत्रणा में मम्मू खाँ, उदा और भवानी के अलावा आगा मिर्ज़ा भी मौजूद था। हज़रत ने सधे स्वर में कहना शुरू किया –

''हम चाहते हैं कि हमारे कुछ घुड़सवार सिपाही वेश बदल कर अपने कपड़ों में गोला-बारूद छिपाकर कलकत्ता जायें और जाने आलम को ब्रिटिश कैद से रिहा कर वापस लेकर आयें।''

''लेकिन ब्रिटिश सैनिकों की कड़ी निगरानी है। लखनऊ की सीमाओं के पार कैसे जाया जा सकता है? – मम्मू खाँ के स्वर में चिंता की झलक थी।

''हम जा सकते हैं। साथ में अपने अलावा केवल चार घुड़सवार लेकर जायेंगे।'' – आगा मिर्ज़ा ने दृढ़ शब्दों में कहा।

''उनमें से एक हम होंगे।'' – उदा।

''और दूसरे हम।'' - भवानी।

''उदा और भवानी तुम दोनों की हमें यहाँ बहुत ज़रूरत है। उदा तुम हमारे साथ हमेशा होती हो तो हम खुद को महफ़ूज़ समझते हैं और भवानी हम बिरजिस की सुरक्षा के लिए केवल तुम पर यकीन कर सकते हैं।'' - हज़रत ने निर्णायक स्वर में कहा।

''हुज़ूर, आपका हुक्म हो तो हम अपनी पसंद के चार तेज़ घुड़सवार सिपाही चुन लें?''

''हाँ आगा मिर्ज़ा और अपना मंसूबा भी यहाँ सबको बताओ ताकि उसमें कोई कमी हो तो उसे हम पूरी करने की कोशिश करेंगे।''

''जी हुज़ूर, हम और बाकी चारों सैनिक अलग-अलग वेश धारण कर यहाँ से निकलेंगे। कोई व्यापारी के वेश में तो कोई आम जन के वेश में। हम पाँचों कलकत्ता तक पूरे दिन अलग-अलग चलेंगे और रात के अंधेरे में किसी भी शहर के शराबखाने में मिलेंगे। वहाँ से निकलने से पहले हम कोई खुफ़िया लफ़्ज़ तय कर लेंगे ताकि अगली बार जब हम फिर से आगे बढ़ें और कहीं मिलें तो बिना संदेह एक-दूसरे को पहचान तो लें ही मदद की ज़रूरत होने पर मदद भी करें।''

''एकदम बचकाना मंसूबा है।'' - हज़रत ने हँसते हुए कहा।

''तुम्हें क्या लगता है, अंग्रेज़ इतने बेवकूफ़ हैं कि तुम सब पर बिना कोई नज़र रखे तुम्हें घोड़ों के साथ जाने देंगे?''

''फिर हुज़ूर ही बतायें कि कैसे, क्या किया जाये?''

''मेरे ख़याल से तुम पाँचों एक साथ या एक ही दिन मत निकलो। बल्कि अलग-अलग दिन यहाँ से रवाना होओ और साथ में गोला-बारूद ले जाने का मंसूबा भी छोड़ दो। कोई भी असलहा लेकर निकले तो पकड़े जाने का खौफ़ भी होगा। हो सकता है कि ब्रिटिश सैनिक पूरी तरह से जाँच-परख कर ही सीमा पार करने देते हों।''

''फिर हम गोला-बारूद कहाँ लेंगे?''

''मम्मू खाँ जी आप बताइये।''

''जी हज़रत बेगम। गोला-बारूद जब तुम पाँचों कलकत्ता में इकट्ठे हो जाओगे या तो ब्रिटिश छावनी से रात में जाकर निकालकर लाओगे या फिर हमारा एक ख़ैरख़्वाह है, जिसे हम खत लिख देते हैं। ख़त उन्हें दे देना। वह हफ़्ते भर में इंतज़ाम कर देंगे।''

''लेकिन जनाब, हमें तो छावनी से सीधे गोला-बारूद निकालना अधिक

सही लग रहा है। इससे हमारा समय ज़ाया नहीं होगा और फिर हम हफ़्ते भर बिना किसी काम के केवल गोला-बारूद का इंतज़ार करते हुए क्यों रहें?''

''मम्मू खाँ जी, आगा सही कह रहा है। छावनी से चुपचाप गोला-बारूद किसी तरह से निकालकर जाने आलम को आज़ाद करा पहले किसी खुफ़िया जगह पर ले जाना होगा। फिर वेश बदल कर कलकत्ता से दिल्ली या कानपुर ले आना होगा। आगे मौका देखकर रात के अंधेरे में चुपचाप लखनऊ लेकर आना होगा।''

''जी हुज़ूर, हम आपकी पूरी बात समझ गये। अब हमें इजाज़त दें। हम अभी से अपना काम शुरू करते हैं। कल दोपहर तक एक घुड़सवार सैनिक को यहाँ से रवाना करते हैं। हम खुद आख़िरी दिन यहाँ से निकलेंगे और कोशिश करेंगे कि किसी तरह से अपनी बंदूक भी छुपाकर ले जायें।''

''ठीक है आगा। हम तुम्हारी कामयाबी के लिए रोज़ दुआ माँगेंगे। जाने आलम को सही-सलामत वापस लखनऊ में देखने का ख़्वाब अल्ला पूरा कर दे। इससे अधिक हमें उनसे और कुछ नहीं चाहिए।'' - कहते हुए हज़रत की आँखों में आँसू की छोटी-सी कणि चमकी और फिर आँखों के अंदर ही समा गई।

आगा मिर्ज़ा के जाने के बाद हज़रत ने कहा -

''हम कल से पूरे अवध का दौरा करना चाहते हैं। उदा हमारे साथ जायेगी और भवानी, हमारे महल में आने तक पूरे महल की सुरक्षा की ज़िम्मेदारी तुम्हारी।

''मम्मू खाँ जी, कल दोपहर बाद हमारे निकलने का इंतज़ाम करें। हम हरेक ताल्लुकेदार और ज़मींदारों से उनके इलाके में जाकर निजी तौर पर मिलना चाहते हैं।''

''ठीक है हज़रत बेगम। जैसा आप चाहें। हम अभी से ही तैयारी शुरू कर देते हैं और कल दोपहर का खाना खाकर आपके निकलने का इंतज़ाम भी कर देते हैं। हमें अब इजाज़त दें।''

''जी मम्मू खाँ जी। हम चाहते हैं कि हमारे साथ सेना की एक छोटी टुकड़ी और दो रसोईयों समेत दो बाँदियाँ भी हों।''

''जी हज़रत बेगम।'' - कह कर मम्मू खाँ महल से चले गये।

''भवानी, तुम्हें बहुत अधिक सचेत रहने की ज़रूरत है। अपने भाई बिरजिस का खास ध्यान रखना।''

''आप फ़िक्र न करें अम्मी। हम अपनी जान की बाज़ी लगा देंगे।''

''नहीं हमारी बच्ची, तुम हमें अपनी जान से अधिक अज़ीज़ हो। हम वापस आकर तुम सबको सही-सलामत देखना चाहते हैं।'' - कहते हुए हज़रत ने भवानी को पास खींच स्नेह से चूम लिया।

आगा मिर्ज़ा जब कलकत्ता पहुँचा, तब तक उसके चारों साथी भी पहुँच चुके थे। वे चारों अलग-अलग ठिकाना बदलते हुए रह रहे थे। योजना के मुताबिक चारों आगा मिर्ज़ा के तय किये गये छावनी के पास के शराबखाने में मिले। शराबखाने के एक कोने के टेबल पर शराब के प्यालों के साथ बैठे वे टुकड़ों में एहतियात बरतते हुए अपनी आगे की योजना बना रहे थे। तय हुआ कि साथ में आया सबसे कम उम्र का माखन सेना में भर्ती होने की बात कहकर छावनी क्षेत्र में प्रवेश करे। अगर उसे दो-चार दिनों के अन्दर सेना में भर्ती मिल जाती है तो वह सबसे पहले छावनी के उस क्षेत्र का पता लगाये, जहाँ गोला-बारूद रखा हुआ है और फिर इसी शराबखाने में रात को आकर अन्य साथियों तक उसकी सूचना पहुँचाये। फिर, आगे की योजना तैयार कर बाकी चारों छावनी से गोला-बारूद निकालेंगे।

इसे संयोग ही कहा जा सकता है कि माखन जब छावनी में अपनी भर्ती की अर्ज़ी लेकर गया तब वहाँ सैनिकों की भर्ती की प्रक्रिया चल रही थी। माखन उसमें शामिल हो गया और चयनित भी।

इधर आगा मिर्ज़ा अपने अन्य साथी सैनिकों के साथ वाजिद को जिस महल में कैद कर रखा गया था उसके चारों तरफ़ पूरा दिन घूमता रहता, ताकि उन्हें अन्दर जाने का कोई सुराग मिल जाये। साथ ही वे सभी यह सतर्कता भी बरत रहे थे कि महल के चारों तरफ़ तैनात सैनिकों के द्वारा पहचान न लिए जायें। इसलिए वेश बदल-बदल कर इस काम को अंजाम दिया जा रहा था। हफ़्ते-दस दिन बीतते-बीतते उन सबके दिमाग में योजनानुसार सारी बातें स्पष्ट हो गईं और माखन ने भी उस जगह का पता बता दिया, जहाँ गोला-बारूद रखा हुआ था। लेकिन, अब तक आगा मिर्ज़ा ने कुछ और ही सोच रखा था। उसने गोला-बारूद की जगह चार और बंदूकें तथा कारतूस लूटने की योजना बनाई। यह तय हुआ कि रात के अंधेरे में दो सैनिक महल के अन्दर घुसेंगे जबकि बाकी के तीन बाहर की चौकसी करते हुए उनके आने का इंतज़ार करेंगे। ऐसी योजना में ज़ाहिर है गोला-बारूद से अधिक कारगर बंदूक ही होगी। लेकिन योजना पर काम शुरू करने से पहले योजना की सारी जानकारी वाजिद अली शाह तक पहुँचाना ज़रूरी होगा। माखन ने इसकी ज़िम्मेदारी लेते हुए कहा कि ''कुछ सोने की अशर्फ़ियों का बंदोबस्त कर दिया जाये तो हम एक खत में सारा मंसूबा लिखकर महल के अन्दर सफ़ाई के लिए जा रहे सफ़ाई कर्मचारी के हाथों भिजवा देंगे।''

आगा मिर्ज़ा ने बिना किसी देर के इसकी व्यवस्था कर दी।

वाजिद तक योजना सम्बन्धी पत्र उनके गुसलखाने की सफ़ाई करने वाले सफ़ाई कर्मचारी ने पहुँचाया। वाजिद की आँखें रिहाई की उम्मीद से चमक उठीं। उनकी आँखों के सामने पूरा लखनऊ घूम गया और हज़रत का ख़याल मन पर तारी हो गया। कई-कई चित्र उनकी आँखों के सामने आते-जाते और वे बीते दिनों की यादों में कैद होते जा रहे थे। साथ ही उनके जज़्बात शब्दों में उतरते जा रहे थे -

अल्लाह ऐ बत्तो हमें दिखलाये लखनऊ
सोते में भी ये कहते हैं हम हाय लखनऊ
ऐसा हुआ हूँ हिज्र में उस के नहीफ-ओ-जार
देखे अगर मुझे वहीं शरमाये लखनऊ
आये न मेरे पास तो मैं आप ही चलूँ
मुझको खुदा करे कहीं बुलवाये लखनऊ
कलकत्ता के हसीनों को जब देख लेता हूँ
उस वक्त दिल में होता है सौरा-ए-लखनऊ
अब लुट गया है क्या रहा दोज़ख़ से बढ़के है
रश्क-ए-बहिश्त कहते थे सब जा-ए-लखनऊ
खुश-चश्मी आहुओं की वो भूले जहान में
देखे जो आँख नर्गिस-ए-शहला-ए-लखनऊ
गुलशन अजब बहार के हर कस्त्र रश्क-ए-खुल्द
और गोमती गज़ब की है दरिया-ए-लखनऊ
हूर-ओ-परी को रश्क था इक-इक सख्त पर
बे-मिस्ल थे सभी मह-ए-सीमा-ए-लखनऊ
मरने के बा'द भी न मिटेगा जिगर से दाग
जन्नत में हम को होयेगी परवा-ए-लखनऊ
मैं क्या कहूँ फ़क़ीरों को जो कुछ ग़ुरूर था
इक इक गदा-ए-शहर था दारा-ए-लखनऊ
हटता नहीं तसव्वुर-ए-अस्बाब-ओ-मुल्क-ओ-माल

कानों में बज रही है वो शहनाए-लखनऊ
क्या-क्या हसीं थे जम्अ परिस्यों का तख्त था
नज़रों में फिरते हैं रूख़-ए-ज़ेबा-ए-लखनऊ
शाहों पे फ़ख़ करते थे इस मुल्क के गदा

था मिस्ल-ए-जाम-ए-जम मय-ओ-मीना-ए-लखनऊ
हर-चंद लाख तरह भुलाता हूँ याद को
'अख़्तर' पुकार उठता है दिल हाय लखनऊ

हज़रत पूरे अवध का दौरा कर लौट आई थी। वह अपने दौरे से काफ़ी संतुष्ट थी। जिस भी ताल्लुकेदार, ज़मींदार के पास गई, सबने उसका बहुत आदर करते हुए पूरा समर्थन देने का वादा किया था। अपनी इस उपलब्धि की चर्चा वह महल में बैठकर मम्मू खाँ, उदा और भवानी से कर रही थी। तभी, महल के बाहर खड़े सुरक्षा सैनिक ने उसे आगा मिर्ज़ा के आने की सूचना दी। आगा मिर्ज़ा का नाम सुनते ही हज़रत का दिल धक् से रह गया। वह उतावली हो बेचैन हो उठी। उसने सैनिक से बिना जवाब की प्रतीक्षा किये ही कई सवाल पूछ डाले -

''क्या आगा अकेले हैं? जाने आलम कहाँ हैं? उनको साथ लेकर नहीं आया? क्या हुआ? जाने आलम सही सलामत तो हैं?

''हुज़ूर, हमारे पास ये जानकारियाँ नहीं हैं। हम आगा मिर्ज़ा को अगर आपकी इजाज़त हो तो अभी अन्दर भेज देते हैं।''

''नहीं-नहीं, हम खुद ही चलते हैं। तुम्हारे जाने और आगा के आने में जितना वक्त लगेगा हमारे अन्दर उतना भी सब्र नहीं है।'' - कहते हुए हज़रत तेज़ कदमों से महल के बाहर की ओर चल दी।

बाहर आगा मिर्ज़ा खड़ा था और उसके चेहरे पर गहरी निराशा फैली हुई थी। हज़रत का चेहरा उसे देखते ही उतर गया। उसकी समझ में काफ़ी कुछ आ गया। बुझे स्वर में उसने पूछा -

''क्या हुआ आगा?''

''हुज़ूर,हम नाकामयाब रहे। हमें माफ़ कर दें हुज़ूर। हम अपने सुल्ताने आलम को आज़ाद नहीं करा पाये।''

''जो भी हुआ तफ़सील से उसकी जानकारी दो।''

''हुज़ूर, हम उस रात महल के अन्दर घुसने में कामयाब हो गये थे। सुल्ताने आलम तक हमने पूरी योजना पहले ही पहुँचवा दी थी और उनका जवाब भी हम तक पहुँच गया था कि वे उस रात तैयार रहेंगे। लेकिन, बद्किस्मती कि जैसे ही हम महल में दाखिल होकर उनके कमरे की तरफ़ बढ़ रहे थे, हमें लगातार बन्दूकों के चलने की आवाज़ें सुनाई देने लगीं। हम एक छोटे से कमरे में छुप गये। उन आवाज़ों के साथ ही महल में भी आवाजाही बढ़ गई। ब्रिटिशों को नीचे हमारा इंतज़ार कर रहे बाकी चार साथियों पर संदेह हो गया था और उन्होंने सीधे

गोलीबारी शुरू कर दी थी। हम उसी छोटे कमरे में तब तक दम साधे बैठे रहे, जब तक चारों तरफ़ सन्नाटा नहीं पसर गया। लेकिन, ब्रिटिश सैनिकों ने चौकसी महल के चारों तरफ़ और महल में भी बढ़ा दी। काफ़ी मुश्किल से किसी तरह हम महल से निकल सके। अगली सुबह हमें मालूम हुआ कि हमारे चारों साथी ब्रिटिशों से लड़ते हुए मारे गये, फिर हम छुपते-छुपाते कलकत्ता से गंगा के रास्ते कानपुर और वहाँ से यहाँ एक किराये का घोड़ा लेकर पहुँचे हैं।''

दम साधे हज़रत ने यह पूरी कहानी सुनी और गहरी साँस लेते हुए बोली -

''आगा मिर्ज़ा, हमने अपनी तरफ़ से पूरी कोशिश की। लेकिन, अल्ला को शायद कुछ और ही मंजूर है। तुम घर जाकर दो-चार दिनों तक आराम करो, फिर अपने काम पर आ जाना। देखें आगे अब और क्या अवध के मुस्तकबिल में लिखा है।''

''जी जैसा आपका हुक्म हुज़ूर। हम दो दिनों बाद आपकी सेवा में फिर हाज़िर होते हैं। सलाम।''

''सलाम।''

हज़रत अपनी इस योजना की नाकामयाबी से काफ़ी क्षुब्ध थी। वाजिद को छुड़ाने की उसकी दोनों कोशिशें सफल नहीं हुईं। वह अपने मन में तीसरी कोशिश के बारे में सोच रही थी, जिसमें उसने मन-ही-मन निश्चय किया कि इस बार की योजना को स्वयं अंजाम देगी।

उधर जेम्स आउट्रम बुरी तरह से बौखलाया हुआ था। बिरजिस कद्र की ताजपोशी और उसकी जगह हज़रत के शासन चलाने की बात को उसने काफ़ी हल्के में लिया था। उसने सपने में भी नहीं सोचा था कि हज़रत इतनी जल्दी अवध की व्यवस्था को काबू में कर लेगी और न ही उसे इसकी उम्मीद थी कि अवध की जनता, हज़रत की हरेक बात पर अमल करेगी। एक रात आउट्रम इसी चिंता में डूबा हुआ अपने घर में बैठा शराब पी रहा था। तभी उसका एक खास भेदिया आया। आउट्रम ने उससे अवध के ताल्लुकेदारों और ज़मींदारों की खबर माँगी। भेदिये ने बताया-

''अवध के सारे ताल्लुकेदार और ज़मींदार बेगम हज़रत महल के प्रति समर्पित हैं। ज़रूरत पड़ने पर उनके एक इशारे पर वे ब्रिटिशों के खिलाफ़ भी उठ खड़े हो सकते हैं।''

यह सुनते ही आउट्रम क्रोध से तिलमिला उठा, जिससे हाथ में पकड़े काँच के गिलास पर उसकी पकड़ इतनी कस गई कि पतले काँच का वह ईरानी गिलास

टूट गया और उसकी हथेली में उसके टुकड़े धँस गये। क्रोध तथा दर्द की अधिकता से वह चीख पड़ा। उसका स्थाई सेवक हाथ से खून बहता देख जल्दी से उसे रूई लाकर साफ़ करने लगा और एक साथी को डॉक्टर को बुलाने के लिए दौड़ाया। इंजेक्शन्स, दर्द निवारक दवाइयाँ और मलहम-पट्टी के बाद जेम्स आउट्रम का दिमाग जब ज़ख्म पर से हटा तो उसने अवध की समस्या को लेकर लॉर्ड डलहौज़ी से मिलने की ठानी। डॉक्टर के आदेश के अनुसार वह दो दिनों तक यात्रा पर नहीं जा सकता था, क्योंकि काँच धँसने से होने वाली अन्य स्वास्थ्य समस्याओं पर डॉक्टर नज़र रखना चाहता था। लेकिन, दो दिन भी चुपचाप बैठा रहे, ऐसा सब्र जेम्स आउट्रम के पास नहीं था, उसने अगले दिन रिचर्ड को तलब किया और पूछा -

''तुम्हारी वह परी कहाँ है रिचर्ड? जिसके तुम आशिक हुआ करते हो।''

''सर, उसे बेगम हज़रत महल ने गिरफ़्तार करवा लिया।''

''क्या? कैसे? कब?'' - आउट्रम और अधिक बेचैन हो गया।

''जनाब, सुखनवर मेरे साथ मेरे घर में रह रही थी। किसी ने मुखबिरी कर दी। उसे धोखे से मेरे घर से बाहर निकाल कैद कर लिया गया।''

''तुम्हारी महबूबा तुम्हारे घर से बुलाकर कैदखाने में डाल दी गई और तुम हाथ-पर- हाथ धरे बैठे हो? तुम्हें अभी तक मुखबिर का नाम तक नहीं मालूम?''

''जनाब, मैं उससे ब्रिटिश हुकूमत के लिए प्रेम करता था। मेरा उससे किसी प्रकार का कोई लगाव नहीं।''

''तो ब्रिटिश हुकूमत के लिए भी तुमने मुखबिर का अभी तक पता नहीं किया?''

''गलती हो गई जनाब। अभी जाकर पता करता हूँ।''

''जाओ और जैसे ही मालूम हो जाये यहाँ पकड़कर ले आओ।''

''जी जनाब।''

रिचर्ड बुद्धि का थोड़ा कुंद था। अतः दो दिनों तक जेम्स आउट्रम चोट खाये शे'र की तरह बेचैन हो दहाड़ता रहा, लेकिन रिचर्ड मुखबिर को नहीं पकड़ पाया।

गुस्से में आकर जेम्स आउट्रम ने रिचर्ड को बरख़ास्त कर वापस इंग्लैण्ड भेजने का आदेश-पत्र तैयार किया और लॉर्ड डलहौज़ी के पास पहुँचते ही सबसे पहले उस पर हस्ताक्षर करवाये। आदेश-पत्र पर हस्ताक्षर करने के बाद डलहौज़ी ने आउट्रम से कहा -

''तुम बेगम हज़रत महल के बारे में जो भी जानते हो वह सब मुझे बताओ।''

''लॉर्ड, बेगम हज़रत महल के अन्दर गज़ब की एडमिनिस्ट्रेटिव एफ़िशियेंसी है।''

''मुझे बेगम हज़रत महल की एडमिनिस्ट्रेटिव एफ़िशियेंसी के बारे में मालूम है। मैं उसकी पर्सनल लाइफ़ के बारे में जानना चाहता हूँ। जानते हो तो बताओ और नहीं जानते हो तो पता करके मुझे बताओ।''

''लॉर्ड, हज़रत बेगम की पर्सनल लाइफ़ के बारे में एक ही शख़्स कुछ बता सकता है क्योंकि उसका सोना-जागना वाजिद अली की एक खास रखैल के साथ था।''

''कौन है वह?''

''रिचर्ड।''

''और तुम उसे इंग्लैण्ड भेजना चाहते हो? डैम इट!''

– कहते हुए लॉर्ड डलहौज़ी ने टेबल पर रखा हुआ आदेश पत्र उठाकर फाड़ कर फेंक दिया। लॉर्ड के इस व्यवहार से जेम्स आउट्रम थोड़ा विचलित तो हुआ, लेकिन, खुद को तुरंत सँभाल कर बोला –

''ठीक है लॉर्ड, मैं दो दिनों के अन्दर जितना पता कर सकता हूँ पता करके बताता हूँ।''

जेम्स आउट्रम दो दिनों की कहकर गया, लेकिन एड़ी-चोटी एक कर वह पूरे हफ़्ते में बस इतनी खबर जुटा पाया कि – ''हज़रत महल नवाब वाजिद अली शाह के परीखाने में थी। जहाँ उसका इश्क वाजिद अली से परवान चढ़ा और दोनों ने धूमधाम से निकाह किया।''

''अच्छा, तो बेगम हज़रत महल नवाब वाजिद अली शाह की प्रेमिका और निकाही बीवी हैं।''

– कहते हुए लॉर्ड डलहौज़ी की आँखें शातिराना ढंग से चमक उठीं।

''जी लॉर्ड।''

''फिर जेम्स, मैं जो कहता हूँ उसे ध्यान से सुनो। स्त्री जिसे सच्चे दिल से प्यार करती है उसके खिलाफ़ और अपने प्यार के विरुद्ध कुछ भी नहीं सुन सकती। उस पर भारतीय स्त्रियों के लिए यह और भी मुश्किल होता है। अगर उनके प्यार और चरित्र पर पब्लिकली अटैक किया जाये तो वे दुःख से ऐसी टूटती हैं कि उनका उठना फिर इम्पॉसिबल होता है।''

''यस लॉर्ड! लेकिन हमें करना क्या होगा?''

– जेम्स की बुद्धि डलहौज़ी के कथन से चकरा सी गई थी।

''कुछ नहीं। बस, मैं तुम्हें एक लैटर देता हूँ। इसे तुम हज़रत बेगम को भरे दरबार में ज़ोर से बोलकर सुना देना। काम बन जायेगा।''

''थैंक्स लॉर्ड।''

– झुक कर सलाम करते हुए जेम्स ने डलहौज़ी का लिखा पत्र लिया और एक साँस में पूरा पढ़ गया। पत्र समाप्त होते ही उसकी निराशा खुशी में बदल गई। वह तुरंत वहाँ से लखनऊ की तरफ़ चल पड़ा।

लखनऊ पहुँचकर जेम्स आउट्रम जल्दी-से-जल्दी बेगम हज़रत महल से मिलना चाहता था। लिहाज़ा उसने अपने अर्दली को हज़रत के दरबार में भेजकर कहलाया कि –

''जेम्स आउट्रम अत्यन्त ही ज़रूरी कामों के लिए बेगम हज़रत महल से बातचीत करना चाहते हैं। अत: उन्हें जल्द-से-जल्द दरबार में आने का न्यौता बेगम की तरफ़ से मिलना चाहिए।''

अर्दली की भाषा ने हज़रत को समझा दिया कि आउट्रम के इरादे में कोई-न-कोई खोट ज़रूर है। लेकिन, आउट्रम से मिले बिना कोई चारा भी नहीं था, सो उसने अगले दिन ही सुबह, जबकि दरबार लगाकर वह अपने सभी मंत्रियों एवं सेना के अधिकारियों के साथ मंत्रणा करती थी, जेम्स आउट्रम को आने का न्यौता अर्दली के हाथों भिजवा दिया।

अगले दिन आउट्रम के आने से पहले दरबार में हज़रत ने किसी अनहोनी की आशंका जताते हुए कहा –

''आज जेम्स आउट्रम हमसे मिलने आ रहा है और हमें अंदेशा ही नहीं, इस बात का पूरा यकीन है कि वह कुछ ऐसा ज़रूर करेगा जो अवध के खिलाफ़ होगा। इसलिए हम आप सबसे धर्म-जाति, ऊँच-नीच, अमीर-गरीब सभी भेदभाव भुलाकर एक रहने की दरख़्वास्त करते हैं। चाहे हालात कैसे भी हों अपने नवाब बिरजिस कद्र पर अपना यकीन बनाये रखें।''

दरबार में उपस्थित सभी मंत्रियों एवं सेना प्रमुखों ने एक स्वर में हज़रत का समर्थन किया।

हज़रत की आशा के विपरीत जेम्स आउट्रम केवल अपने एक अंगरक्षक के साथ आया। आते ही उसने हज़रत को झुककर सलाम किया और कहा –

''बेगम हज़रत महल हम ब्रिटिश एक महिला की पूरे दिल से इज़्ज़त करते हैं। हम आपकी एडमिनिस्ट्रेटिव एफ़िशियेंसी के कायल हैं और आपके काम की प्रशंसा करते हैं। अगर इजाज़त हो तो मैं ब्रिटिश हुकूमत की तरफ़ से आया यह खत

आपको और आपके दरबारियों को पढ़कर सुनाना चाहूँगा।''

हज़रत ने आउट्रम के सलाम के जवाब में खड़े होकर उसका स्वागत किया और उसका वक्तव्य समाप्त होने पर कहा –

''हम आपका अपने दरबार में दिल से इस्तकबाल करते हुए आपसे गुज़ारिश करते हैं कि आप हमारे पास रखी शाही कुर्सी पर तशरीफ़ रखें। हम आपके लिए खास शाही शरबत मँगवाते हैं।''

''नहीं, हज़रत बेगम, हम कुछ भी तब तक नहीं लेंगे, जब तक कि यह खत पढ़कर आपको सुना न दें।''

– जेम्स आउट्रम ने शाही कुर्सी पर बैठते हुए कहा।

''आप फ़ौरन खत पढ़कर सुनायें जेम्स आउट्रम साहब। हम और हमारे दरबारी इसे सुनना चाहते हैं।''

''बेगम हज़रत महल को ब्रिटिश हुकूमत की तरफ़ से सूचित किया जाता है कि हुकूमत बिरजिस कद्र को नवाब वाजिद अली शाह और हज़रत महल की संतान नहीं मानती। बल्कि हुकूमत के अनुसार बिरजिस कद्र बेगम हज़रत महल और मम्मू खाँ की नाजायज़ संतान हैं, जिस कारण बिरजिस कद्र को ब्रिटिश हुकूमत किसी भी सूरत में नवाब वाजिद अली शाह का वारिस नहीं मान सकती।''

खत समाप्त कर जेम्स आउट्रम ने नज़रें उठाकर हज़रत की तरफ़ देखा तो अंदर से थर्रा गया। उसकी आँखें अँगारे की तरह दहक रही थीं। गोरा चेहरा तमतमाकर दुख और क्रोध से लाल भभूका हो गया था। मानो शरीर का सारा रक्त चेहरे पर जमा हो गया हो। पूरा शरीर क्रोध की अधिकता से थर्र-थर्र काँप रहा था और हाथ कमर में खुँसी तलवार की मूठ पर कसता जा रहा था। जैसे ही जेम्स आउट्रम ने खत समाप्त कर हज़रत की तरफ़ देखा, एक झटके से तलवार खींच वह दहाड़ते हुए बोली –

''जेम्स आउट्रम तुम्हारी गंदी ज़बान से न तो हम नवाब वाजिद अली शाह का नाम सुनना चाहते हैं, न बिरजिस का और न ही अपना। हम अपने अदब में बँधे हुए हैं वरना इन लफ़्ज़ों के बदले हम तुम्हारी ज़बान काटकर कौवों को खिला देते और जिन गंदी निगाहों से तुम हमें देख रहे हो उनमें हम गर्म सलाखें घुसेड़ देते। तुम्हारी सोच में हिन्दुस्तानी औरत एक कमज़ोर औरत है, जो तुम्हारे बेबुनियाद और झूठे इल्ज़ामों पर टूट जायेगी। लेकिन, याद रखो, हम उन औरतों से अलग हैं। ब्रिटिश हुकूमत को अब अपने इन गंदे लफ़्ज़ों की कीमत अदा करनी होगी। खैरियत चाहते हो तो अभी के अभी दरबार से दफ़ा हो जाओ।''

बेगम के अंतिम शब्द खत्म होते-होते सभी मंत्रियों, सेनापतियों ने जेम्स आउट्रम को घेर लिया। लेकिन, हज़रत ने आँखों के इशारे से उसे जाने देने का आदेश दिया।

हज़रत अपने महल में बेचैनी से चहल-कदमी कर रही थी। दुख और क्रोध से कभी उसकी साँसें तेज़ हो जातीं, कभी उसका चेहरा सख्त हो जाता और मुट्ठियाँ भिंच जातीं। जेम्स आउट्रम नीचता की सीमा इस तरह से पार कर लेगा, यह उसने सोचा ही नहीं था। हज़रत अभी अपनी इसी ऊहापोह में खोई हुई थी कि मम्मू खाँ का स्वर उसके कानों में पड़ा -

''हज़रत बेगम, हम मुआफ़ी चाहते हैं। हमारे कारण आपको शर्मिन्दा होना पड़ा। आप यह तलवार लें और हमारा सर कलम कर दें। हम अपनी ही नज़रों में इतने गिर गये हैं कि आपसे आँखें नहीं मिला सकते अब।''

''मम्मू खाँ जी, आपने जो भी कहा उसे फिर कभी मत दुहराइयेगा। आप शर्मिन्दा क्यों हैं? क्या आप उस नीच आउट्रम को अपने सही होने का सुबूत देना चाहते हैं? उसने हमारे औरत होने की तौहीन की है। वह हमें एक कमज़ोर हिन्दुस्तानी औरत समझता है और हम उसकी इसी समझ से उसका गुरूर तोड़ेंगे। हम ब्रिटिशों पर हमला करेंगे। आप अभी तुरंत एक बैठक बुलायें। आगा मिर्ज़ा, उदा, नायब शैफ़ुद्दौला, जनरल हिसामुद्दौला और कलेक्टर राजा जयलाल सिंह को संदेशा भिजवायें कि वे संदेशा मिलते ही जिस भी हालत में हों फ़ौरन हमारे महल में बैठक के लिए आ जायें और अका पासी को महल की चौकसी का आदेश दे दिया जाये। अगर वह ज़रूरत समझे तो महल के आस-पास सैनिकों की संख्या और बढ़ा ले, लेकिन, किसी भी सूरत में अब महल के बाहर महल की कोई भी खबर नहीं जानी चाहिए।''

''जी हज़रत बेगम! हम अभी आपके आदेश पर अमल करते हैं और आपके साहस को दिल से सलाम भी करते हैं।''

''मम्मू खाँ जी, यह वक्त हमारा सजदा करने का नहीं, अवध के ईमान के लिए अपनी जान दाँव पर लगाने का है, जितनी जल्दी हो सके हमारे हुक्म की तामील हो।''

''जी बेगम।''- कह कर मम्मू खाँ तेज़ी से महल से बाहर निकल गये।

लगभग तीस-चालीस मिनट बीतते-बीतते हज़रत के सभी प्रमुख सलाहकार महल के बाहरी कक्ष में मंत्रणा के लिए पहुँच गये थे। सबको सम्बोधित करते हुए हज़रत ने कहना शुरू किया -

‘‘आज सुबह जो कुछ भी दरबार में हुआ, इससे आप सभी वाकिफ़ हैं। यह सीधा-सीधा अवध पर हमला होने के साथ हमारे देश की पूरी औरत जात की भी तौहीन है, जिसे हम कतई बर्दाश्त नहीं कर सकते। इसलिए हमने ब्रिटिशों पर हमला करने का फ़ैसला किया है। क्या आप सभी हमारे साथ हैं?’’

हज़रत महल के इस प्रश्न का उत्तर सबने एक स्वर में ‘हाँ’ कहकर दिया तो हज़रत ने आगे कहना जारी रखा -

‘‘लेकिन, यह इतना आसान भी नहीं होगा। हमें हमला करने से पहले इसका पूरा मंसूबा भी तय करना होगा।’’

‘‘हुज़ूर, हमारे मन में एक योजना है कि हम अपने कुछ सैनिकों को ब्रिटिश सेना में भर्ती होने के लिए भेजें। उनके साथ हम भी होंगे और फिर वहाँ हम हिन्दू और मुसलमान भारतीय सैनिकों को एकजुट कर बगावत के लिए उकसायें।’’

‘‘आगा मिर्ज़ा, तुमसे हम सहमत हैं। यह तभी हो सकता है जब ब्रिटिश फ़ौज में भर्तियाँ हो रही हों।’’

‘‘हुज़ूर, ब्रिटिश फ़ौज में भारतीय सैनिकों की बहुत माँग है और चार-पाँच की गिनती में एक साथ भर्ती के लिए पहुँचे नौजवानों में से फ़ौरन चुन भी लेते हैं।’’

‘‘ठीक है। फिर तुम अभी से ही इस पर काम करना शुरू कर दो और समय-समय पर हमें जानकारी भी भिजवाते रहो। अब तुम जा सकते हो। तुम्हारा एक-एक मिनट बहुत कीमती है।’’

‘‘जी हुज़ूर’’ - कहकर आगा मिर्ज़ा तुरंत वहाँ से अपनी योजना के अनुसार कार्य करने के लिए रवाना हो गया।

हज़रत ने आगे की अपनी योजना बतानी शुरू की -

‘‘राजा जयलाल सिंह जी हम चाहते हैं कि आप अभी से दरबार के आस-पास भी इतनी कड़ी सुरक्षा कर दें कि कोई उसे भेद न सके। साथ ही कोई भी ब्रिटिश अब से उस घेरे के अन्दर हम तक न पहुँच पाये। परीखाने की सुरक्षा भी कड़ी की जाये। उसमें रह रही किसी भी परी को किसी प्रकार का कोई नुकसान नहीं पहुँचना चाहिए। नायब शैफ़ुद्दौला जी और जनरल हिसामुद्दौला जी आप दोनों सैनिकों के पर्याप्त रसद के साथ-साथ हथियारों की भारी खरीद पर ध्यान दें। साथ ही अन्दर-ही-अन्दर सभी सैनिक टुकड़ियों को जंग के लिए तैयार करें। लेकिन, किसी को भी कानोंकान अभी यह खबर न हो कि यह तैयारी हम ब्रिटिशों पर हमले के लिए कर रहे हैं। हम हमला करने के ठीक चौबीस घण्टे पहले यह खबर सैनिकों को देंगे।

''जी हुज़ूर,'' - नायब, जनरल और कलेक्टर तीनों ने आदेश के पालन की सहमति दी।

''और मम्मू खाँ जी आप अभी आस-पास की सभी रियासतों को हमारा खत लिखकर भेजें-

''हम बेगम हज़रत महल, जो अवध के नाबालिग नवाब बिरजिस कद्र के बदले अवध की हुकूमत चला रहे हैं - आप सबसे दरख़्वास्त करते हैं कि आप सब ब्रिटिश हुकूमत के विरोध में हमारा साथ जाति, धर्म और किसी भी प्रकार की आपसी रंजिश से उठकर दें। हम आपके जवाब का इंतज़ार बेताबी से कर रहे हैं।''

- यह खत तेज़-गति से जाने वाले घुड़सवारों से आस-पास की सभी रियासतों तक पहुँचा दिया जाए।''

इस आख़िरी हुक्म के साथ हज़रत ने बैठक समाप्त कर दी और उदा को महल में ही रहने का हुक्म दिया। भवानी ने उसे अपने कमरे में साथ रखने की पेशकश की, जिसे उदा ने मान लिया।

सबके जाने के बाद जब एकान्त हुआ, हज़रत के सीने में एक तूफ़ान-सा उठ गया। बचपन से अभी तक की घटनायें एक-एक कर आँखों के सामने आने लगीं। खासकर वाजिद से पहली मुलाकात और प्रेम से निकाह तक का सफ़र। ''कैसे कोई एक स्त्री के प्रेम को इतनी बेदर्दी से एक ही वाक्य में गलत साबित कर सकता है?''

''क्या मर्द से अलग इस दुनिया में स्त्री का कोई वजूद नहीं? उसका वजूद क्या मर्द के होने अथवा न होने पर ही टिका हुआ है? ऊपर वाले ने स्त्री को क्या ऐसा ही बेबस बनाया है?''

हज़रत के मन में आ रहे प्रश्नों का सिलसिला थमने का नाम नहीं ले रहा था। वह खुद को अपने ही प्रश्नों के जाल में कसता महसूस कर रही थी। उसकी चेतना शून्य होती जा रही थी और प्रश्नों के आगे अँधेरी गुफा मुँह बाये खड़ी थी। आगे कुछ नहीं सूझा तो उसने बाँदियों को हमाम में ताज़ा गुलाब की पंखुड़ियों वाला पानी भरने का आदेश दिया और देर तक पानी में ही रही। जैसे अपने मन के हरेक कोने को धोकर मुक्त करना चाहती हो।

आगा मिर्ज़ा की योजना इस बार कामयाब हो रही थी। आगा मिर्ज़ा खुद अपने पन्द्रह-बीस साथियों के साथ ब्रिटिश फ़ौज में शामिल होने में कामयाब हो गया था। यह वह समय था जबकि ब्रिटिश छावनियों में यह खबर खूब तेज़ी से फैल रही थी कि ब्राउन बेस बन्दूक के स्थान पर अब जो नई एनफ़िल्ड राइफ़ल

दी जा रही है उसके कारतूस को दाँत से काटकर बन्दूक में भरना होगा और उन कारतूसों में गाय तथा सुअर की चर्बी लगी हुई है, जिस कारण छावनी के हिन्दू और मुसलमान दोनों ही सैनिक भड़के हुए थे। आगा मिर्ज़ा ने इस खबर का फ़ायदा उठाकर अपने सभी साथियों के साथ हिन्दुओं तथा मुसलमान सैनिकों को भड़काने का काम किया। जब भी कहीं दो या दो से अधिक सैनिक आपस में बात करते मिल जाते आगा मिर्ज़ा तथा उसके साथी सैनिक कारतूस की चर्चा निकाल उनकी धार्मिक भावना को भड़काने वाले शब्दों का जमकर प्रयोग किया करते थे।

इधर हज़रत के इशारे पर मम्मू खाँ ने आम जनता के बीच भी कई ऐसे खास लोगों को भेजा जो हमेशा अंग्रेज़ी शासन के विरुद्ध ज़हर उगलते रहते और हर संभव कोशिश करते कि जनता के मन में ब्रिटिश हुकूमत से बगावत का बीजारोपण कर दें। इसका आम जनता पर व्यापक प्रभाव हुआ। एक शाम अवध के चीफ़ कमिश्नर सर हेनरी लॉरेंस अपनी बग्घी पर सवार हो सैर को निकले थे। उन पर दो लोगों ने कीचड़ फेंक दिया। हेनरी ने अपने अपमान से तिलमिला कर दोनों नागरिकों को तुरंत गिरफ़्तार करवा लिया। जिससे लखनऊ की आम जनता में काफ़ी रोष फैल गया। हज़रत ने इस घटना को हथियार की तरह इस्तेमाल किया और उसने अपने लोगों से आम जनता को यह बताने को कहा कि "अगर अब अंग्रेज़ों के खिलाफ़ हथियार नहीं उठाया गया तो न तो उसका दीन धर्म बचेगा न ही वतन।" इसी आशय के कई पोस्टर्स तैयार करवाकर जगह-जगह पर उन्हें चिपकाया गया।

ऐसे ही समय में छावनी के अस्पताल में एक और काण्ड हो गया। 48वीं देशी पल्टन के अंग्रेज़ डॉक्टर वेल्स अस्पताल का औषधि भण्डार देखने आया। उसकी तबियत कुछ खराब थी, सो वह एक दवा की बोतल खोल उसे मुँह में लगाकर पी गया और फिर ढक्कन लगाकर वैसे ही रख दिया। हिन्दुस्तानी सिपाहियों ने यह देख लिया और अस्पताल की दवा पीने से इनकार कर दिया। इनकार का स्वर इतना तीखा था कि बात हेनरी लॉरेंस तक पहुँच गई। हेनरी ने खुद छावनी में आकर डॉक्टर को सिपाहियों के सामने डाँटा। संयोगवश उस समय 48वीं देशी पल्टन की उस घटना का प्रत्यक्षदर्शी आगा मिर्ज़ा भी था। उसने उसी समय मन-ही-मन एक योजना बनाई और हेनरी के जाने के बाद भड़के हुए सिपाहियों को भड़काना शुरू कर दिया। उसी रात जबकि डॉक्टर वेल्स सो रहा था, भड़के हुए सिपाहियों ने आगा मिर्ज़ा के नेतृत्व में उसके बंगले को आग लगा दी।

इस घटना की जानकारी जब हज़रत को मिली, तो उसने निश्चय कर लिया

कि अब समय आ गया है जबकि अंग्रेज़ों पर हमला किया जा सकता है।

जेम्स आउट्रम अपना काम कर चुका था। अत: उसे अवध की चीफ़ कमिश्नरी से हटाकर दूसरी जगह भेज दिया गया था और अवध का चीफ़ कमिश्नर हेनरी लॉरेंस को नियुक्त किया गया था। हेनरी लॉरेंस हालाँकि स्वभाव से दयालु, कोमल हृदय और न्यायप्रिय था, लेकिन ब्रिटिश हुकूमत होने के कारण लखनऊ की आम जनता का प्रिय नहीं बन पाया था। जबकि ब्रिटिश सेना में हेनरी लॉरेंस का नेक स्वभाव, कर्मठता और ईमानदारी उसे काफ़ी लोकप्रिय बनाये हुए थी। छोटे-छोटे छिटपुट हो रहे कई विद्रोहों को उसने कुशलतापूर्वक दबा दिया था और अवध में शांति बनाये रखना चाहता था।

हेनरी लॉरेंस मड़ियाँव छावनी के अन्दर बने मकान में अपनी एक मानद पुत्री डोरोथी के साथ रहता था। डोरोथी का किस्सा अपने आपमें काफ़ी मार्मिक था। वह एक भारतीय माँ और अंग्रेज़ पिता की नाजायज़ संतान थी, जो जन्म के तुरंत बाद ही लोक-लाज के भय से फेंक दी गई थी। इत्तेफ़ाक से वह हेनरी लॉरेंस और उसकी पत्नी को सुबह की सैर के समय दिख गई और दोनों उसे उठाकर घर ले आये। उस बच्ची को उन्होंने अपनी बेटी मान लिया। भारतीय नैन-नक्श और ब्रिटिश रंगत लिए हुए डोरोथी जैसे-जैसे बड़ी होने लगी उसकी ख़ूबसूरती भी चर्चा का विषय बन गई। लखनऊ में डोरोथी अक्सर शाम के समय अपने सफ़ेद घोड़े पर सवार हो सैर के लिए निकलती थी। कई बार सफ़ेद परिधान में सफ़ेद घोड़े पर सवार लहराते काले लम्बे बालों वाली डोरोथी को देख ब्रिटिश ही नहीं, हिन्दुस्तानी युवा भी दिल थाम लिया करते थे।

हेनरी अक्सर रात का भोजन अपने सैनिकों के साथ भोजनालय में बैठकर करता था, जबकि डोरोथी के आग्रह पर वह दिन का भोजन घर पर करता था। हेनरी का मानना था कि सैनिकों के साथ बैठकर खाना उनसे उसके दोस्ताना व्यवहार का परिचायक होगा। ऐसी ही एक रात जबकि हेनरी अपने सैनिकों के साथ बैठकर खाना खा रहा था, अचानक बन्दूकें दगने की आवाज़ें आने लगीं और सैनिक कुछ सँभल पाते उससे पहले ही ये आवाज़ें तेज़ होती गईं। विद्रोहियों के एक भारतीय गुट ने सुनियोजित तरीके से हमला किया था। ब्रिटिश फ़ौज के मड़ियाँव रेज़ीमेंट को सँभलने का मौका मिलता, इससे पहले ही कई सैनिक मारे गये और छावनी की कई इमारतों में आग लगा दी गई। हेनरी उन विद्रोहियों के मुखिया को पकड़ना चाहता था, लेकिन वह अंधेरे का फ़ायदा उठाकर कहीं गायब हो गया। निराश हेनरी अपनी बर्बाद छावनी में आकर सेना का हौसला बढ़ाने और

आगे की रणनीति बनाने में व्यस्त हो गया।

अपने डाइनिंग हॉल में अकेले बैठकर खाना खाती डोरोथी बन्दूकों की बेतहाशा आवाज़ से घबरा गई। उसने उठकर अपनी आया को आवाज़ देनी चाही, तब तक अचानक एक लम्बा-तगड़ा युवक काले लिबास और मुँह पर काला कपड़ा लपेटे डाइनिंग हॉल से लगी खुली बालकनी के रास्ते दाखिल हुआ और डोरोथी के खुले मुँह पर एक हाथ रख चुप रहने का इशारा किया। हक्की-बक्की डोरोथी चुपचाप खड़ी आगन्तुक को देखती रह गई। आगन्तुक ने डोरोथी के चेहरे के बदले भावों को कौतुक भरी निगाह से देखते हुए अपने चेहरे पर से काला कपड़ा हटा दिया और डोरोथी के मुँह पर रखा अपना दूसरा हाथ भी। आगन्तुक का चेहरा देखते डोरोथी आश्चर्य से बोल पड़ी –

''आगा मिर्ज़ा तुम? तुम यहाँ कैसे?''

''बन्दूकों के धमाकों की आवाज़ सुन तुम ठीक हो या नहीं यह देखने चला आया।'' – आगा मिर्ज़ा ने शरारत से मुस्कुराते हुए कहा।

''आगा, इतना प्यार करते हो हमसे।''

''हाँ, हमने बताया तो था! कायनात के खत्म होने तक आगा मिर्ज़ा तुम्हें चाहता रहेगा।''

''इन बन्दूक के धमाकों में तुम्हारा कोई हाथ तो नहीं? सच-सच बतलाना। हमें अपने डैड की चिन्ता हो रही है।''

''डोरोथी, इन धमाकों के आगे-पीछे सभी बातों की चिन्ता तुम मत करो। इस चिंता के लिए तुम्हारे डैड अकेले ही काफ़ी हैं। बस, एक बार बता दो क्या हम तुम्हें अच्छे लगते हैं।''

''नहीं अच्छे नहीं, बहुत अच्छे लगते हो आगा। एकदम हमारे सपनों के राजकुमार की तरह गोरे-चिट्टे, लम्बे और तुम्हारी ये गहरी काली आँखें तो हमेशा हमारा पीछा करती हैं।''

''तुमने पहले यह सब क्यों नहीं कहा डोरोथी?''

''ऐसी नज़दीकी पहले कभी मिली ही नहीं।'' – कहते हुए डोरोथी मुस्कुरा उठी और आगा की बाँहों में समा गई।

सुबह के चार बजे जब तक हेनरी घर लौटकर आया, आगा मिर्ज़ा जा चुका था। डोरोथी उसके प्यार को अपने में समेटे बेखबर सो रही थी। हेनरी घर में घुसते ही सबसे पहले डोरोथी को देखने उसके कमरे तक गया। गहरी नींद में सो रही

डोरोथी के चेहरे पर फैली मुस्कुराहट देख उसने संतोष भरी गहरी साँस ली और अपने कमरे में आकर सो गया।

इस हमले के बाद ब्रिटिश अधिकारियों में असुरक्षा की भावना घर कर गई और उन सबने हेनरी लॉरेंस को मड़ियाँव रेज़ीमेंट का बंगला छोड़कर रेज़ीडेंसी में आकर रहने का दबाव देना शुरू किया। रेज़ीडेंसी अपनी चारदीवारी एवं गेट बना होने के कारण अधिक सुरक्षित थी।

रेज़ीडेंसी में आने के बाद हेनरी लॉरेंस को अपने अन्य सैनिकों की सुरक्षा की चिन्ता सताने लगी। उसने जितना संभव था, उतने सैनिकों को रेज़ीडेंसी में रहने का आदेश दिया और शेष को 'मच्छी भवन' में। 'मच्छी भवन' उसे रेज़ीडेंसी के बाद सबसे सुरक्षित जगह लगी।

हेनरी रोज़ाना 'मच्छी भवन' का पहले दौरा करता था फिर वापस आकर पूरी रेज़ीडेंसी का दौरा करता और खुद अपना बंगला छोड़ रेज़ीडेंसी के गेट के पास बने एक कमरे में सोता था ताकि अगर रात में किसी तरह का हमला हो तो वह मोर्चे पर सबसे पहले खुद मुकाबला कर सके। उसने डोरोथी की घुड़सवारी को रेज़ीडेंसी की चारदीवारी में कैद कर दिया था।

हज़रत ने अंग्रेज़ों के विरुद्ध आम जनता में चेतना फूँकने का काम तेज़ कर दिया। उसने जगह-जगह पोस्टर चिपकवाये और उन पर अंग्रेज़ों के द्वारा किये गये अपमान एवं वाजिद अली शाह की गिरफ़्तारी की बात करते हुए उनके विरुद्ध एकजुट हो लड़ने की गुज़ारिश की थी। अवध की जनता अपने प्रिय नवाब वाजिद अली शाह की गिरफ़्तारी और अवध की बदहाली से दुखी तो थी ही। उस पर बेगम हज़रत महल का आउट्रम के द्वारा किया गया कलंकित अपमान उसे आवेशित कर रहा था। लोग जगह-जगह गोलबंद हो अंग्रेज़ों के विरुद्ध कैसे लड़ा जाये, इसकी चर्चा करने लगे थे। इसी समय छावनी में फैली कारतूस में गाय और सुअर की चर्बी होने की बात के कारण अंग्रेज़ों के पास वे कारतूस और उसे इस्तेमाल करने वाली बन्दूक भारी मात्रा में बेकार हो गई थीं। हिन्दुस्तानी सैनिक उसके पहले की बन्दूक के इस्तेमाल पर अड़े हुए थे। हज़रत ने इस मौके का फ़ायदा उठाते हुए अंग्रेज़ों से वे बन्दूकें और कारतूस अपने खास व्यापारियों के मार्फ़त खरीदवा लीं। हालाँकि, इस खरीद से कुछ लोग क्षुब्ध भी हुए कि यह धन की बर्बादी है। जब सैनिक वहाँ इसे इस्तेमाल नहीं कर रहे तो भारतीय छावनी में इसे इस्तेमाल कर लेने की कल्पना भी बेकार ही है, परन्तु, हज़रत के आदेशों से बाहर जाने की स्थिति उस समय किसी के पास नहीं थी।

29 जून, 1857 की सुबह हज़रत ने एक तेज़ घुड़सवार से मलीहाबाद के उन अफ्रीदी पठानों को संदेश भेजा जो खुद को अवध के नवाब के अधीन रहने के समझौते के साथ नवाब शुजा-उ-द्दौला के द्वारा मलीहाबाद में बसाये गये थे और पीढ़ी-दर-पीढ़ी नवाबों के प्रति वफ़ादारी निभाते आ रहे थे। संदेश में स्पष्ट रूप से लिखा था कि – 'कल 30 जून को हम अंग्रेज़ों पर ठीक ग्यारह बजे चिनहट के पास हमला करेंगे। आप लोग भी इस समय तक अपनी पूरी सेना लेकर जोशो-खरोश के साथ आयें। हम अंग्रेज़ों को अब और अवध की धरती पर बर्दाश्त नहीं कर सकते।'

घुड़सवार के संदेश लेकर विदा होने के बाद हज़रत ने अपने सभी सेना प्रमुखों को बुलाया और युद्ध की अंतिम तैयारी करने का आदेश देते हुए कहा कि –

"जो हमने अंग्रेज़ों से नई बंदूकों और कारतूसों की खरीद की थी हम जंग उसी से लड़ेंगे।"

"लेकिन बेगम क्या हमारे सिपाही उन कारतूसों का इस्तेमाल करेंगे? जबकि वही तमाम जगहों पर बगावत का कारण बने हैं।" – कलेक्टर राजा जयलाल सिंह ने शंका ज़ाहिर की।

"राजा साहब हमारी जीत तभी हो सकती है जब हम इन्हीं बंदूकों का प्रयोग करें, क्योंकि पहले वाली बंदूकों से ये कई गुणा अधिक बेहतर हैं और ब्रिटिश अपनी सेना को अभी तक इनका इस्तेमाल करने के लिए राज़ी नहीं कर पाये हैं।"

"लेकिन हुज़ूर, अगर हमारे सैनिक इन बंदूकों के कारण हमसे ही बगावत कर बैठे तो?"

"राजा साहब यह आप हम पर छोड़ दें। हम सैनिकों को राज़ी करने के लिए अपनी बेहतरीन कोशिश करेंगे। आगे ऊपर वाले की मर्ज़ी। आप आज सभी सैनिकों को खबर भिजवा दें कि वे शाम के सात बजे महल के सामने वाले मैदान में आ जायें। हम उनसे रू-ब-रू होना चाहते हैं।"

"जी हुज़ूर।"

हज़रत ने यह बात कहने को कह तो दी थी, पर वह खुद काफ़ी तनाव में थी कि अब क्या होगा? अगर उसकी बात सैनिकों ने नहीं मानी तो? पहले की बंदूकों से लड़ने का एक मतलब हार भी हो सकता था। दिन भर की तमाम ऊहापोहों से गुज़रते हुए आख़िरकार वह घड़ी आ गई जबकि वह अपने पाँच-छह हज़ार सैनिकों के सामने सम्बोधन के लिए खड़ी थी। हज़रत ने सम्बोधन से पहले कुछ सेकेण्ड

के लिए अपनी आँखें बन्द कीं और पूरे मन से अपने प्यार वाजिद अली को याद कर मन-ही-मन कहा-

''अगर मेरा प्यार मेरे अन्दर पूरी सच्चाई और ईमानदारी से धड़क रहा है तो वही मेरे लफ़्ज़ों में आज तफ़सील से आयेगा। और हज़ारों सैनिकों के दिलों में वतनपरस्ती बन कर उतरेगा, जिसके जुनून के आगे सभी किन्तु-परन्तु बेकार हो जायेंगे।'' फिर मन-ही-मन खुद के ही सोचे गये शब्दों के सच होने की दुआ भी की 'आमीन' कहकर।

सामने हज़रत को शांत, आँखें बन्द किये खड़ा देखकर सैनिक अचरज में थे कि सम्बोधन के लिए बुलाकर वे ऐसे बुत की तरह क्यों खड़ी हैं? और, इसी बात को लेकर आपस में कानाफूसी भी करने लगे थे। मैदान से उठ रहा उनका स्वर धीरे-धीरे अस्पष्ट से स्पष्ट होता जा रहा था। दरबार के सभी अधिकारी हज़रत की मौन दशा से परेशान हुए जा रहे थे कि अचानक हज़रत ने अत्यन्त ही सधी आवाज़ में बोलना शुरू किया -

''मेरे सभी सैनिक भाइयो।''

इन चार शब्दों ने जैसे जादू सा कर दिया और सैनिक भावावेश में तालियाँ बजाने लगे। तालियों की गड़गड़ाहट को भेद हज़रत का धीर-गंभीर स्वर उभरा -

''आज अवध की बेगम हज़रत महल ही नहीं, आप सबकी माँ, बेटी, बहू और बहन भी मेरे लफ़्ज़ों के साथ बोल रही हैं। आप सबको अपने प्यारे सुल्ताने आलम का वास्ता -मेरे द्वारा कहे गये एक-एक लफ़्ज़ को सुनते हुए गौर फ़रमायें।

''हम कल इसी समय में चिनहट की तरफ़ जायेंगे और वहीं ब्रिटिश सेना पर हमला करेंगे। आप सबसे हमारी दरख्वास्त है कि धर्म, जाति और सम्प्रदाय से ऊपर उठकर केवल और केवल अपने प्यारे अवध के लिए सोचें। जैसे हम अपने परिवार से प्यार करते हैं वही जज़्बा अपने मादरे वतन के लिए रखकर जंग के मैदान में जायें। यहाँ यह ज़रूरी है समझना कि जब हम केवल मादरे वतन के लिए सोचते हैं तो हमारा धर्म और ईमान केवल अपनी धरती ही होती है। इससे न तो आगे कुछ और न पीछे कुछ। हम यह जंग अपने वजूद के लिए लड़ेंगे। ब्रिटिशों के द्वारा हमारी औरतें, बच्चे सभी सताये जा रहे हैं। अवध की जनता चैनो-आराम से गुज़र-बसर कर रही थी, जो आज एक पुरसुकूँ नींद के लिए भी तरस रही है।

''भाइयो, यह याद रखें, यह जंग हमारे होने अथवा नहीं होने की ऐलानिया जंग होगी। इसमें यह मायने नहीं रखता कि आप हिन्दू हैं या कि मुसलमान हैं। हम

एक इंसान हैं और हमें भी चैन की ज़िन्दगी गुज़र-बसर करने का हक है। इसी हक को हासिल करने के लिए हमें हर हालत में अंग्रेज़ों को अवध से बाहर भगाना है। हमें यह जंग जीतनी ही होगी, चाहे कुछ भी हो जाये।''

इतना कहकर हज़रत एक मिनट को चुप हुई तो सैनिकों की जोशीली आवाज़ें गूँजने लगीं -

''बेगम, हमें हुक्म करें। हम अभी इसी वक्त आपके हुक्म की तामील करते हुए कूच करने को तैयार हैं।''

''शान्त होकर हमारी बात ध्यान से सुनिये। ब्रिटिश सैनिक अभी भी कई बगावतों के कारण लड़ाई में पुरानी बन्दूकें ही इस्तेमाल कर रहे हैं। हमें अपने घर-परिवार की रक्षा के लिए, अपने अवध की औरतों की अस्मत के लिए, अपने प्यारे सुल्ताने आलम के लिए उन ब्रिटिशों को हराना है और सब कुछ भूलकर हम यह लड़ाई नई एनफ़ील्ड राइफ़ल से ही लड़ेंगे। राइफ़ल में कारतूस भरते समय हम कारतूस को अपने दाँतों से ब्रिटिशों का सर समझ कर काटेंगे। हमारा एक मकसद केवल और केवल अंग्रेज़ों को अवध से बाहर भगाना है। बोलिए मंज़ूर है?''

हज़रत के इस भावुक और जोशीले भाषण का असर जादू की तरह प्रत्येक सैनिक पर हुआ। जवाब में सबने एक स्वर में कहा -

''हम तैयार हैं। हुक्म करें।''

''राजा जयलाल सिंह जी, सभी सैनिकों को एनफ़ील्ड राइफ़ल और कारतूस की पेटी बँटवा दें। हम कल यानी 30 जून की शाम ठीक छः बजे यहाँ से कूचकर सात बजे के आस-पास चिनहट पहुँचकर अंग्रेज़ों की सेना को घेर उन पर हमला करेंगे। ठीक उसी समय मलीहाबाद से भी पठान सैनिकों का दल आकर हमसे मिल जायेगा। सुबह होते-होते हमें हर हाल में अंग्रेज़ों को मार भगाना है। जुलाई माह का पहला सूरज हमारी जीत का और उनकी शिकस्त का होगा।''

सैनिकों की धमनियों में युद्ध का रक्त उबलने लगा था। भुजायें फड़कने लगी थीं और वे किसी भी क्षण युद्ध के लिए तत्पर हो उठे थे।

अंग्रेज़ों को जो सूचना मिली थी उसके अनुसार चार-पाँच सौ की संख्या में हिन्दुस्तानी सैनिक चिनहट में हमला करने वाले थे। लिहाज़ा, सैनिक थोड़े लापरवाह भी थे। जब हज़रत की सेना उनके करीब आई तो सैनिकों की बड़ी संख्या देखकर उनके होश उड़ गये। देखते-ही-देखते मलिहाबाद से आये पठान सैनिक भी हज़रत की सेना में मिल गये। हज़ारों की तादाद में सैनिकों की कल्पना ब्रिटिश सैनिकों ने कभी की ही नहीं थी। वे युद्ध से पलायन की सोचने लगे, लेकिन

हेनरी लॉरेंस काफ़ी हिम्मती व्यक्ति था, उसने सैनिकों का उत्साहवर्धन किया और उन्हें युद्ध के लिए प्रेरित किया।

आधी रात तक चिनहट में घमासान युद्ध चलता रहा। हज़रत खुद हाथी पर सवार हो युद्ध कर रही थी। कभी वह सैनिकों का उत्साह बढ़ाती तो कभी अंग्रेज़ों का खात्मा करती। हज़रत की दोनों आँखें अँगारों की तरह दहक रही थीं। चेहरा युद्ध की उत्तेजना से तमतमाया हुआ था। ख़ूबसूरत पतले होंठ क्रोध से अपनी स्वाभाविक दशा छोड़ लटक गये थे। नथुने बार-बार फड़क रहे थे। उसके दिमाग में जैसे ही आउट्रम का कहा वाक्य – ''बिरजिस कद्र नवाब वाजिद अली शाह की नहीं मम्मू खाँ की नाजायज़ औलाद है,'' – गूँजता था वह ज़ोर से चिल्लाती और कभी तलवार, कभी भाला तो कभी बंदूक से अंग्रेज़ सिपाहियों का कत्ल करती जाती। उसके अन्दर उसका अपमान सुलग रहा था, उसके अन्दर अपने प्रेम पर आघात तड़प रहा था। हरेक अंग्रेज़ की मौत उसके अन्दर सुलगती आग को संतुष्ट कर रही थी।

यह भी घोर अचरज की ही बात थी। हज़रत युद्धरत थी और प्रेम में थी। प्रेम की सघनता उसे रक्त-पिपासु बना रही थी। तेज़स्विनी स्त्रियों का प्रेम भी उनकी तरह ही तेज़स्वी होता है। वे प्रेम में गहरे उतरती हैं। अपने प्रेम पर आघात या उसका अपमान कतई बर्दाश्त नहीं कर सकतीं। प्रेम की खातिर युद्ध का या तबाही का विकल्प चुन लेने से वे पीछे नहीं हटतीं।

हज़रत का प्रेम घायल था, अपमानित था। उसकी आत्मा हर समय तड़प रही थी। आज वह अपनी तड़प का मोल ले रही थी। देखते-ही-देखते अंग्रेज़ों की सेना की कमर टूट गई। सेना पीछे हट गई। हेनरी लॉरेंस उन सबको लेकर रेज़ीडेंसी के अन्दर भागकर छुप गया। भीषण गर्मी, लगातार युद्ध और भूख-प्यास से सैनिक त्रस्त थे। रेज़ीडेंसी में जहाँ भी, जिसके पास भी शरण मिली, घुसते चले गये। हेनरी लॉरेंस अपने आवास में बैठा सेना के अधिकारियों से 'मच्छी भवन' में रह रहे सैनिकों की सुरक्षा के विषय में देर तक बातें करता रहा। तय हुआ कि अगली सुबह वह वहाँ रह रहे सैनिकों और उनके परिवारों को रेज़ीडेंसी में लेकर आयेगा। सेना के अधिकारियों ने हेनरी से दूसरे सुरक्षित आवास में रात गुज़ारने का निवेदन किया, किन्तु हेनरी नहीं माना और उसी आवास के अपने कमरे में सो गया। डोरोथी, जो अब तक सब कुछ देखकर काफ़ी डरी हुई थी, भी हेनरी के कमरे में ही एक तरफ़ अपना बिस्तर डालकर सो गई।

हज़रत के अन्दर की आग बुझी नहीं थी। वह अभी भी धधक रही थी,

क्योंकि अभी भी बड़ी संख्या में सैनिक रेज़ीडेंसी और मच्छी भवन में मौजूद थे। उसने रेज़ीडेंसी के बगल में बह रही गोमती नदी के पार रातोंरात तोपों को लाईन से लगवाया और फिर सुबह होने से बहुत पहले उसका इशारा पा एक-एक कर तोपें गरजने लगीं। तोपों से निकला गोला गोमती के ठंडे पानी को पार कर रेज़ीडेंसी को तबाह करने लगा। देखते-ही-देखते अंग्रेज़ों का अवध का प्रमुख ठिकाना तबाह हो गया। अधिकतर मकान क्षतिग्रस्त हो गये और उनमें रहने वाले लोग मारे गये। बहुत थोड़े लोग ही बच पाये।

सैनिकों के डॉक्टर फेरर का मकान एक तरफ़ अलग होने के कारण काफ़ी कुछ सही हालत में था और डॉक्टर फेरर भी सुरक्षित थे। तोपों के धमाके खत्म होने पर डॉक्टर फेरर भागे-भागे हेनरी लॉरेंस के घर पर पहुँचे। हेनरी के घर का एक बड़ा हिस्सा तोप के गोले से क्षतिग्रस्त हो गया था। फेरर का कलेजा यह देख धक् से रह गया। वे तेज़ी से घर के अन्दर की सीढ़ियों की तरफ़ भागे और हाँफ़ते हुए सीढ़ियाँ चढ़ कर ऊपर हेनरी के कमरे तक पहुँचे तो सन्न रह गये। हेनरी का कमरा धुएँ से भरा हुआ था और वह घायल अवस्था में पलंग से नीचे फ़र्श पर औंधे पड़े हुए थे। फेरर ने आनन-फ़ानन में कुछ सैनिकों को बुलाया और उसे उठाकर अपने घर इलाज के लिए ले गया। इस अफ़रा-तफ़री में किसी का भी ध्यान घायल डोरोथी पर नहीं गया। जो,शायद धमाकों से डरकर कमरे से निकल कहीं छुप जाना चाहती थी और इसी क्रम में कमरे के बाहर बरामदे के एक कोने में घायल होकर गिर गई थी।

पूरी रेज़ीडेंसी में मौत का मातम था। कोई भी परिवार ऐसा नहीं बचा था, जिसमें मौत नहीं हुई थी। लोगों के क्रन्दन और घायलों की कराह से माहौल अजीब भयावह और मातमी हो चुका था। ऐसे में सबकी नज़रें बचा कर एक गोरा-लम्बा युवक बदहवासी में इधर-उधर किसी को ढूँढ़ता भाग रहा था। कभी गिरी हुई दीवारों की ईंटों से टकरा कर गिर जाता तो कभी किसी शव के पैर के नीचे आने के कारण लड़खड़ा जाता, जिसे ढूँढ़ रहा था, उसका पता वह किससे पूछे यह भी नहीं समझ पा रहा था। इधर-उधर भागते हुए उसे एक घर सही-सलामत दिखा और घर के सामने कुछ लोग खड़े हुए थे। वह भागता हुआ उनके पास पहुँचा और अस्पष्ट शब्दों में बोला-

''हेनरी लॉरेंस- ।''

सुनने वाले ने उदास स्वर में जवाब दिया -

''मौत से जूझ रहे हैं।''

''और उनकी बेटी डोरोथी?''

''पता नहीं। शायद घर में हो।''

इस अधूरे वाक्य ने आगा मिर्ज़ा का हलक ही सुखा दिया। फिर भी पूरी कोशिश कर पूछा –

''हेनरी साहब का घर कौन सा है?''

उसी व्यक्ति ने हाथ उठाकर एक घर की तरफ़ इशारा कर दिया। अत्यधिक दुख और तनाव के कारण वह यह नहीं सोच पाया कि एक भारतीय ऐसे सवाल क्यों कर रहा है?

लड़खड़ाते कदमों से आगा मिर्ज़ा उस क्षतिग्रस्त मकान में दाखिल हुआ और हरेक कमरे, बरामदों के कोनों आदि को सावधानी से देखता ऊपर की मंज़िल पर पहुँचा। उसे कराहने की आवाज़ के साथ कुछ अस्पष्ट सा स्वर सुनाई दिया –

''पाऽऽनी।''

आगा आवाज़ का पीछा करते हुए ऊपरी बरामदे के एक कोने की तरफ़ पहुँचा तो सन्न रह गया। डोरोथी घायल पड़ी कराह रही थी। वह जल्दी से कमरों को तलाशता हुआ रसोई में पहुँचा और पानी लाकर डोरोथी का सर अपनी गोद में ले घूँट-घूँट पिलाने लगा। प्रेम के स्पर्श और पानी के कुछ घूँटों का असर हुआ कि डोरोथी ने आँखें खोलीं। बुरी तरह से घायल हो जाने के कारण आँखों में गहरी पीड़ा समाई हुई थी। उसने अपनी पलकें उठाकर आगा को देखा और एक फीकी मुस्कान के साथ धीमी आवाज़ में बोली –

''आगा, बस आख़िरी साँस तक मुझे ऐसे ही थामे रहना।''

''डोरोथी, तुम्हें कुछ नहीं होगा। हम तुम्हें अभी डॉक्टर के पास लेकर चलते हैं।''

''इतना परिश्रम मत करो आगा। जो होना था हो चुका। मेरे शरीर के जिन हिस्सों में ज़ख्म नहीं है उन्हें प्यार से सहलाओ। मुझे इस समय बहुत दर्द हो रहा है। मैं इस दर्द से ऊपर हमारे प्यार को महसूस करना चाहती हूँ।'' – जाने कहाँ से इतना कुछ बोलने की शक्ति डोरोथी के अन्दर आ गई थी। शायद प्रेम की उसकी तड़प थी जो इस घायल अवस्था में भी शब्द बनकर निकल गई थी।

आगा मिर्ज़ा अपने आँसू पीता डोरोथी की आँखों में आँखें डाले कुछ पल बैठा रहा। फिर उसने उसके शरीर पर नज़र दौड़ाई तो सिहर उठा। ज़ख्मों की कमी नहीं थी। डोरोथी की इच्छा उसके स्पर्श की थी और शरीर ज़ख्मों से भरा हुआ खून

से लिथड़ा पड़ा था। आगा ने अपनी उँगलियाँ डोरोथी के सूखे काले पड़ रहे होंठों पर फिराईं, उसने उसके गालों को छुआ और हल्के से झुककर उसकी पेशानी चूम ली। चुम्बन के इस स्पर्श के साथ ही डोरोथी की आँखें बन्द होने लगीं। आगा ने धीरे से उसकी पलकों को चूमा और उसके होंठों पर अपने होंठ रख दिये। डोरोथी के शरीर में हल्की-सी हरकत हुई और फिर शरीर एकदम शांत हो गया। जैसे उसके प्राण केवल अपने प्रेम के इंतज़ार में ही अटके पड़े हों।

आगा की दुनिया लुट गई थी और इसके कारणों की वह खुद भी एक महत्त्वपूर्ण कड़ी था। मातृभूमि के प्रति प्यार ने उसके प्यार की बलि ले ली थी।

अमूमन प्रेम ज़िन्दगी की लौ जलाता है। परन्तु, प्रेम का यह विरोधाभासी रूप था जो एक ही व्यक्ति के हृदय के एक प्रेम ने उसके दूसरे प्रेम को क्रूरता से रौंद दिया। आगा तय नहीं कर पा रहा था कि वह रोये या हँसे। उसे अपनी साँसें घुटती महसूस हो रही थीं। विजय मिली थी, लेकिन उसकी जो कीमत उसने चुकाई थी वह उसे मौत से भी बदतर लग रही थी। काफ़ी देर तक वह सुन्न बैठा रहा। फिर, कुछ तय कर उसने अपनी बाँहों में डोरोथी के मृत शरीर को उठाया और भारी कदमों से रेज़ीडेंसी के एक तरफ़ बने कब्रिस्तान में लेकर गया। वहाँ का दृश्य और भी हृदयविदारक था। कहीं नन्हे मासूमों को दफ़नाया जा रहा था तो कहीं नन्हे बच्चे अपने माता-पिता को सुबकते हुए अलविदा कह रहे थे। कौन किसको ढाढ़स बँधाये यह समझ नहीं आ रहा था।

आगा कब्रिस्तान के एक खाली कोने की तरफ़ बढ़ गया। उसने धीरे से डोरोथी के शव को नीचे रखा और एक नई कब्र के पास रखे फावड़े को लाकर कब्र खोदने लगा। इस काम में उसे बहुत देर नहीं लगी, क्योंकि उसके हाथ एक मशीन की भाँति चल रहे थे। कब्र आम कब्रों से अधिक गहरी, लम्बी और चौड़ी खुदी। उसने प्यार से डोरोथी को देखा, उसे अपनी बाँहों में उठाकर चूमा और उसे लिए हुए धीरे-धीरे कब्र में उतर गया। पहले उसने डोरोथी को लिटाया, फिर वह बाहर निकल कर एक लम्बी और मोटी लकड़ी खोजकर ले आया। अब आगा भी डोरोथी के बराबर में लेटा हुआ अपने डंडे से कब्र के किनारे जमा हुई मिट्टी को गिरा रहा था। जितना संभव था, दोनों ही शरीरों को मिट्टी से ढक उसी डण्डे से वह अपने सर के पीछे जमी मिट्टी को गिराने लगा। बेतरतीब मिट्टी उसके और डोरोथी के चेहरे पर गिरने लगी। आगा की आँखों और नथुनों में जैसे-जैसे मिट्टी समाती जा रही थी उसका घुटती साँसों में पागलपन भी बढ़ता जा रहा था। अंततः उसके हाथ शिथिल हो नीचे गिर गये। कब्र अभी अधूरी थी। दो शरीर मिट्टी के अन्दर से झाँक रहे थे।

तभी लखनऊ के आकाश में सूरज की लालिमा छाई और फ़िज़ाओं में "अल्ला हो अकबर" तथा मंदिर की घंटियों का शोर ऐसे घुलने लगा मानो इस अद्भुत प्रेम को अपनी दुनिया में सफल बनाने के लिए ईश्वर से प्रार्थना की जा रही हो।

रेज़ीडेंसी को तबाह करने के बाद हज़रत ने मच्छी भवन का रुख किया। मच्छी भवन में भी अंग्रेज़ सैनिक भारी तादाद में रहते थे। रात्रि का अंतिम पहर था, जबकि उसने मच्छी भवन पर हमला किया। सैनिक कुछ सो रहे थे, कुछ शहर में गूँज रही तोपों की आवाज़ से जगे अनमने से थे तो कुछ सजग और चौकस भी। अचानक हुए इस हमले से ब्रिटिश सैनिकों को सँभलने का मौका नहीं मिला और यह युद्ध अधिक समय तक नहीं चल सका। मच्छी भवन पर विजय के बाद हज़रत ने वहाँ के सभी बचे हुए सैन्य-कैदियों को रेज़ीडेंसी में भेजकर रेज़ीडेंसी के मुख्य द्वार को बन्द करने तथा बाहर से रसद आदि की आपूर्ति भी रोक देने का आदेश दिया।

सुबह की पहली अज़ान के साथ कई छोटे-बड़े घावों, रक्त के छींटों से सने चेहरे पर विजय का दर्प लिए हज़रत ने अपने महल में प्रवेश किया। महल की सुरक्षा की ज़िम्मेदारी भवानी पर थी और वह चौकसी के साथ लगातार जगी हुई सुरक्षा में लगी हुई थी। सबसे पहले हज़रत पर उसी की निगाह पड़ी। वह भागकर हज़रत के पास आई। भवानी को देखते ही हज़रत हाथी पर से उतर गई और उसे खुशी से अपनी बाँहों में भरते हुए कहा –

"भवानी, हमने अपने प्यार की तौहीन और अपमान का बदला ले लिया। हमने अवध को लावारिस करने वालों को मौत दे दी। भवानी, हम जीत गये। ब्रिटिशों को भागना पड़ा।"

"लेकिन अम्मी आप थोड़ी सी घायल भी हो गई हैं। चलिए, हम आपका हमाम तैयार करवाते हैं। पहले नहा लें। तब तक हम हकीम साहब से घावों पर लगाने के लिए कोई मलहम लेकर आते हैं।"

"नहीं भवानी, हम सबसे पहले जाने आलम की तस्वीर के पास जाकर उनसे मिलेंगे। तब तक तुम अपने भाई बिरजिस को जगाकर हमारे पास ले आओ। उसे भी अपनी अम्मी को ऐसे ही देखना ज़रूरी है। वह एक बहादुर माँ की औलाद है। यह उसे जानना ही चाहिए।"

"हाँ अम्मी, हम अभी जाते हैं।"

हज़रत महल अपने खास कमरे में वाजिद अली शाह की आदमकद तस्वीर के सामने खड़ी थी। दिल वाजिद के लिए बेतरह तड़प रहा था और बहती आँखें

अपलक वाजिद को निहार रही थीं। शब्द जैसे उसका साथ छोड़ गये थे। बाँहें निढाल, लाचार-सी लटकी थीं, मानो वाजिद को अब तक आज़ाद नहीं करवा पाने की ग्लानि का बोझ उठाये हुए हों। हज़रत को वहाँ खड़े हुए बामुश्किल दस-पन्द्रह मिनट ही हुए होंगे कि बिरजिस कद्र लगभग दौड़ता हुआ आया और उससे लिपटकर रोते हुए बोला –

''अम्मी आप आ गईं वापस। अल्लाह का लाख-लाख शुक्र है। हम सारी रात जगकर आपके लिए दुआयें करते रहे। बस अभी थोड़ी देर पहले जाने कैसे आँख लग गई। आप एकदम सलामत तो हैं ना अम्मी? रो क्यों रही हैं। कुछ हुआ तो नहीं।''

जवाब में हज़रत कुछ बोल न पाई। बस, बिरजिस को सीने से भींच फूट-फूट कर रोने लगी।

युद्ध की जीत हो या हार, ऐसे ही नहीं आती। वह दोनों ही पक्षों के लिए आँसुओं के सैलाब भी लेकर आती है। हारने वाले ज़ख्मी थे तो जीतने वालों के सीने पर भी कई गहरे ज़ख़्म थे। सबसे अधिक जिस ज़ख़्म ने हज़रत को विचलित किया वह था उदा के पति अका पासी का युद्ध के मैदान में शहीद हो जाना। उदा हज़रत का दाहिना हाथ थी और हज़रत उसे टूटने नहीं देना चाहती थी। अका के अंतिम संस्कार में हज़रत शामिल होने गई तो उदा को देखकर दंग रह गई। सफ़ेद लिबास, शांत और दीपित चेहरों पर दो आँखें क्रोध की ज्वाला उगल रही थीं। आँसू कहीं थे ही नहीं। उदा ने अपने पति अका पासी को मुखाग्नि दी और चिता की अग्नि को साक्षी मान गंभीर स्वर में बोली –

''विदा अका, तुम्हारी यह कुर्बानी हम बेकार नहीं जाने देंगे। न तो तुम्हारा मुर्दा जिस्म देखकर रोये थे, न ही अभी रो रहे हैं और बाद में भी नहीं रोयेंगे। कुर्बानी पर आँसू बहाना तुम्हारे जैसे बहादुर की बीवी को शोभा नहीं देता।''

हज़रत ने आगे बढ़कर उदा को अपनी बाँहों में भर लिया और प्यार से उसकी पेशानी चूमकर बोली –

''उदा हमें वीर अका और तुम पर फ़ख़्र है। अवध सदा तुम दोनों का कर्ज़दार रहेगा। आओ, अब घर चलें।''

हज़रत जब उदा को घर लेकर आई, आगा मिर्ज़ा के इश्क में फ़ना होने का वाकया उसका इंतज़ार कर रहा था। आगा के एक साथी सैनिक ने जब हज़रत को आगा और डोरोथी की दास्तान सुनाई। हज़रत की आँखें भीग गईं। उसने दोनों हाथ उठाकर आगा-डोरोथी के लिए दुआयें माँगीं।

हेनरी लॉरेंस की मौत के बाद ब्रिटिशों का रहा-सहा मनोबल भी टूट गया। उस पर रेज़ीडेंसी में मच्छी भवन से भी सैनिकों तथा उनके परिवारों के आ जाने के कारण भीड़ भी बढ़ गई। एक-एक घर में तीन-चार परिवार साथ रहने लगे। रेज़ीडेंसी का सम्पर्क शेष लखनऊ से टूट चुका था। न तो बाहर से कोई रसद आ पा रही थी और न ही भारतीय सेवक काम के लिए आ रहे थे। गर्मी, भूख और गंदगी से रेज़ीडेंसी में हैजा फैल गया, जिससे बचाव के लिए दवाइयाँ भी बाहर से नहीं लाई जा सकती थीं। जो लोग युद्ध के हमले में बच गये थे, अब हैजे और भूख से मरने लगे। एक समय ऐसा भी आया जबकि रेज़ीडेंसी के अन्दर गिनती के लोग बच गये। यह सूचना लॉर्ड डलहौज़ी और जेम्स आउट्रम तक भी पहुँची। डलहौज़ी इस खबर को सुनकर तिलमिला उठा। उसने बेगम हज़रत महल को सबक सिखाने का निश्चय किया और जेम्स आउट्रम के साथ मिलकर नई रणनीति बनाने लगा।

हज़रत ने इस जीत के बाद सबसे पहला काम किया कि बिरजिस कद्र के नाम से आस-पास के राजाओं को एक खत लिखा, जिनमें दिल्ली के बादशाह बहादुर शाह ज़फ़र और तत्कालीन नेपाल नरेश जंग बहादुर भी थे। खत के जवाब में बहादुर शाह ज़फ़र ने बिरजिस कद्र की प्रशंसा करते हुए लिखा – 'हमें आप पर नाज़ है। आपने इतनी छोटी उम्र में ही बड़े-बड़े कारनामों को अंजाम दिया है।'

बहादुर शाह ज़फ़र के इस जवाब से हज़रत फूली न समाई। वह अपने बेटे बिरजिस को वाजिद अली शाह की तरह ही लोकप्रिय नवाब के रूप में देखना चाहती थी। यह बात अलग है कि समय के तकाज़े के कारण आई अत्यधिक सतर्कता के कारण वह अभी बिरजिस को युद्ध और राज-काज से दूर ही रख रही थी।

नेपाल के राजा जंग बहादुर ने भी बिरजिस कद्र की भूरि-भूरि प्रशंसा करते हुए हज़रत के खत का जवाब दिया। हज़रत ने तुरंत एक और पत्र राजा जंग बहादुर को 'शुक्रिया' का लिखते हुए भविष्य में ज़रूरत पड़ने पर सहायता करने सम्बन्धी आग्रह का लिखा, जिसे जंग बहादुर ने सहर्ष स्वीकार कर लिया।

हज़रत अपनी इस विजय के बाद निश्चिन्त नहीं थी, उसे मालूम था कि लॉर्ड डलहौज़ी जैसा षड्यंत्री व्यक्ति अब चुप नहीं बैठा रहेगा और जेम्स आउट्रम के साथ मिलकर ज़रूर कुछ-न-कुछ करेगा, लेकिन वह अपनी इस आशंका को जनता के सामने नहीं लाना चाहती थी, क्योंकि बड़ी त्रासदी झेलने के बाद अभी-अभी अवध की जनता ने राहत की साँस ली थी। लिहाज़ा उसने एक जश्न मनाने का निश्चय किया जिसके लिए उसे माकूल कारण भी मिल गया-बिरजिस कद्र का जन्मदिन।

वाजिद अली शाह की गिरफ़्तारी के बाद से लगातार ब्रिटिश तानाशाही और फिर युद्ध के कारण अवध की जनता अपने स्वाभाविक रंगों को खोने लगी थी। उनकी उत्सव-प्रियता और कलाओं की अभिरुचियाँ ज़ख़्मी हो गई थीं। हज़रत द्वारा बिरजिस कद्र के जन्मदिन का जश्न मनाने की घोषणा ने इन ज़ख़्मों पर मरहम लगाने का काम किया। लोग जैसे एकदम से पहले के शांत और मैत्रीपूर्ण जीवन में लौटने लगे। उत्सव की घोषणा के साथ ही परीखाना में भी रौनक लौट आई। साज़ों पर जमी धूल साफ़ कर उन्हें बजाने के लिए तैयार किया जाने लगा। घुँघरुओं को पैरों में बाँधकर फिर से पैरों की लयबद्धता जाँची जाने लगी। नृत्य और नाटकों की पोशाकों को धोकर चमकाया जाने लगा। कॉपियों के पन्ने पलट कर माकूल शायरी, ठुमरी आदि की तलाश की जाने लगी। नहीं मिलने पर नई लिखने की कोशिशें होने लगीं। बंदिशें बनाई जाने लगीं और सुर साधे जाने लगे।

महीनों से खोई लखनऊ की पहचान, उसकी मस्तियाँ और बेफ़िक्रियाँ फिर से लोगों के दिलो-दिमाग पर तारी होने लगीं। जन्मोत्सव के लिए शहर को सजाया जाने लगा। युद्ध के कारण जहाँ विध्वंस था, उसे नये रूप में ठीक किया जाने लगा। हज़रत जैसे युद्ध की विभीषिका और तनाव का नामो-निशान जनमानस के दिलो-दिमाग पर से मिटा देना चाहती थी।

उत्सव खूब शानदार हुआ। उस समय की मशहूर नर्तकी उमराव जान को भी बुलाया गया था। परीखाना में वाजिद अली शाह की ठुमरियों पर तैयार की गई नृत्य-नाटिका प्रस्तुत की गई। पूरे हफ़्ते भर चले इस उत्सव से न केवल लखनऊ की आम जनता बल्कि सैनिक भी खुद को तरोताज़ा महसूस करने लगे।

लेकिन कहते हैं ना कि कर्मयोगियों के जीवन में बाँसुरी बजाने वाली रातें नहीं टिकतीं। हज़रत के साथ भी ऐसा ही हुआ। महीना बीतते-बीतते यह खबर मिली कि जेम्स आउट्रम बड़ी संख्या में सेना लेकर रेज़ीडेंसी में घिरे सैनिकों की सहायता के लिए आ रहा है। इतनी जल्दी-जल्दी सीधी मुठभेड़ करना हज़रत ने उचित नहीं समझा। अभी तुरंत वह धन-जन की बड़ी क्षति नहीं उठाना चाहती थी। लिहाज़ा उसने आउट्रम के साथ आ रही सेना को रास्ते में रोकने की एक योजना बनाई और उसको विस्तार से लिखकर पर्चे बनवा लखनऊ के हरेक घर में बँटवा दिया।

लगातार विद्रोह की घटनाओं के कारण मेजर जनरल सर जेम्स आउट्रम को दीनापुर और कानपुर डिवीज़नों की कमान सौंपी गई थी। आउट्रम रेज़ीडेंसी की खबरों से आहत तो खूब था, लेकिन कानपुर के आस-पास हो रहे विद्रोहों को भी

वह अनदेखा नहीं कर सकता था। लिहाज़ा उसने हेनरी मार्शहम हेवलक को तीन हज़ार सैनिकों के साथ लखनऊ भेजा। रेज़ीडेंसी में बन्द सैनिकों की बदतर स्थिति की सूचना उन्हें मिलती जा रही थी और हेवलक सहित सभी सैनिक विचलित थे, वे जल्दी-से-जल्दी रेज़ीडेंसी तक पहुँच कर अपने साथियों की सहायता करना चाहते थे। जब वे लखनऊ से मात्र 25 किलोमीटर की ही दूरी पर होंगे कि उनके कानों में बंदूकों की हल्की-हल्की आवाज़ें गूँजने लगीं। हेवलक को यह आभास हो गया कि लखनऊ में प्रवेश के साथ ही उसके लिए मुश्किलों का दौर शुरू हो जायेगा। उसने यह सूचना आउट्रम तक पहुँचवा दी। आउट्रम ने कानपुर को नज़रंदाज़ कर लखनऊ जाने का फ़ैसला किया और लखनऊ के आलमबाग में प्रवेश के पहले हेवलक और सैनिकों से जा मिला।

आलमबाग में लखनऊ की सीमा पर राजा जयलाल को चार पलटनों के साथ सुरक्षा की ज़िम्मेदारी हज़रत ने सौंपी थी। राजा जयलाल को जैसे ही ब्रिटिश सेना के आने की खबर मिली, उन्होंने सेना को और अधिक चौकस कर दिया।

आलमबाग में प्रवेश के साथ ही ब्रिटिशों और भारतीय सेना के बीच घमासान युद्ध हुआ। ब्रिटिशों का हालाँकि नुकसान काफ़ी हुआ, लेकिन घंटों के घमासान युद्ध के बाद हेवलक ने भारतीय सेना को हरा दिया। राजा जयलाल इस युद्ध में अत्यन्त वीरता से लड़ते हुए शहीद हो गये। आउट्रम और हेवलक अब आलमबाग से आगे रेज़ीडेंसी की तरफ़ तुरंत बढ़ना चाह रहे थे, पर कुदरत को यह मंज़ूर नहीं था। युद्ध की समाप्ति के बाद अचानक आसमान काले बादलों से घिर गया, और बादलों की ग़ज़लन तथा बिजली की चमक के साथ मूसलाधार बारिश शुरू हो गई। मानो, कुदरत भी अपनी तरह से ब्रिटिशों से बदला ले रही हो। निराश हो पूरी सेना को आलमबाग में ही दो दिनों तक डेरा डालकर बारिश थमने का इंतज़ार करना पड़ा।

बरसात का कहर कुछ ऐसा था कि हेवलक और आउट्रम को आलमबाग से रेज़ीडेंसी तक के पहले से तय किये गये रास्ते में बदलाव करना पड़ा।

हज़रत ने अपने अनुमान से दो रास्तों को चुन रखा था और जगह-जगह सैनिकों के जत्थे छुपकर हमला करने को तैयार कर रखे थे। जब बारिश खत्म हुई तो हेवलक और आउट्रम आलमबाग से चारबाग की तरफ़ सेना लेकर बढ़ने लगे। सड़क के दोनों तरफ़ गन्ने के खेतों और लम्बी घासों के बीच छुपे सैनिकों ने निकल कर उन पर हमला कर दिया। अचानक हुए इस हमले ने ब्रिटिशों को सँभलने का मौका नहीं दिया और बड़ी संख्या में ब्रिटिश सैनिक मारे गये। चारबाग के इस युद्ध

से ब्रिटिश सेना ने कैसरबाग तक जाने के लिए पतली और संकरी गलियों को चुना, जो काफ़ी मुश्किलों से भरी हुई थीं। कैसरबाग में भी उन्हें भारी क्षति उठानी पड़ी क्योंकि तोपें और बंदूकें वहाँ भी उनका स्वागत करने को तत्पर थीं।

इस संघर्ष के बाद आउट्रम रेज़ीडेंसी तक के रास्ते में अब और कोई मुठभेड़ नहीं चाहता था। अतः उसने फिर से संकरी गलियों वाला घुमावदार रास्ता चुना। इस बार ब्रिटिश सेना को गोलियों की जगह गलियों के दोनों तरफ़ बने रिहाइशी मकानों से थूकों और पत्थरों की बौछारों का सामना करना पड़ा। सैनिक गोलियों से लड़ तो सकते थे, लेकिन उनके लिए इस नफ़रत से लड़ना संभव नहीं था। उस पर, आउट्रम का आदेश अब जल्द-से-जल्द रेज़ीडेंसी तक पहुँचने का था।

रास्तों से जूझते हुए जब आउट्रम रेज़ीडेंसी पहुँचा तो वहाँ सैनिकों और उनके परिवारों की हालत देखकर उसकी आँखों में आँसू आ गये। रेज़ीडेंसी के अन्दर गन्दगी का साम्राज्य था। हैजा फैला हुआ था। बच्चे, जवान, बूढ़े सभी इसकी चपेट में एक-एक कर आ रहे थे। दवाई के अभाव में तड़पते हुए दम तोड़ते लोग, भोजन के अभाव में भूख से बेचैन लोग। कोई किसी को देखने वाला नहीं था। कई शव तो दफ़नाये जाने के अभाव में पक्षियों और जानवरों के द्वारा नुचकर वीभत्स रूप लिए हुए सड़ रहे थे। जीवन हर पल दाँव पर लगा हुआ था। आउट्रम की आँखों के सामने साल भर पहले की खुशहाल रेज़ीडेंसी का चित्र घूम गया। हँसते-खिलखिलाते, नाचते सैनिकों के जोड़े, बच्चों की गूँजती धमाचौकड़ियाँ, चारों तरफ़ ऐश्वर्य का साम्राज्य-सब कुछ जैसे चंद दिनों में खत्म हो गया था। भर्राये गले से आउट्रम ने हेवलक से कहा -

''एक बात सदा याद रखना हेवलक, इंडिया में चाहे जो भी करना किसी इंडियन वुमेन के प्रेम पर अटैक कभी मत करना। मैंने यही बड़ी भूल कर दी और इसका परिणाम कितना हृदय विदारक हुआ यह देख लो। इंडियन वुमेन सब कुछ बर्दाश्त कर सकती है लेकिन अपने सम्मान और प्रेम पर हमला कभी नहीं बर्दाश्त कर सकती।''

''यस सर। मेरी भी समझ में कुछ-कुछ आ रही है यह बात। उधर झाँसी में रानी लक्ष्मीबाई और इधर अवध में बेगम हज़रत महल।''

''रानी लक्ष्मीबाई का केस बेगम हज़रत महल से थोड़ा अलग है। यह दुर्दशा जो तुम अपने सैनिकों की देख रहे हो, वह पूरी तरह से मेरे द्वारा बेगम के किये गये अपमान का परिणाम है, लेकिन हम इस पर अब बाद में बात करेंगे। पहले हमें यहाँ की साफ़-सफ़ाई और जिनकी साँसें चल रही हैं उन्हें बचाने की कोशिश करनी चाहिए।''

"यस सर।" – ऐसा कहकर हेवलक ने साथ आये सैनिकों को आदेश देना चाहा कि तभी रेज़ीडेंसी के गेट पर गोलियों की आवाज़ें गूँज उठीं। आउट्रम के माथे पर चिंता की लकीरें खिंच गईं। उसने चिंतित स्वर में कहा –

"ओह! अभी तो हमने गेट पर इतना भयंकर युद्ध किया था, अंदर आने के लिए और यह फिर से? बेगम हज़रत महल तुम इंसान की शक्ल में आफ़त की परकाला हो। हेवलक, पहले हमें बागियों को यहाँ से भगाकर रेज़ीडेंसी को बाहर से सुरक्षित करना चाहिए।" थकी-मांदी ब्रिटिश सेना को अपनी सुरक्षा की लड़ाई फिर से एक बार लड़नी पड़ें। रेज़ीडेंसी की हालत व्यवस्थित करने में आउट्रम को तीन-चार दिन लग गये। सैनिकों की कड़ी मेहनत के बाद हमले के कारण जमा हुए मलबे को एक तरफ़ किया जा सका। जो घर थोड़े से सही-सलामत बचे थे उनमें बीमार बच्चों, स्त्रियों और पुरुषों को रखा गया और उनके लिए दवाइयों तथा उचित आहार की व्यवस्था की गई। सड़ रहे वीभत्स शवों को पास के कब्रिस्तान में बाइज़्ज़त दफ़नाया गया। उसमें छोटे-किशोर बच्चों, कुछ युवा स्त्रियों और बूढ़ों के शव अधिक थे। इसी दौरान आउट्रम को एक कब्र अपेक्षा से अधिक चौड़ी और बड़ी दिखी। उसने उसके बारे में पड़ताल की तो उसे डोरोथी और आगा मिर्ज़ा की प्रेम कहानी मालूम हुई। सभी शवों पर फूलों के गुच्छे चढ़ाता आउट्रम ब्रिटिश लड़की के साथ एक भारतीय के दफ़न होने की बात से घृणा से भर उठा और उसने उस कब्र पर थूक दिया तथा हाथ में लिए फूलों के गुच्छे को कब्र के पास घृणा से फेंक पैरों से बुरी तरह कुछ देर तक मसलता रहा, मानो हर भारतीय को वह ऐसे ही अपने जूतों से मसल देना चाहता हो।

इंसान चाहता कुछ है और कुदरत उसकी चाहना से अलग कुछ और ही रच रही होती है। आउट्रम जब अपनी घृणा में डूबा हुआ था तभी आसमान में चुपके से बादल घिर आये और बरस पड़े। कहते हैं कि उस पुष्प-गुच्छ के एक डंठल में फूलों के बीज भी थे, जो पैरों से रौंदे जाने के कारण अपने फल से अलग हो मिट्टी के सम्पर्क में आ गये। उस पर तुरंत हुई बारिश ने उनमें जीवन भर दिया और जल्दी ही वहाँ फूलों के पौधे लहलहा उठे, जो बड़े होकर खूब खिले। आज भी रेज़ीडेंसी जाने वाले उन सफ़ेद फूलों के वृक्षों को बहुतायत में वहाँ के कब्रिस्तान में देख सकते हैं, जो डोरोथी-आगा की कब्र से शुरू होकर धीरे-धीरे पूरे कब्रिस्तान में फैल गये थे। कालान्तर में उन्हें व्यवस्थित कर दिया गया।

आउट्रम का रोम-रोम सुलग रहा था और वह हज़रत से अपने सैनिकों की दुर्दशा का बदला लेने के लिए बेचैन था। उसने अपने सैनिकों को अवध को लूटने

का निर्देश दिया – ''जिसे जो अच्छा लगे उसे बस उठाओ और चल दो। अगर, कोई विरोध करे तो जान से मार डालने की धमकी दो। फिर भी न माने तो मार डालो।''

आउट्रम के इस क्रूर आदेश के बाद ब्रिटिश सैनिकों ने लखनऊ को जी भरकर लूटना शुरू कर दिया। राशन से लेकर फ़ैंसी सामान तक जिसके हाथ में जो आ जाता उठा लेता था और विरोध करने पर बंदूकें तान दी जाती थीं। पूरे लखनऊ का माहौल अस्त-व्यस्त हो गया। हज़रत के आदेश पर उसके सैनिक ब्रिटिशों को रोकने की कोशिशें करते लेकिन उनकी तमाम कोशिशें कुचल दी जा रही थीं।

हज़रत इस बदलते हालात से बेचैन थी। वह अपने लखनऊ को अमन-चैन से साँसें लेते देखना चाहती थी। आउट्रम के आदेश पर मनमानी करती ब्रिटिश सेना को रोकने की सारी कोशिशें उसकी बेमानी होती जा रही थीं। इन्हीं परेशानी भरे दिनों में उसे सूचना मिली कि आउट्रम ने उससे लोहा लेने के लिए और भी बड़ी संख्या में फ़ौज मँगवाई है।

यह खबर हज़रत को बेचैन कर गई। उसने तुरंत एक पत्र नेपाल के तत्कालीन नरेश राजा जंग बहादुर को लिखा, जिसमें अवध की रक्षा के लिए सेना भेजने का आग्रह था। लेकिन, केवल यह व्यवस्था ही पर्याप्त नहीं थी। वह उस समय के एक बड़े क्रान्तिकारी मौलवी अहमद उल्लाह से भी मिलने उनके ठिकाने पर गई।

मौलवी अहमद उल्लाह अंग्रेज़ों के कट्टर विरोधी थे और उनके खिलाफ़ ज़हर बुझे शब्दों का प्रयोग बड़ी निडरता से अपने भाषणों में किया करते थे। बड़ी संख्या में लोग उनके इस विरोधी तेवर के मुरीद थे। मौलवी अहमद उल्लाह ने अपने जोशीले भाषण के बल पर बागियों की एक बड़ी सेना भी बनाई थी।

हज़रत जब मौलवी अहमद से मिलने अपने लाव-लश्कर के साथ गई तो मौलवी ने उससे मिलने से इनकार करते हुए कहा –

''अगर बेगम अकेले एक बागी के रूप में हमसे मिलना चाहें तो मिल सकती हैं।''

हज़रत ने मौलवी की बात मानते हुए अकेले उससे मुलाकात की। लगभग पैंतालिस मिनटों की मुलाकात में मौलवी हज़रत का मुरीद हो चुका था। हज़रत ने उससे अपनी सेना लेकर आलमबाग की सीमा पर अंग्रेज़ों को रोके रखने की ज़िम्मेदारी सौंपी। मौलवी इसके लिए तैयार हो गया।

इसी समय हज़रत तक यह खबर आई कि बड़ी संख्या में सर कॉलीन सेना

लेकर दिलकुशा महल के पास की नहर को पारकर लखनऊ में प्रवेश करने वाला है। जिस समय यह सूचना भेदिये ने हज़रत को दी, उस समय हज़रत उदा और भवानी के साथ महल में बैठकर आगे की रणनीति बना रही थीं। दिलकुशा महल के पास एक बड़ा जंगल था। नहर पार कर आने वाले सैनिकों को पहले जंगल पार करना होता।

उदा ने इसी बात को लक्ष्य कर कहा –

''बेगम दिलकुशा में हम अंग्रेज़ों को अपनी महिला सेना के साथ रोकेंगे।''

''क्या तुम्हारे मन में कोई योजना है?''

''हाँ बेगम। नहर पार करते ही सैनिकों को दिलकुशा महल तक पहुँचने से पहले जंगल पार करना होगा। हम उसी जंगल का फ़ायदा उठायेंगे।''

''कैसे? पूरी तफ़सील से बताओ।''

''सैनिक जैसे ही नहर पार करने लगेंगे, हमारी औरतों की सेना, जो पेड़ों पर चढ़कर छुपी होगी, उन पर गोलियों की बौछार कर देगी।''

''नहीं उदा, ऐसे नहीं। ऐसे तो सभी सैनिक उनकी नज़र में आ जायेंगी। हम एक अलग तरह का घेरा बनाते हैं।'' – कहते हुए बेगम ने ज़मीन पर एक नक्शा खींचा। जिसमें नहर के बाद के पहले पेड़ को छोड़कर दूसरे पर एक सैनिक, उससे कुछ दूरी पर तीन सैनिक, फिर पाँच, उसके बाद सात और तब महल के पास पूरी सेना दीवार की तरह खड़ी रखी गई। उस नक्शे को देख उदा ने कहा –

''बेगम, बहुत सही फ़ैसला लिया है आपने। नहर के बाद वाले पेड़ पर हम होंगे।''

''लेकिन उदा यह सबसे खतरनाक है।''

''हम सेना के कमांडर इन चीफ़ भी तो हैं। हमारे पीछे ही सेना को होना चाहिए।''

''ठीक है।'' – हज़रत ने गंभीर स्वर में स्वीकृति दे दी।

सर कॉलीन को लखनऊ पहुँचने की जल्दी थी। उसने अपनी सेना के एक अधिकारी वैलेस को लखनऊ में प्रवेश का सबसे मुफ़ीद रास्ता लेने को कहा। दिलकुशा में जंगल और नहर होने के कारण वैलेस को दिलकुशा के रास्ते लखनऊ में प्रवेश करना अधिक सुरक्षित जान पड़ा और उसने सेना का रुख उधर ही मोड़ दिया।

वह लगभग दोपहर का समय था, जब सर कॉलीन ने सेना के साथ नहर पार की। लगातार चलते रहने से सभी सैनिक भूख और प्यास से बेचैन थे। नहर

का पानी पीने लायक नहीं था तो आगे बढ़ना ही एकमात्र रास्ता था। नहर के साथ चलते हुए उन्हें जंगल में एक पेड़ के पास कुछ पानी के घड़े रखे दिखे। जिसे देखते ही वे बिना कुछ सोचे-समझे उसकी तरफ़ बढ़ने लगे। जैसे ही सैनिकों का एक झुंड उस घड़े के करीब आया, अचानक कहीं से गोलियों की बौछारें शुरू हो गईं और एक-एक कर सारे सैनिक वहीं ढेर हो गये। लेकिन प्यास की तीव्रता से अंधे हो रहे उस झुण्ड के बाद के सैनिक भी रुके नहीं। वे हवा में गोलियाँ दाग़ते हुए पानी के घड़े की तरफ़ बढ़ते जा रहे थे। जैसे ही वे घड़े के कुछ पास आते गोलियों की बौछारें आतीं और सैनिक वहीं ढेर हो जाते। जब लगभग सेना के एक चौथाई सैनिकों का यही हश्र हुआ तो कॉलीन की चिंता बढ़ गई। उसने सैनिकों को आगे बढ़ने से रोक दिया और लाशों के ढेर के पास उनका मुआयना करने पहुँचा तो चौंक गया। सभी सैनिकों के सर पर गोली लगी हुई थी। इसका मतलब साफ़ था कि गोली किसी पेड़ पर चढ़े व्यक्ति ने चलाई थी। वह अभी सैनिकों की इस हालत को देख ही रहा था कि एक गोली सनसनाती हुई आई और उसके कान के पास से निकल गई। कॉलीन ने तुरंत अपनी बंदूक गोली की दिशा में तानी। तब तक उसके साथ खड़े सेना अधिकारी वैलेस ने उस दिशा में एक साथ कई गोलियाँ दाग दी थीं, जिनका असर यह हुआ कि पेड़ पर बैठा बंदूकधारी व्यक्ति पेड़ से नीचे गिर गया। संभवतः उन गोलियों ने उसका काम तमाम कर दिया था। कॉलीन और वैलेस उस व्यक्ति की तरफ़ लगभग दौड़ते हुए पहुँचे। वहाँ पहुँच कर वे दोनों सन्न रह गये। पेड़ से पुरुष सैनिकों के कपड़े पहने एक स्त्री मृत अवस्था में गिरी थी। ऊँचाई से गिरने के कारण उसके लम्बे बाल खुलकर बिखर गये थे। वैलेस वह दृश्य देखकर रोते हुए बोला –

''सर, अगर मुझे मालूम होता कि पेड़ पर एक वीर स्त्री है तो मैं किसी भी हालत में उस पर गोली नहीं चलाता।''

आँखों में आये आँसू पोंछकर कॉलीन ने पास जाकर वर्दी पर लगे बैज पर नाम पढ़ा –

''उदा पासी, कमांडर इन चीफ़, हज़रत महिला सेना।''

उदा की शहादत की खबर सुनकर हज़रत बिखर गई। उसे वे दिन याद आ गये जबकि वह पहली बार उदा से मिली थी। वह ज़ोर-ज़ोर से रोना चाहती थी। लेकिन, तत्कालीन परिस्थितियाँ उसे रोने से रोक रही थीं। आउट्रम का कहर लखनऊ पर बढ़ता जा रहा था। जो भी विद्रोही जीवित उसकी पकड़ में आता वह उसे सबके सामने ज़िंदा आग में फिंकवा देता था। हज़रत ने उदा का दाह-संस्कार

अपने हाथों से किया और उसके बाद उसने पूरे दिन खुद को अपने कमरे में बंद कर लिया। उसे ऐसा लग रहा था, मानो उसके शरीर का एक अत्यन्त महत्त्वपूर्ण अंग कट गया है।

अगले दिन जब वह कमरे से बाहर आई तो उसकी आँखों में पूरे ज़माने का क्रोध समाया हुआ था और चेहरा एकदम सख्त था। जैसे कोई बड़ा निर्णय उसने ले लिया हो। सबसे पहले उसने मौलवी अहमद उल्लाह को संदेश भिजवाया कि जितनी भी सेना उनके पास है उसके साथ वे अंग्रेज़ों पर पूरी ताकत से फ़ौरन हमला करें। फिर उसने अपनी सेना के सभी कमांडर इन चीफ़ को बुलाकर ब्रिटिशों पर हमले की तैयारी करने का आदेश देते हुए कहा –

"जितनी जल्दी हो सके हमें ब्रिटिश सेना पर अपनी पूरी ताकत से हमला कर देना है। इस बार हमें फिर से उन्हें अपनी धरती से भगाना है। इसलिए आप सब सभी सैनिकों के साथ हमले की तैयारी करें। हमने नेपाल के राजा जंग बहादुर जी से भी मदद माँगी है और उन्होंने हमारी मदद करने का वादा किया है। किसी भी वक्त उनकी सेना नेपाल से आकर हमारे साथ मिल जायेगी। इस बार भी हमारी जीत होगी।"

हज़रत के इस भाषण से सभी कमांडरों में जोश भर गया और उन्होंने अपनी-अपनी सैनिक टुकड़ी को हज़रत का भाषण शब्द-दर-शब्द बोलकर सुनाया, जिससे सैनिक उत्साहित हो ब्रिटिशों के विरुद्ध लड़ने को तैयार हो गये।

आउट्रम काफ़ी सधा हुआ खिलाड़ी था। लखनऊ पर अपने क्रोध का कहर बरपाते हुए उसे आभास था कि हज़रत इसका बदला अपने क्रूरतम रूप में लेगी। उसने अपने भेदियों का जाल चारों तरफ़ फैला रखा था। जैसे ही उसे खबर मिली कि नेपाल के राजा जंग बहादुर ने हज़रत की मदद का वादा किया है तुरंत उसकी वक्रदृष्टि नेपाल पर पड़ गई। उसने जंग बहादुर राणा को भारी रकम देने का प्रस्ताव भेजते हुए सेना सहित अंग्रेज़ों का साथ देने को कहा।

आउट्रम की इस नीचता की खबर हज़रत को लगी। उसने फ़ौरन यह खबर भिजवाई कि साथ देने पर वह जंग बहादुर राणा को अवध के खज़ाने का एक बड़ा हिस्सा और गोरखपुर की रियासत दे देगी।

राणा जंग बहादुर ने दोनों ही प्रस्तावों पर गहरे विचार किया। धन उसे दोनों ही तरफ़ से बेशुमार मिल रहा था। लेकिन, उसे अंग्रेज़ों का भारतीय रियासत पर छाते जाना दिखा और उसकी दूरगामी सोच ने उसे बता दिया कि अंग्रेज़ों से लड़ने से अधिक फ़ायदा उनसे मिलकर रहने में है। अतः वह अपनी बड़ी फ़ौज लेकर

लखनऊ तो आया, परन्तु हज़रत की सेना से नहीं, जाकर ब्रिटिश सेना से मिल गया।

हज़रत लखनऊ में चारों तरफ़ घूम-घूम कर अपने सैनिकों का मनोबल बढ़ा रही थी। युद्ध क्षेत्र में उसे इस तरह बेखौफ़ घूमता देख ब्रिटिश सैनिक भी दंग थे। उन्होंने हज़रत की बहादुरी और बुद्धिमानी के किस्से सुन रखे थे और आज उसे सिंहनी की तरह दहाड़ते हुए देख उनके हौसले पस्त हुए जा रहे थे। यह युद्ध भी धीरे-धीरे हज़रत के पक्ष में ही आ रहा था और वह अंग्रेज़ी सेना पर विजय के करीब पहुँच गई थी। तभी उसकी आशा के विपरीत राणा जंग बहादुर अपनी हज़ारों की संख्या वाली बड़ी फ़ौज लेकर ब्रिटिश सेना से जा मिला। जंग बहादुर के इस व्यवहार की खबर से हज़रत सन्न रह गई। फिर भी, उसने उम्मीदें नहीं छोड़ीं। इस बार अपने अंदर दोगुणा जोश भर वह युद्धक्षेत्र में पहुँची। अपने सैनिकों का मनोबल बढ़ाती वह ब्रिटिश सैनिकों को ऐसे मौत के घाट उतारने लगी, मानो उसकी भुजाओं में स्वयं काल प्रवेश कर गया हो।

इधर अंग्रेज़ों का मनोबल जंग बहादुर की सेना के मिल जाने के कारण काफ़ी बढ़ा हुआ था। वे पहले से अधिक चुस्ती से युद्ध करने लगे। पासा पलटते देर नहीं लगी और जो हज़रत जीत रही थी उसे अब हार का मुँह देखना पड़ रहा था। उसकी सेना के अधिकतम सैनिक मारे जा चुके थे। जो थोड़े-बहुत बच रहे थे, वे भी पस्त हो चुके थे।

हज़रत को अंदाज़ा हो गया कि अब वह युद्ध को और आगे नहीं खींच सकती है। साथ ही ब्रिटिशों के हाथों गिरफ़्तार होना उसे किसी भी परिस्थिति में गवारा न था।

उसने बचे हुए अपने सभी सैनिकों को इकट्ठा किया और कहा -

''हमारे प्यारे सिपाहियों, हम आगे लड़ें अथवा न लड़ें। हम यह जंग लगभग हार चुके हैं, क्योंकि हमारे अधिकांश साथी मारे जा चुके हैं और जिन नेपाल के राजा से हमें आशा थी वे अपनी फ़ौज के साथ अंग्रेज़ों से मिल चुके हैं। इसलिए बेहतरी इसी में है कि हम अपनी तरफ़ से जंग खत्म होने का ऐलान कर दें। हम इस ऐलान के बाद बिरजिस, भवानी और आप में से जो दो सैनिक हमारे साथ चलना चाहें उन्हें लेकर लखनऊ के बाहर चले जायेंगे। ज़ाहिर है कि इतना सब कुछ रात के अंधेरे में ही हो सकता है। जो भी सिपाही यहाँ रहेंगे वे सभी मम्मू खाँ जी के अधीन होंगे और पूरी तरह से अपनी अंतिम साँस तक महल में रहने वालों और परीखाने की सलामती की देखभाल करेंगे। मम्मू खाँ जी, आपको हमारी यह नई ज़िम्मेदारी मंजूर है?''

''हुज़ूर, आपके हुक्म की तालीम के लिए हमारे शरीर का हरेक कतरा हाज़िर है।''

''हम आपके शुक्रगुज़ार हैं मम्मू खाँ जी। सैनिको, क्या आपको हमारा यह फ़ैसला मंजूर है।''

''मंज़ूर है।'' - समवेत स्वर गूँजा।

''ठीक है। भवानी, तुम महल के अन्दर जाकर हमारे निकलने की तैयारी करो और मम्मू खाँ जी, आप जल्दी-से-जल्दी एक खत लिखकर लायें, जिसमें हमारी तरफ़ से जंग बंद करने का ऐलान हो। हम उस पर दस्तखत कर अब निकल जाना चाहते हैं।''

''जी हुज़ूर।'' - कह कर मम्मू खाँ खत लिखने लग गये।

''सिपाहियो, आप सबमें से जो दो सिपाही हमारे साथ चलना चाहते हैं वे सामने आ जाएँ।''

हज़रत का यह ऐलान सुन आधे से अधिक सैनिक जहाँ खड़े थे, उससे आगे बढ़ आये। अपने सैनिकों की इस वफ़ादारी से हज़रत की आँखें भर आईं। उसने उनमें से दो नवयुवकों साजिद और समर को चुना। दोनों ही कुशल तलवारबाज़, बंदूक से अचूक निशाने लगाने वाले और तेज़ घुड़सवार थे।

सारी व्यवस्था मुकम्मल होते ही हज़रत ने एक संदेशवाहक को पत्र देकर उसे सुबह के पहले पहर में आउट्रम तक पहुँचाने का आदेश दिया और बिरजिस, भवानी तथा साजिद एवं समर के साथ महल के गुप्त दरवाज़े से निकल गई।

सुबह जब आउट्रम को हज़रत का खत प्राप्त हुआ वह खुशी से झूम उठा। उसके ख़्वाब में कैदी हज़रत की तस्वीर घूम गई। उसने सैनिकों को आदेश दिया कि वे जल्द-से-जल्द अब बेगम हज़रत महल को कैद कर उसके सामने लेकर आयें।

जब आउट्रम अपनी जीत की खुशी में यह आदेश दे रहा था, उस समय तक हज़रत लखनऊ की सीमा पार कर बाराबंकी के जंगल में अपने रहने की व्यवस्था के लिए तम्बू लगवा रही थी। जंगल के पास ही एक गाँव था। जहाँ से खाने-पीने का सामान आ गया।

हज़रत बेचैन थी। उसे अपनी हार किसी भी हालत में मंजूर नहीं थी। रात में सोते-सोते वह बेचैनी से जग जाती थी और सुनसान जंगल में निकल जाती। उसे क्या चाहिए और किसकी तलाश है यह उसे खुद भी मालूम नहीं था। एक ऐसी ही बेचैन रात में वह जंगल में एक हाथ में तलवार और दूसरे में एक जलती हुई मशाल लिए घूम रही थी कि एक कड़कती आवाज़ से चौंककर वह रुक गई।

''रुको। कौन हो तुम?''

जवाब में ठिठके कदमों से हज़रत मौन रही। आवाज़ ने फिर प्रश्न उछाला –

''क्या तुम कोई अतृप्त आत्मा हो?''

''हम अतृप्त आत्मा तो हैं लेकिन ज़िंदा अतृप्त आत्मा।'' – हज़रत के एक-एक शब्द में बेचैनी थी।

''तुम अपने बाएँ मुड़कर दस कदम चलो। तुम्हें एक गुफानुमा कुटी दिखाई देगी वहीं आकर मुझसे मिलो।''

हज़रत ने आवाज़ के आदेश का पालन किया। जब वह कुटी के पास पहुँची तो उसे देख हैरत में रह गई। पत्तों और पेड़ों की टहनियों से बनी एक गुफा अँधेरे में डूबी हुई थी। दिन हो या रात कोई इस बात की कल्पना भी नहीं कर सकता था कि उसमें किसी प्राणी का निवास हो सकता है। सधे कदमों से वह मशाल लेकर गुफ़ा में घुसी ही थी, आवाज़ ने कहा – ''मशाल बुझा दो। अन्यथा रास्ते में लगी सूखी टहनियाँ आग पकड़ सकती हैं।''

''लेकिन फिर हम अंधेरे में कैसे आगे बढ़ पायेंगे?''

''मैं तुम्हारे ठीक पीछे खड़ी हूँ। मेरा हाथ थामकर चलो।''

हज़रत ने पीछे मुड़कर देखा तो चौंक गई। एक स्त्री जिसने ऊपर से नीचे तक खुद को हरे पत्तों से ढक रखा था, मुस्कुराती खड़ी थी। हज़रत ने तुरंत सवाल किया –

''तुम एक औरत हो, लेकिन तुम्हारी आवाज़ मर्दों जैसी लग रही थी।''

जवाब में उसने कहा –

''मैं नेपाल के राजमहल की खास गुप्तचर और विषकन्या हूँ। मेरा नाम अवन्तिका है।''

''तुम यहाँ क्या कर रही हो?''

''मुझे राणा जंग बहादुर ने पिछले दो वर्षों से इस इलाके की तमाम गतिविधियों को जान-समझ कर उन तक पहुँचाने के लिए भेजा था और अगर मैं सही हूँ तो आप बेगम हज़रत महल हैं।''

''हाँ, हम हज़रत हैं, परन्तु तुम्हारी आवाज़?''

''मैं आवाज़ और वेष बदलने में माहिर हूँ। अंदर चलें?''

''नहीं, तुम एक विषकन्या हो और जंग बहादुर फ़िलहाल हमारे दुश्मनों से मिले हुए हैं। हम तुम्हारे साथ नहीं जा सकते।''

''बेगम, आप मुझ पर भरोसा रखें। अंदर चलकर मैं आपको पूरी बात

बताऊँगी। अभी दो दिन पहले ही राणा जी का खत मुझे एक खास दूत के मार्फ़त प्राप्त हुआ और मैं राणा जी के आदेश के मुताबिक ही दो दिनों से आपकी तलाश में हूँ।''

''किसलिए तलाश रही हो हमें? मार डालने के लिए ही ना?''

''नहीं बेगम, राणा साहब ने अंग्रेज़ों से बच-बचाकर संदेश भेजा था कि मैं आपको खोजकर आपकी सहायता करूँ।''

''अच्छा? फिर वे सीधे हमारी तरफ़ सेना लेकर क्यों नहीं मिले?''

''जी मेहरबानी कर अन्दर चलें तो मैं पूरी बात बताती हूँ।''

''ठीक है चलो।'' - कहकर हज़रत ने अपने हाथ की मशाल दूर ज़मीन पर फेंक दी और अवन्तिका का हाथ थाम लिया।

लगभग दस मिनटों तक अंधेरे में चलने के बाद वह एक मिट्टी के बने छोटे से कमरे में पहुँची, जो एक साथ कई मशालों से रोशन था। कमरे में एक तरफ़ एक बिस्तर लगा हुआ था और उससे लगा हुआ एक और छोटा कमरा था, जो राशन रखने तथा खाना पकाने के लिए व्यवहार में लाया जाता था। कमरे को लाल मिट्टी और गोबर से लीपकर ऐसा बनाया गया था कि देखकर ही रहने वाले के सुरुचिपूर्ण व्यक्तित्व का अंदाज़ा लग जाता था। अवन्तिका ने हज़रत को बिस्तर पर बैठने का इशारा किया और दूसरे कमरे में चली गई। हज़रत ने बैठे-बैठे कमरे के चारों तरफ़ नज़रें घुमाईं। एक तरफ़ दीवार पर तीर-धनुष, तलवार, बंदूक आदि शस्त्र टँगे थे। वहीं पर नीचे थोड़ी दूर की ज़मीन ऊँची कर एक शिवलिंग से थोड़ा हटकर दो बड़ी बाँस की पिटारियों में शायद विषैले नाग पालकर रखे गये थे। रह-रहकर पिटारियों में बनी दरारों से उनके फुँफकारने की आवाज़ें आ रही थीं। हज़रत मन-ही-मन सावधान हो गई। वह अभी भी अवन्तिका पर पूरा भरोसा नहीं कर पा रही थी।

अचानक अवन्तिका की हँसी से उसका ध्यान भंग हुआ। उसने हँसी की दिशा में देखा तो सैनिकों के कपड़े पहने एक ख़ूबसूरत नशीली आँखों वाली युवती खड़ी थी। देखते ही हज़रत बोली -

''वल्लाह! यह ख़ूबसूरती और विषैले नागों का साथ!''

''बेगम, आपके लिए मैंने ख़ास शरबत बनाया है। अभी लेकर आती हूँ,''- कहकर अवन्तिका दूसरे कमरे में गई और मिट्टी के गिलास में शरबत लेकर आई। उसके हाथ में एक ही गिलास देखकर हज़रत ने पूछा -

''तुम नहीं पिओगी?''

जवाब में हँसते हुए अवन्तिका ने पिटारी खोलकर एक नाग को पकड़कर

बाहर निकाला। चौंककर हज़रत उठ खड़ी हुई और तलवार निकालकर ऊँची आवाज़ में बोली–"रुको।"

"नहीं, मेरा समय हो चुका है।"

कहते हुए उसने नाग को गुस्सा दिलाने के लिए उसके फन के ऊपर हल्की चपत लगाई और अपनी जीभ बाहर निकाल उसे अपने करीब ले आई। क्रोधित नाग ने ज़ोर का दंश जीभ पर मारा। क्षणांश के लिए अवन्तिका का चेहरा पीड़ा से भर गया। उसने तुरंत सँभालकर नाग को पिटारी में रख कर बंद कर दिया। विष के प्रभाव से वह झूम रही थी। उसकी आँखें कातिल की तरह चमक रही थीं। हज़रत खामोशी से उस पर नज़रें गड़ाये खड़ी थी। अवन्तिका ने झूमते हुए हज़रत को देखा और ठहाके लगाकर हँसती हुई अपनी ज़बान बाहर निकाल करीब आकर इशारे से ज़बान देखने को कहा। हज़रत ने देखा कि विष के प्रभाव से उसकी ज़बान नीली हो चुकी थी। ज़बान पर कई जगह सर्प दंश के निशान अभी ताज़े ही थे, जो साफ़ दिख रहे थे। हज़रत के जीवन में यह पहला मौका था, जब वह किसी विषकन्या को रू-ब-रू देख रही थी। किस्से-कहानियों में इनके बारे में बहुत सुन रखा था, परन्तु सुनने और देखने में काफ़ी फ़र्क होता है। अवन्तिका की जीभ देखकर उसकी आँखों में आँसू भर आये। उसने रुँधे गले से पूछा –

"तुमने खुद को ऐसा क्यों बना लिया है? एक इंसान को इंसान की तरह ही जीना चाहिए।"

"बस दो मिनट समय दें बेगम।"

हज़रत चुपचाप बैठी हुई स्थिर निगाहों से अवन्तिका को देखती रही। दो मिनट की जगह अवन्तिका को लगभग दस मिनट लग गये सामान्य होने में।

सामान्य अवस्था में आने पर हज़रत का हाथ अपने हाथों में लेकर अपनी आँखों से लगाते हुए बोली – "इन्हें चूम नहीं सकती। मेरे होंठ ज़हर बुझे हैं।"

"तुम अपने बारे में और राणा जंग बहादुर के बारे में बताओ।"

"हाँ बेगम। मेरे पैदा होते ही मेरी माँ मेरी नानी के द्वारा ज़हर देकर मार दी गई और मुझे नानी ने एक शिव मन्दिर के दरवाज़े पर छोड़ दिया। साथ में एक पत्र कपड़ों के साथ लिखकर रखा कि यह जिसे भी मिले वह कृपा कर बच्ची का पालन-पोषण करे। बच्ची की माँ को मैंने ज़हर देकर मार डाला, क्योंकि वह ज़िन्दा रहती तो बच्ची को अपने साथ रखकर पालने की ज़िद भी करती। इसके पिता के बारे में किसी को कुछ नहीं मालूम। यह मेरी बेटी की अवैध संतान है। -बच्ची की नानी।"

मुझे इस पत्र के साथ मन्दिर के पुजारी ने उठाया और एक गर्नु को दे दिया।''

''गर्नु ? यह कौन ?''

''यह नेपाली जासूसों का मुखिया है और अक्सर मेरे जैसे बेसहारा बच्चों की तलाश में रहता है, ताकि अपने मन मुताबिक उन्हें प्रशिक्षण दे नेपाली राज के लिए इस्तेमाल किया जा सके।''

''ओह! तुम्हारी माँ का क्या नाम था ?''

''मेरी माँ चन्द्रकला राणा जी, पिता का नहीं पता।''

''ओह! अवन्तिका, क्या तुम हमारे गले लग सकती हो ?''

''बेगम, आप बहुत भोली हैं। अपने विरोधी खेमे की विषकन्या को गले लगाना चाहती हैं।''

''हाँ, तुम हो तो विरोधी खेमे की, लेकिन तुम्हें प्यार करने को जी चाहता है।''

''राणा जंग बहादुर अचानक आपके विरोधी क्यों हो गये, यह नहीं जानना चाहेंगी ?''

– अवन्तिका ने चतुराई से हज़रत की बात का रुख मोड़ दिया।

''हाँ बताओ।''

''अंग्रेज़ों ने आपका विरोध करने के ईनाम में बांके, वर्दियाँ, कैलाली और कंचनपुर जिन पर उनका हक हो गया था, नेपाल को वापस करने का वचन दिया है। जैसे आप अपने देश के प्रेम में लड़ रही हैं वैसे ही राणा जी हमारे देश के प्रेम में आपका विरोध सरेआम कर रहे हैं, लेकिन मन से वह आपका भला चाहते हैं।''

''यह तो अच्छी बात है कि वे हमारा भला चाहते हैं। अब तो गले लग जा लड़की।

हज़रत ने बाँहें फैलाते हुए कहा।

हज़रत की फैली बाँहों की पकड़ से लहराकर दूर जाती हुई अवन्तिका बोली –

''बेगम, मुझे आपको सुरक्षित भारत की सीमा से निकाल कर नेपाल लेकर आने का हुक्म मिला है और मेरे नाखूनों में भी ज़हर है। आपसे गले मिलते हुए अगर आपको गलती से भी लग गये तो अनर्थ हो जायेगा,''– कहते हुए अवन्तिका ने दूर से ही हाथ फैलाकर अपने बढ़े हुए नाखून दिखाये।

''लेकिन हमने अँधेरे में तुम्हारा जब हाथ थामा था तब ?''

''तब मेरे हाथों पर मोटे दस्ताने थे। याद करें वह स्पर्श।''

अवन्तिका की बातों से अचानक हज़रत को स्पर्श की याद हो आई। जाने क्यों उसने इस विषय में न तो तब सोचा था और न ही बाद में सोच पाई। हज़रत को चिंतन मुद्रा में देख अवन्तिका ने सवाल किया –

''तो हम कब नेपाल चलने की तैयारी करें ?''

''अभी नहीं। अभी हम यहाँ एक कोशिश और करना चाहते हैं। हम यहाँ के लोगों को जमा कर एक फ़ौज बनायेंगे और फिर अंग्रेज़ों पर हमला कर अपने अवध को आज़ाद करायेंगे।''

''आपके हौसले को मैं प्रणाम करती हूँ बेगम। पर मेरा अनुभव कुछ और कह रहा है। ख़ैर, मैं इस इलाके के चप्पे-चप्पे से वाकिफ़ हूँ तो सेना गठित करने में आपकी सहायता करूँगी।''

''ठीक है। अब हमें वापस जाना होगा। शायद सुबह होने वाली होगी। हमें तम्बू में नहीं, पा जगने पर भवानी और बिरजिस बेचैन हो जायेंगे।''

''चलिए मैं आपको छोड़ आती हूँ।''

– कहते हुए अवन्तिका तेज़ी से दूसरे कमरे में गई और पहले वाला पत्तों का मोटा लबादा तथा हाथों में वैसा ही मोटा दस्ताना पहनकर आ गई।

हज़रत ने भवानी और अवन्तिका के साथ आस-पास के लोगों को संगठित करने की बहुत कोशिशें कीं। हार, जो अब उसका मुकद्दर बन चुकी थी, वह उसे जीत में बदलने के लिए आमादा थी। उसने अपनी कोशिशों से एक सेना की छोटी-सी टुकड़ी भी गठित की और रात के अंधेरे में अंग्रेज़ों पर हमला कर दिया। लेकिन, अंग्रेज़ इतने भी अभी बेखबर नहीं थे। हज़रत की सैनिक टुकड़ी के अधिकांश सैनिक मारे गये। फिर से एक बार हज़रत भागने को मजबूर हो गई।

अवन्तिका ने हज़रत को आगाह किया कि ''इस हमले के बाद अंग्रेज़ों को उस तक पहुँचने का सुराग भी हाथ लग जायेगा। अतः अब जितनी जल्दी संभव हो यहाँ से निकल जाना ही ठीक होगा।''

हालाँकि अवन्तिका के माध्यम से हज़रत को जंग बहादुर राणा का आमंत्रण था, लेकिन उसने अपनी तरफ़ से एक औपचारिक पत्र नेपाल में शरण देने का राणा के नाम से लिखकर साजिद के हाथों रवाना कर दिया और अगले दिन पौ फटने से पहले ही अवन्तिका, भवानी, बिरजिस और समर के साथ नेपाल के लिए निकल गई।

अवन्तिका का अंदेशा ठीक था। हज़रत के निकलने के कुछ घंटों के बाद ही हेवलक कुछ सैनिकों के साथ वहाँ पहुँचा, जहाँ हज़रत का ठिकाना था। वहाँ खाली

पड़े तम्बुओं को देख झुँझला उठा, और अपने सैनिकों को हज़रत के अगले ठिकाने का पता लगाने का आदेश देकर खाली हाथ लौट गया।

अपनी शिकस्त को मात दे हज़रत बचते-बचाते आगे बढ़ रही थी। जहाँ भी जंगल मिल रहा था वह विश्राम करती जाती। लेकिन, वह काफ़ी चौकन्नी थी। उसने सीमा पार करने के लिए आज के बहराइच की सीमा को चुना और अंततः भारत की सीमा से नेपाल के काठमांडू में जाकर शरण ली।

राणा जंग बहादुर ने हज़रत को रहने के लिए एक छोटे से महल के साथ सैनिकों एवं सेवकों सहित कुल 35 लोगों को साथ रखने की सुविधा देते हुए प्रारम्भ में एक अच्छी धनराशि पेंशन के रूप में मुकर्रर की।

हज़रत ने कुछ सैनिक एवं सेवक मम्मू खाँ को पत्र लिखकर लखनऊ से बुलाये और कुछ अवन्तिका की मदद से स्थानीय सेवक और सैनिक रखे।

अन्तिम खण्ड

एकांत

एक तूफ़ान गुज़र जाने के बाद अपने पीछे जो छोड़ जाता है वह तूफ़ान की तीव्रता और विध्वंस का सबूत होता है। हज़रत का मन भी खण्डित था, दुखी था। वह रोना चाहती थी, लेकिन आँसू उसके साथ नहीं थे। वह हँसना चाहती थी और मुख से कलपती आवाज़ निकलकर रह जाती थी।

काठमांडू में सब कुछ व्यवस्थित हो जाने पर वह एक रात खत लिखने बैठी –

'जाने आलम, हम हार गये। हमारा लखनऊ लुट गया।' इन दो वाक्यों से आगे खत बढ़ ही नहीं सका। उसे उसने वैसे ही तह कर एक सैनिक को कलकत्ता पहुँचाने को दिया।

दिन था कि कटता नहीं था और रातों की बेचैनी में कभी गोलियों की आवाज़ें घुल जातीं तो कभी तोपों की गरज। हज़रत साँसें ले रही थी, लेकिन वह अपने आप में नहीं थी, उसके लिए अपनी हार बर्दाश्त करना आसान था। वह आउट्रम की जीत नहीं बर्दाश्त कर पा रही थी। उसके कानों में अभी भी आउट्रम के कहे शब्द गूँज रहे थे। वह अपने अपमान का बदला लेने के लिए तड़प रही थी। उसकी स्थिति पिंजरे में कैद उस शेरनी की तरह थी, जिसे बाहर से चिढ़ाया या उकसाया जा रहा था, लेकिन वह कुछ भी करने में असमर्थ हो और अपनी सीमाओं को तोड़ने के लिए तड़प रही हो। उसके पास निरन्तर लखनऊ की खबरें आ रही थीं कि कैसे ब्रिटिश सेना धीरे-धीरे पूरे लखनऊ को अपने कब्ज़े में लेती जा रही है। हज़रत के सभी वीर सैनिक एक-एक कर वीरगति को प्राप्त हो चुके थे। कैसरबाग के महल में हज़रत को नहीं पाकर हेवलक ने उसे उपेक्षित छोड़ दिया था, लेकिन महल के सारे बेशकीमती असबाब उठवा लिए गये थे और महल में बच रहे नवाबी खानदान के गुज़र-बसर के लिए एक छोटी-सी रकम पेंशन के रूप में मुकर्रर कर दी गई थी। ब्रिटिशों ने लखनऊ को इतनी बेदर्दी से और इतना लूटा कि उन्हें लूट

का माल अपने घरों तक ले जाने के लिए कई विशालकाय संदूकों और अनगिनत गाड़ियों की ज़रूरत पड़ी। हीरे-मोती-पन्ने जैसे लूटे गये नगीने बड़े-बड़े संदूकों में भर-भरकर पानी के बड़े मालवाहक जहाज़ों द्वारा लंदन महारानी विक्टोरिया के खज़ाने के लिए भेजे गये।

हज़रत तक एक-एक सूचना पहुँच उसके कलेजे को चीर रही थी। उसे ऐसा लग रहा था जैसे उसके कलेजे को कोई नुकीले पंजे से जकड़ कर भींचे जा रहा है और वह बेबस केवल छटपटा रही है।

ऐसी ही एक दमघोंटू शाम थी और हज़रत अपने महल के बाहरी बरामदे में लगातार चहलकदमी कर रही थी, तभी कलकत्ता भेजा गया घुड़सवार आया और वाजिद अली शाह का जवाबी खत हज़रत को थमा एक तरफ़ खड़ा हो गया।

हज़रत ने खत खोलकर पढ़ना शुरू किया –

'बेगम, आपके लिखे लफ़्ज़ों पर बेख़याली में आपके आँसू गिर गये थे, जिससे स्याही फैलकर पूरे पन्ने पर लगी हुई थी। लफ़्ज़ पढ़ नहीं पाये हम, लेकिन खत की हालत से वह समझ गये, जो आप कहना चाहती थीं।

हमारा लखनऊ फिरंगियों के कब्ज़े में चला गया। आपकी बहादुरी के किस्से हम तक आपके नुमाइंदे के ज़रिये पहुँच गये। बेगम, हम ही नहीं कल पूरा हिन्दुस्तान आप पर नाज़ करेगा। आप जैसी औरत का होना नामुमकिन है।

– आपका वाजिद।'

हज़रत ने उस खत को बार-बार पढ़ चूमकर आँखों से लगा लिया। खत अगले कुछ मिनटों में ही उसके आँसुओं से भीगकर पूरा गीला हो चुका था और हर्फ़ फैल गये थे। अचानक हज़रत चौंक गई। अपने कंधे पर उसने किसी का स्पर्श महसूस किया। खत को आँखों पर से हटाकर देखा तो बगल में ज़ार-बेज़ार आँसू बहाती भवानी खड़ी थी। हज़रत अपनी बाँहें फैलाकर उसे अपने आगोश में भर उसके आँसू पोंछने लगी।

हज़रत की आँखें थोड़ी-सी बरस कर अब बेतरह जलने लगी थीं। ऐसी कि जलन के मारे वह अपनी आँखें पूरी न खोलकर मिचमिचाये जा रही थी। हृदय का सूनापन उसके दिमाग में नगाड़े की चोट सा बज रहा था। हज़रत खूब रोना चाहती थी, लेकिन रोती हुई भवानी के सामने नहीं। उसे मालूम था कि भवानी और बिरजिस

दोनों उतने ही दुखी हैं जितनी वह खुद। किसी तरह अपना जी कड़ा कर जिये जा रहे हैं। आज उसके आँसुओं में भवानी भरभराकर ढह गई थी। हज़रत को अपने इस अधैर्य पर मन-ही-मन काफ़ी पछतावा हो रहा था। वह एक माँ भी थी। उसका व्यक्तित्व सब कुछ सह सकता था, लेकिन अपने बच्चों की आँखों के आँसू नहीं। भवानी को चुप कराते हुए वह अपने को और अधिक टूटा हुआ महसूस कर रही थी।

रात ढल चुकी थी। भवानी को चुप कराने की कोशिशें नाकाम हो गई थीं। वह बिना खाये-पिये बिस्तर पर देर तक हिचकियाँ लेती औंधे पड़े-पड़े सो गई थी। बिरजिस अपने कमरे में पढ़ रहे थे। वहीं हज़रत ने उनका खाना भिजवा, खाकर सो जाने का आदेश भी भिजवा दिया था। वह नहीं चाहती थी कि उसका उतरा चेहरा और भवानी के आँसू बिरजिस को भी रुला दें।

हज़रत को शुरू से लेकर अभी तक की अपनी जीवन-यात्रा याद आ रही थी। सभी बातें फ़िल्म की रील की तरह उसके मन में तेज़ी से दौड़ रही थीं और उन सबके ऊपर कभी वाजिद का तो कभी उसे अपनी अम्मी मेहर का अक्स उभरता नज़र आता। इतने साल बीत गये, हज़रत, मोहम्मदी से महक और फिर बेगम हज़रत महल हो गई, पर आज तक उसे अपनी अम्मी ऐसे याद नहीं आईं। यहाँ तक कि उनकी मौत पर भी वह कुछ खास नहीं रोई थी। बस जनाजे के उठने के समय गई और दो-तीन घंटे के बाद वापस महल लौट आई थी। उसके ज़ेहन में बचपन से ही यह बात घर कर गई थी कि कमज़ोर बच्चे ही हमेशा अम्मी के आँचल के साये की तलाश में रहते हैं और हज़रत खुद को कमज़ोर कभी नहीं मानती थी। लेकिन आज जैसे उसका फ़ौलादी व्यक्तित्व मोम का हो गया था,उसकी आँखों के सामने बार-बार मेहर आ रही थी। उसका मन हो रहा था कि वह अपनी अम्मी की गोद में दुबक कर जी भरकर रो ले। नहीं चाहिए थी उसे यह दुनिया। उसका मन आज बस अपनी महफ़ूज़ जगह ही तलाश रहा था।

हज़रत अपना कमरा बन्द कर बिलख पड़ी। उसे बचपन में शरबती के अब्बा के थप्पड़ की गूँज आज भी महसूस हो रही थी। एक-एक कर जाने कितने थप्पड़ ज़िन्दगी लगा चुकी थी। आउट्रम? उसने तो अपनी तोहमतों में जैसे सुलगती हुई सलाखें उसके कलेजे में घुसेड़ दी थीं। हज़रत उन सलाखों की तपिश को कम करना चाहती थी, जो वक्त के थपेड़ों में और अधिक सुलग उठी थीं। आज कहाँ थी वह हज़रत, जिसने कभी जंग में हार नहीं मानने का प्रण किया था?

आँसुओं का बहाव प्रश्नों के शिकंजे कसता जा रहा था, जिसमें जकड़ा हज़रत का जिस्म निचुड़ रहा था।

रोते-रोते जाने कब हज़रत को नींद आ गई। जब आँख खुली तो सर में भारीपन महसूस हो रहा था। उठकर दरवाज़ा खोल बाहर निकली। पता चला कि सुबह के ग्यारह बज चुके थे। उसने आईने में अपना चेहरा देखा - आँखें सूजी हुईं और लाल थीं। बिरजिस और भवानी उसे इस हालत में देख न लें - यह सोचकर वह तुरंत गुसलखाने में चली गई और देर तक गर्म पानी से नहाती रही। काठमांडू में उसके गुसलखाने की एक खास बात यह थी कि एक प्राकृतिक गर्म पानी का सोता सीधा उसके गुसलखाने में बने एक हौज में गिरता था। जब हौज भर जाता था, पानी एक खास बनी नाली से बाहर निकल कर पहाड़ी नदी से मिल जाता था। ऐसे ही गर्मियों के लिए एक अलग गुसलखाना था, जिसमें ठंडे पानी का सोता गिरता था।

स्नान करने के बाद हज़रत को पहले से बेहतर लगा। सर का भारीपन बहुत हद तक जाता रहा था। लेकिन कुछ भी खाने की इच्छा नहीं हो रही थी। अतः रसोइये को एक गिलास फलों का रस लाने को बोल पत्र लिखने बैठ गई।

'जाने आलम,

नुमाइंदे ने बताया कि आपने कलकत्ता में एक छोटा-सा लखनऊ बसा लिया है-संगीतकार, गायक, नर्तक-नर्तकियाँ और एक छोटा-सा परीखाना भी। जानकर अंदर कहीं सुकून महसूस हुआ कि आप ज़िन्दगी से जुड़े हुए हैं। सोचेंगे आप कि कैसी बीवी हैं हम, जो शौहर के परीखाने पर खुशी ज़ाहिर कर रही हैं। जाने आलम, आपकी ज़रूरतों और जुनून को भी उतना ही चाहते हैं, जितना आपको। लखनऊ से बाहर निकलते हुए हम उस बक्से को अपने साथ लेकर आये हैं, जिसमें आपकी लिखी शायरियाँ और ग़ज़लें महफ़ूज़ रखी हुई थीं। हमारे लिए उस बक्से से अधिक कीमती कुछ भी नहीं था। अब हमारे पास वक्त-ही-वक्त है, जो काटे नहीं कटता। तो हम एक-एक कर सब पढ़ेंगे। शायद आपके लिखे को पढ़कर हमारे दिल को कुछ सुकून मिल सके। लिखना बहुत कुछ चाहते हैं। रेज़ा-रेज़ा हाल बयाँ कर दें। पर हमारे लफ़्ज़ रुक जाते हैं। हम आपकी तरह लफ़्ज़ों के बादशाह नहीं।

अच्छा, याद आया - लखनऊ से काठमांडू आते हुए हमारी मुलाकात एक बहुत ही हैरतअंगेज़ और प्यारी लड़की से हुई। नाम है - अवन्तिका। वह एक विषकन्या है। जंग बहादुर के जासूसी दस्ते की। हम जब भी उसके बारे में सोचते हैं तो यह ख़याल आता है कि विष

कन्यायें ही क्यों बनायी जाती रहीं, विषपुरुष क्यों नहीं बनाये गये? साँप के काटे का दर्द और फिर उसके ज़हर को पचाना कोई आसान काम नहीं। शायद इतना सब कुछ मर्दों के कुव्वत की बात नहीं। औरतें तो ख़ैर, होती ही हैं सहने के लिए।

उसे हमने मिलने के लिए बुलवाया है। हमें वह भवानी की तरह ही हमारी बच्ची लगती है। हमें लगता है कि भवानी भी अब बड़ी हो गई है और हमें उसकी शादी के बारे में भी सोचना चाहिए। आपकी राय जानने के बाद हम भवानी से बात करेंगे।

हम आपका सलामती खत मिलने की उम्मीद रखते हुए अपना खत यहीं खत्म करते हैं – हज़रत।'

खत समाप्त कर हज़रत ने उसे पत्रवाहक को दे दिया और महल से निकलकर पास के एक जंगल की तरफ़ निकल गई। अभी वह कुछ कदम ही आगे बढ़ी होगी कि उसे अवन्तिका आती नज़र आई। वह आज पूरी तरह नेपाली वेश-भूषा में थी।

बेगम को देखते ही नेपाली अंदाज़ में 'सलाम' बोलकर मुस्कुरा उठी।

"हमेशा खुश रहो अवन्तिका। आओ आगे चलकर बैठते हैं।"

"बेगम, आपका यह आशीर्वाद मुझ तक आकर भी नहीं आ पायेगा।"

"क्या हुआ?" हज़रत ने चौंकते हुए पूछा।

"मैंने बताया था ना आपको कि मेरी उम्र अधिक नहीं। आजकल रोज़ाना रात में मुझे बुखार आ जाता है। कोई भी दवा मुझ पर असर नहीं कर सकती, क्योंकि मेरे अन्दर बहुत अधिक ज़हर भर चुका है।"

"ओह! अवन्तिका, जब हम तुम्हारे बारे में सोचते हैं तो हमें गहरी उदासी घेर लेती है। फिर तुम्हारे लिए हम कुछ नहीं कर सकते – यह ख़याल आते ही मन रोने का होता है।"

"मुझसे इतना नेह न बढ़ाइये बेगम। मैं दु:खों की एक दास्तां हूँ जो लोगों को दु:ख देने के लिए ही जी रही है। लेकिन, मेरे मरने पर भी दु:ख ही मिले ऐसा मैं नहीं चाहती।"

"तुम बहुत प्यारी हो अवन्तिका। आओ अब बैठते हैं।"

"जी। आज धूप के साथ हवा भी चल रही है तो धूप में ही बैठते हैं।"

"सही कहा तुमने। आओ पेड़ों की छाँव से निकलकर उस सामने वाले पत्थर पर बैठें।"

हज़रत अवन्तिका के साथ देर तक बैठी हुई नेपाल के राजनीतिक, सामाजिक और भौगोलिक विषयों पर बातें करती रही। जब अवन्तिका को विदा कर वह वापस महल में आई तो खुद को स्वस्थ महसूस कर रही थी। गुनगुनी धूप, हल्की पहाड़ी हवा बाहर का खुलापन और बातचीत का अलग विषय-सब कुछ उसे उसकी निराशा से निकालने में बहुत हद तक सफल रहा था।

हज़रत को देखते ही भवानी ने प्रश्नों की झड़ी लगा दी।

''कहाँ थीं अब तक अम्मी? खाना क्यों नहीं खाया?'' आदि-आदि।

जवाब में मुस्कुराते हुए हज़रत ने कहा -

''आज रात हम, तुम और बिरजिस इकट्ठे खायेंगे। रसोइये को कह दो कि आज कुछ खास बना ले। लेकिन उसके पहले हमें एक गिलास फलों का रस और थोड़े से मेवे भिजवा दो।''

''ठीक है अम्मी।'' - कहकर जाती हुई भवानी समझ गई कि ज़रूर आज कुछ खास घटा है।

रात में हज़रत के साथ खाने पर एक तरफ़ भवानी तो दूसरी तरफ़ बिरजिस थे। खाना शुरू करते हुए हज़रत ने कहा -

''कल हम काठमांडू और आस-पास के इलाके में घूमने की तैयारी कर परसों सुबह निकल चलेंगे।''

''ऐसा क्या अम्मी? अचानक यह घूमने का ख़याल कैसे आया आपके मन में।'' - भवानी ने उत्सुकता से पूछा।

''आज पूरी दोपहर हम अवन्तिका से बातें करते रहे। उसने हमें काठमांडू के बारे में बहुत कुछ बताया। एकदम अलग तरह का इतिहास और ख़ूबसूरती है यहाँ।''

''अच्छा अम्मी! क्या क्या है? थोड़ा सा हमें भी बतायें ताकि घूमने में हम दिलचस्पी पैदा कर सकें।'' - बिरजिस के स्वर में उत्कंठा थी।

''सबसे पहले तो यहाँ बागमती नदी के किनारे पशुपतिनाथ का मन्दिर है, जिसके बारे में लोगों के पास तरह-तरह की कहानियाँ हैं। लोगों का मानना है कि पशुपतिनाथ का शिवलिंग पारस पत्थर का है, जो लोहे को सटते ही सोने में बदल देता है।''

''अम्मी यह तो बहुत दिलचस्प बात है। हम वहाँ ज़रूर जायेंगे और आज़माइश भी करेंगे।''-भवानी अपने मन के उछाह को दबाती हुई बोल पड़ी।

''लेकिन भवानी, हम मन्दिर के अंदर नहीं जा सकते। केवल हिन्दू धर्म

मानने वाले ही वहाँ अन्दर जा सकते हैं। ऐसा वहाँ का कायदा है। हम बागमती नदी के किनारे से शिवलिंग के दर्शन करेंगे।''

''लेकिन कैसे?''

''मन्दिर एक छोटी-सी पहाड़ी पर है। जहाँ शिवलिंग है वहाँ चारों दिशाओं में दरवाज़े हैं। नीचे बागमती के पास से शिवलिंग के सबको दर्शन मिल जाते हैं। इसके अलावा भी बहुत कुछ देखने के लिए है। हम अभी जंग बहादुर को अपने घूमने जाने के बारे में एक खत लिखकर भिजवा देते हैं। हमारे साथ दोनों रसोइये और आठ-दस लोग होंगे। हम घोड़े से चलेंगे और जहाँ शाम होगी वहीं तम्बू डालकर आराम कर लेंगे।''

''अरे वाह! बड़ा मज़ा आयेगा। कितने दिनों तक हम सफ़र करेंगे?'' - बिरजिस काफ़ी उत्साहित हो गया।

''हमने पूरे महीने का मंसूबा बनाया है। चलो, अब खाना खत्म हो गया। आप लोग आराम करो। हम खत लिखकर नुमाइंदे को दे देते हैं, ताकि वह अल्लस्सुबह ही खत जंग बहादुर तक पहुँचा दे और भवानी तुम जाते-जाते रसोइयों को यह बात बता देना। उन्हें भी सफ़र की तैयारी में वक्त लगेगा। बिरजिस, आप भी साथ चलने के लिए दस लोगों का चुनाव कर उन्हें इत्तला कर दें।''

''जी अम्मी,'' - कहकर दोनों अपने-अपने काम में लग गये।

आज हज़रत के भ्रमण का पाँचवाँ दिन था। उसने एक सुन्दर सी पहाड़ी पर कुछ दिनों तक रहने का विचार किया। पहाड़ी देवदार, रुद्राक्ष और अर्जुन के वृक्षों से भरी हुई थी। उसकी तलहटी में बेशुमार रंग-बिरंगे फूल खिले हुए थे। सुबह-सवेरे दूर से बर्फ़ से ढकी हुई हिमालय की चोटी जब धीरे-धीरे सूर्य की रोशनी से नहाती थी तो अद्‌भुत दृश्य खिंच जाता था। रात में चाँदनी में चमकती श्वेत चोटी किसी योगी के तपस्या में होने का आभास दे जाती थी। वहाँ की हवा गज़ब की ताज़गी और एक विशेष प्रकार की खुशबू के साथ भरी हुई थी। ज़ोर से खींचकर हवा फेफड़ों में भर लें तो महीनों का बीमार शरीर स्फूर्ति से भर जाता था। हालाँकि, रोज़ाना धूप खिली होती थी। पर, आज सुबह से ही बादलों की आवाजाही शुरू थी। हालात ये हो गये थे कि बादल तैरते हुए टेन्ट के अन्दर तक आ रहे थे। बिरजिस और भवानी इन बादलों के तैरते टुकड़ों के साथ खिलखिलाते हुए खेल रहे थे।

हज़रत पहाड़ी से नीचे उतर कर फूलों के बीच एक पत्थर पर जाकर बैठ गई। उसके आस-पास रंग-बिरंगी बेशुमार तितलियाँ उड़ रही थीं। उसने एक नज़र

अपने चारों तरफ़ दौड़ाई। अद्‌भुत दृश्य था। रंग-बिरंगे खिले हुए फूल हल्की हवा के झोंके में झूम रहे थे। जैसे ही कोई बादल का टुकड़ा आकर उन्हें अपने आगोश में ले लेता वे पल-दो पल को झूमना भूल स्थिर हो जाते। मानो बादलों का प्रणय निवेदन उन्होंने स्वीकार लिया हो। हज़रत के मन में वे दिन एक-एक कर आ रहे थे, जबकि वह 'महक' के रूप में महल में आई थी। कितना कुछ बदलता चला गया वाजिद के सम्पर्क में आने से। वापस जाकर वह एक-एक कर वाजिद की लिखी सारी ग़ज़लें और नज़्में पढ़ेगी। कहाँ अवध का मैदानी इलाका और कहाँ यह नेपाल का पहाड़ी सौन्दर्य! कुछ भी तो समान नहीं। जीवन कब, कहाँ और कैसे, किस मोड़ पर मुड़ कैसे रास्तों से आगे का सफ़र पूरा करेगा, कोई नहीं जानता। कितना कुछ बदल गया है इन कुछ दिनों में! लखनऊ से काठमांठू आकर कितने बेचैन रहे। लेकिन, जब से इन पहाड़ों को अपनाया अपने अंदर भी बदलाव महसूस कर रहे हैं हम। वह क्रोध का आवेग और रक्तपात! आज सब कुछ जैसे बेमानी सा लग रहा है। शायद प्रकृति का साथ इंसान को और अधिक इंसान बना देता है।

अचानक एक तितली उड़ती हुई आई और उसके हाथ पर बैठ गई। हज़रत उसे देख मुस्कुरा उठी। उसके जीवन में भवानी भी तो ऐसे ही आई थी। अब बड़ी हो गई है, लेकिन बचपना अभी भी है। उसकी शादी कर देनी चाहिए। देखें वाजिद की क्या राय है।

हज़रत मुग्ध भाव से हाथ पर बैठी तितली को देखकर विचारों में मग्न थी कि भवानी की दूर से आती आवाज़ उस तक पहुँची -"अम्मी, कहाँ हैं आप?"

"हम यहाँ फूलों के बीच बैठे हैं। रुको, हम ऊपर आ रहे हैं। तुम भी वहीं पहुँचो।"

ऊपर पहुँचने पर हज़रत ने देखा कि पत्रवाहक खड़ा था। उसे हैरत हुई। उसने पूछ ही लिया

"अरे! इतनी जल्दी तुम कैसे आ गये कलकत्ते से?"

"हुज़ूर रास्ते में ही हमें सुल्ताने आलम का नुमाइंदा मिल गया था। बस हमने वहीं खतों की अदला-बदली कर ली और वापस अपने-अपने मुकाम की ओर लौट आये।"

हज़रत ने पत्रवाहक के हाथ से पत्र लेकर पढ़ना शुरू किया -

'बेगम, हमें आपकी बहुत चिन्ता हो रही है। साथ ही दोनों बच्चों भवानी और बिरजिस की भी।

आप अभी जिस दिमागी हालत से गुज़र रही हैं, वह ठीक नहीं है।

बेहतर होगा बच्चों के साथ आस-पास खुले में सैर को निकल जायें। पहाड़ी हवा, मौसम और ख़ूबसूरती आपके मन को सेहतमंद करेगी। हमारी एक और सलाह है – अब आगे की सोचिये। बच्चों का मुस्तकबिल आपके पास है। अधिक नहीं लिखेंगे। आप खुद समझदार हैं और आपको बेहतर मालूम है कि ज़िन्दगी का रुख किधर मोड़ना है। – वाजिद।'

पत्र पढ़कर हज़रत के होंठों पर मुस्कुराहट थिरक गई। उसे अपने प्रेम के खरेपन पर नाज़ हो आया। सच्चा इश्क वही तो है जो दूरियों का मोहताज़ नहीं। चाहे लाख दूरी हो, विचारों की साम्यता में कोई फ़र्क नहीं होता।

काठमांडू में आज मौसम का पहला हिमपात हुआ था। हज़रत प्रकृति का यह श्वेताम्बरी सौन्दर्य देखकर मुग्ध थी। महल के झरोखे से वह देर तक बाहर सफ़ेद हो रही धरती को देखती रही। फिर, ठंड का अहसास अधिक होने लगा तो कमरे में आकर उसने चिमनी में आग सुलगाने का हुक्म एक बाँदी को दिया और वाजिद अली शाह की गज़लों की एक पुस्तक ले चिमनी के पास बैठ गई। आग की गरमाई के साथ ग़ज़लों को पढ़ना उसे आनन्दित कर रहा था। यात्रा से वापस आने के बाद काफ़ी कुछ घट चुका था। जैसे भवानी ने लाख कहने के बावजूद शादी करने से इनकार कर दिया था और पूरे समय हज़रत के पास ही बने रहना चाहती थी। अवन्तिका अब पहले से अधिक बीमार रहने लगी थी। एक दिन हज़रत और भवानी उससे मिलने भी गईं। वह काफ़ी कमज़ोर दिख रही थी, लेकिन जिह्वा पर सर्पदंश बदस्तूर जारी था, क्योंकि उसके अनुसार अगर यह छोड़ा तो वह अपने ही ज़हर से मर जायेगी। हज़रत दुखी होने के अलावा कुछ नहीं कर सकती थी।

हज़रत वाजिद अली शाह की ग़ज़लें शब्द-दर-शब्द पढ़ती जाती और बीते दिनों की यादें उस पर हावी होती जा रही थीं। हर एक याद उसके अन्दर एक टीस पैदा कर रही थी। अचानक उसके अन्दर शब्दों का एक रेला सा आया। वह उठी और कागज़-कलम लेकर लिखने लगी –

हुकूमत जो अपनी थी अब है पराई
अजल[1] की तलब थी अजल भी न आई।।
वह तख्त और तख्ता-असीरी[2] न शाही
मुकर्रर हुई है, जहाँ की गदराई[3]।।
वो रुतबा जो पाया था हमने वतन में
उसी की बदौलत हुई है लड़ाई।।

---

1. मौत 2. सिंहासन 3. भिक्षावृत्ति

अदू[1] बन के आये जो थे दोस्त अपने
न थी जिसकी उम्मीद की वह बुराई।।
घड़ी दो घड़ी के ये झगड़े हैं सारे
अभी हुई कैदे अलम[2] से रिहाई।।
ज़माना रखेगा पर अपनी नज़र में
मेरी सरफ़रोशी मेरी नारसाई[3]।।
इसी खाक पर अपना मदाफन[4] बनेगा
पहाड़ों में हमने है बस्ती बसाई।।
लिखा होगा हज़रत महल की लहद[5] पर
नसीबों पली थी फलक की सताई।।

ग़ज़ल पूरी होते-होते हज़रत की आँखों में आँसू ढलक गये। उसने दूसरा कागज़ लिया और वाजिद अली शाह को खत लिखने बैठ गई। इस बार उसने खत में केवल अपनी लिखी हुई ग़ज़ल लिखकर खत बन्द कर पत्रवाहक को दे दिया और हिमपात रुक जाने पर जाने का निर्देश दिया।

लेकिन हिमपात जो शुरू हुआ सो लगातार पन्द्रह दिनों तक होता रहा। पूरी प्रकृति में हरियाली की जगह श्वेताम्बरधारी वृक्ष योगी से खड़े नज़र आने लगे। पशु- पक्षियों ने अपने हिसाब से कहीं शरण ले ली। नेपाली सेवक हज़रत को बताने लगे कि ऐसी बर्फ़ कभी-कभी पड़ती है। जब भी गिरती है पहाड़ खुश हो जाता है। हज़रत यह नहीं समझ पाई कि पहाड़ बर्फ़ अधिक गिरने से क्यों खुश हो जाता है। उसे रोज़ाना तमाम तरह की मुश्किलें झेलनी पड़ रही थीं। रोज़ खाने के लिए गोश्त पर निर्भर रहना पड़ रहा था। बाकी सब्ज़ियों का कहीं कोई अता-पता नहीं था। पानी जमा हुआ मिलता-जिसे चूल्हे पर चढ़ाकर हर काम के योग्य बनाया जाता। कपड़े अगर धुल गये तो सूखने मुश्किल थे। वह सोचती उसके पास इतनी सुविधायें हैं, तब इतनी मुश्किलें हो रही हैं, जिनके पास सुविधायें नहीं हैं वे अभी किन मुश्किलों का सामना कर रहे होंगे। वह अपने सेवकों को एक मोटा लबादा ओढ़े आते हुए देखती। यदा-कदा कोई-कोई वैसे ही रोयेंदार किसी जानवर की खाल से बना गर्म-मोटा लबादा ओढ़े आता-जाता दिख जाता था बस। पूरा माहौल शान्त - न तो पक्षियों की आवाज़ें, न ही लोगों की चहल-पहल। इतनी शांति हज़रत ने अब तक के जीवन में कभी नहीं पाई थी। दिनचर्या भी आलस भरी हो गई थी। पूरे दिन आग के पास बैठते हुए वाजिद अली शाह

---

1. दुश्मन 2. दु:ख 3. पहुँच से बाहर 4. मज़ार 5. कब्र

को पढ़ना अथवा कभी बिरजिस के अधकचरे ज्ञान से भरा संगीत सुनना अथवा भवानी के साथ चुहल। कभी-कभी उसे इस दिनचर्या से ऊब सी होने लगती। मन करता कुछ करे, लेकिन मौसम की मार के आगे वह विवश थी। इन्हीं दिनों सूचना मिली कि अवन्तिका इस दुनिया को छोड़कर चली गई है। हज़रत के मन पर एक बोझ और बढ़ गया।

समय की रफ़्तार सदैव अपने हिसाब से ही होती है। चाहे समय के साथ साँसें ले रहे इंसान का मन सुस्त चले। हज़रत मन से भले ही जाते समय का साथ नहीं दे पा रही थी, लेकिन समय रफ़्ता-रफ़्ता अपना सफर तय करता ही जा रहा था। मन और भागते समय की कशमकश में जकड़ा हज़रत का तन अब खुद को थका हुआ महसूस करने लगा था और इसका असर भी तरह-तरह की स्वास्थ्य सम्बन्धी उभरती समस्याओं के रूप में सामने आ रहा था। कभी अकारण आता बुखार तो कभी साँस की समस्या। कभी-कभी तो हज़रत का दिल जैसे बैठने लगता और उसे लगता कि बस यही है उसके जीवन का आख़िरी पल। अपने दिन पर दिन खराब होते जा रहे स्वास्थ्य के कारण उसने बिना किसी की सहमति के एक फ़ैसला किया और एक रात आदेशात्मक लहज़े में बिरजिस को कहा -

''हमने आपका निकाह एक खानदानी हिन्दुस्तानी लड़की से तय कर दिया है। निकाह की तारीख अगले हफ़्ते ही मुकर्रर हुई है। हमारी सेहत अब हमें अपने बारे में चेतावनी देती महसूस हो रही है। इसलिए हम चाहते हैं कि आप बिना किसी हील- हुज्जत के हमारी बात मान लें।''

बिरजिस के पास बात नहीं मानने का कोई कारण भी नहीं था। सो अपनी सहमति दे दी।

निकाह के पहले हज़रत ने वाजिद अली शाह को एक खत लिखा -

'जाने आलम,

यह खत जब तक आपको मिलेगा हमारे नूरे चश्म बिरजिस का निकाह हो चुका होगा। हम माफ़ी चाहते हैं कि हमने आपसे पहले इससे मुताल्लिक कोई मशविरा नहीं किया।

हम अपनी लगातार गिरती सेहत के कारण काफ़ी परेशान हैं। इधर कुछ सालों से जंग बहादुर ने हमारी पेंशन की रकम भी बहुत कम कर दी है। जिससे हमें अपने नुमाइंदों में कमी करनी पड़ी।

हो सकता है कि यह आपको लिखा हमारा आख़िरी खत हो। हमने बिरजिस

और भवानी को यह कह दिया है कि वे हमारे नहीं रहने पर आपके पास चले जायें। हमारी गुज़ारिश है, उन दोनों को आप हमारे प्यार की अमानत की तरह सँभाल कर रखेंगे। विदा —हज़रत।

बिरजिस का निकाह अत्यन्त सादगी से सम्पन्न हुआ। निकाह के बाद हज़रत अपनी ज़िम्मेदारी से निश्चिंत हो गई और अब उसके अन्दर की जिजीविषा भी नैराश्य में बदलने लगी। उसने लगभग बिस्तर पकड़ लिया। भवानी दिन-रात उसकी सेवा में लगी रहती। हज़रत कभी कहती भी कि -

''तुम आराम करो भवानी। हमारे पास किसी को भेज दो।''

तो भवानी रुआँसी हो कह उठती - ''अम्मी, क्या हमारी सेवा में आपको कोई कमी नज़र आ रही है।''

सुनकर हज़रत की आँखें छलछला उठतीं और ''ना-ना, मेरी बच्ची'' कह उसे अपने से चिपका लेती। बिरजिस भी अपनी नई दुल्हन को छोड़ हज़रत के सिरहाने अक्सर आ बैठता, जिसे हज़रत बड़े लाड़ से वापस उसके कमरे में भेज देती।

आज सुबह से ही मौसम कुछ अजीब-सा हो रहा था। शाम होते-होते तेज़ आँधी के साथ मूसलाधार बारिश शुरू हो गई। बादलों की गरज, बिजली की चमक, तूफ़ान और वर्षा का वेग सभी मिलकर भयभीत कर रहे थे। ऐसा लग रहा था जैसे जल-प्रलय बस आकर ही रहेगा। हज़रत ने भवानी को पास बुलाकर गरम दूध पीने की इच्छा व्यक्त की। भवानी ''बस अभी लाई'' कह तेज़ी से रसोई में दूध लेने चली गई। वापस आई तो हज़रत दरवाज़े की तरफ़ पीठ किये लेटी मिली। उसने हल्के से हज़रत को छुआ और कहा -

''अम्मी, उठिये दूध पी लीजिये।''

लेकिन, हज़रत ने कोई प्रतिक्रिया नहीं की तो भवानी थोड़ा घबरा सी गई। उसने दूध का गिलास पास की तिपाई पर रख हज़रत को ज़ोर से हिलाया और सीधा लिटाने के लिए पल्टी दी। शरीर बेजान-सा चित्त हो गया। तभी हवा के बाहरी वेग से खिड़की का दरवाज़ा भड़ाम की आवाज़ से खुला। हज़रत के हाथ में पकड़ा एक कागज़ हाथ से फ़िसल कर ज़मीन पर गिर गया। भवानी ने दौड़ कर कागज़ उठाया और हज़रत के पास आकर उसे उठने को बोलने लगी। बार-बार आवेग में 'अम्मी-अम्मी' बोलने, झिंझोड़ने पर भी हज़रत शांत थी। भवानी की बेचैन आवाज़ सुन बिरजिस अपनी दुल्हन के साथ भागे हुए कमरे में आये। बिरजिस ने

हज़रत का हाथ ले चूम लिया और घुटनों के बल उसके पास बैठ उसके सीने पर अपना सर रख बिलखते हुए कहा –

''अम्मी चली गईं भवानी। होश में आओ।''

बिरजिस के शब्दों ने भवानी को जैसे हिलाकर रख दिया। वह खूब ज़ोर से रोना चाहती थी, लेकिन उसके सामने पूरी ज़िम्मेदारी भी खड़ी थी। हज़रत के बाद की ज़िम्मेदारी बिरजिस को सपत्नीक वाजिद अली शाह तक छोड़ने की ज़िम्मेदारी, जिसकी चुनौतियाँ भी उसके ज़ेहन में उतर गई थीं। उसने थरथराते हाथ में पकड़े कागज़ को आँखों के सामने फैलाकर रुँधे स्वर में पढ़ना शुरू किया। वह हज़रत की लिखी हुई आख़िरी नज़्म थी, जो उसने आज ही किसी समय में लिखी थी और शायद मृत्यु से पहले उसे ही पढ़ना चाहती थी –

साथ दुनिया ने दिया और न मुकद्दर ने दिया।
रहने जंगल ने कब दिया, जो शहर ने न दिया
एक तमन्ना थी कि आज़ाद वतन हो जाये
जिसने जीने न दिया, चैन से मरने न दिया।
ज़मीं की आग बुझाने, ये घटा उमड़ी थी
हाँ, मगर उल्टी हवाओं ने, ठहरने न दिया।
ज़ुल्म की आँधियाँ बढ़ती रहीं, लम्हा-लम्हा,
फिर भी परचम को, आस्मां से उतरने न दिया।

आख़िरी पंक्ति पढ़ते-पढ़ते भवानी के अब तक का सब्र का बाँध भरभराकर टूट गया। वह पछाड़ खाकर हज़रत के निर्जीव शरीर पर गिर ज़ोर-ज़ोर से रो पड़ी।

बाहर का तूफ़ान अचानक से थम गया था। जैसे प्रकृति भी स्तब्ध हो गई हो। उस स्तब्धता को चीरते दो युगल रुदन काठमांडू की घाटियों को दहला रहे थे।

❑❑❑

स्वतंत्रता-संग्राम के योद्धाओं पर आधारित अन्य पुस्तकें

आनन्द मठ

1882 में बंकिमचंद्र चट्टोपाध्याय का बांग्ला उपन्यास *आनन्द मठ* प्रकाशित हुआ। 18वीं सदी के संन्यासी विद्रोह और बंगाल के अकाल की पृष्ठभूमि पर लिखा यह उपन्यास पाठकों में बहुत लोकप्रिय हुआ। इस बात से घबरा कर कि इससे देशप्रेम और विद्रोह की भावना जागृत होगी, उस समय की अंग्रेज़ सरकार ने *आनन्द मठ* पर प्रतिबंध लगा दिया जो 1947 में देश के स्वतंत्र होने के बाद हटाया गया। *आनन्द मठ* आधुनिक भारतीय साहित्य का एक मील का पत्थर माना जाता है और यह पाठकों में आज भी बेहद लोकप्रिय है। इसका अनुवाद लगभग हर भारतीय भाषा में उपलब्ध है। इसमें सम्मिलित गीत 'वंदे मातरम्' को देश का राष्ट्रगीत बनने का गौरव मिला।

ISBN : 9789393267122, पृष्ठ : 128

गदर के फूल

यशस्वी साहित्यकार अमृतलाल नागर की यह कृति *गदर के फूल* सत्तावनी क्रान्ति संबंधी स्मृतियों और किंवदंतियों का प्रामाणिक दस्तावेज़ है। भारत की स्वतंत्रता के लिए 1857 में क्रांति की एक चिंगारी भड़की थी जिसे अंग्रेज़ों ने 'गदर' का नाम दिया था। उस काल के व्यक्ति अब छीजते जा रहे हैं। उन्हीं स्मृतियों को नागर जी ने इस पुस्तक में संजोया है। अवध में घूम–घूमकर उस काल के प्रत्यक्षदर्शी लोगों के संस्मरणों के माध्यम से तथा अन्य उपलब्ध ऐतिहासिक प्रमाणों को आधार बनाकर नागर जी ने इस पुरतक की रागग्री का रांचयन किया है।

ISBN : 9789350642696, पृष्ठ : 240

स्वतंत्रता-संग्राम के योद्धाओं पर आधारित अन्य पुस्तकें

आँखों देखा ग़दर

विष्णुभट्ट गोडशे द्वारा लिखा 1857 के स्वतंत्रता संग्राम का एकमात्र आँखों देखा विवरण और प्रसिद्ध हिन्दी कथाकार अमृतलाल नागर का उतना ही सरल और सटीक अनुवाद। पुस्तक की घटनाएँ चित्रपट की तरह एक सूत्र में बंधी हुई आगे बढ़ती हैं। हर दृश्य, हर घटना का वर्णन इतना मार्मिक, रोमांचक और जीवंत है कि पाठक उसमें आकंठ डूब जाता है।

ISBN : 9788170287315, पृष्ठ : 120

महारानी झांसी

यह 1857 के स्वातंत्र्य–संग्राम की मुख्य योद्धा, झांसी की रानी लक्ष्मीबाई के अदम्य साहस और वीरता की कहानी है। एक औरत होने के बावजूद, अपने छोटे–से राज्य, झांसी को अंग्रेज़ों से बचाने के लिए रानी ऐसी वीरता और निडरता से लड़ी कि अंग्रेज़ भी उसकी बहादुरी के कायल हो गए। अपनी आखिरी साँस तक रानी लड़ती रही और चौबीस वर्षों की छोटी उम्र में वह अपने देश के लिए वीरगति को प्राप्त हो गई। दिलो–दिमाग पर छा जाने वाली झांसी की वीरांगना रानी लक्ष्मीबाई की यह रोमांचक ऐतिहासिक गाथा भारत के इतिहास का स्वर्णिम पृष्ठ है। रोचक और प्रेरणाप्रद।

ISBN : 9788174831040, पृष्ठ : 216